Newton Compton Editores

Título original: *The Family Holiday*

© 2022, Shalini Boland. Publicado por primera vez en el Reino Unido por Storyfire Ltd, bajo la marca Bookouture.
© 2024, de la traducción por Cecilia Fernández Santomé
© 2024, de esta edición por Antonio Vallardi Editore S.u.r.l., Milán

Todos los derechos reservados

Primera edición: septiembre de 2024

Newton Compton Editores es un sello de Antonio Vallardi Editore S.u.r.l.
Pl. Urquinaona, 11, 3.º 1.ª izq. Barcelona, 08010 (España)
www.newtoncomptoneditores.com

Gruppo editoriale Mauri Spagnol S.p.A.
www.maurispagnol.it

ISBN: 978-84-10080-32-4
Código IBIC: FA
DL: B 8.164-2024

Composición:
Javier Sánchez Meco

Diseño de interiores:
David Pablo

Impreso en septiembre de 2024 en Puntoweb s.r.l., Ariccia (Roma), en Italia.

Shalini Boland

Una escapada en familia

Traducción de Cecilia F. Santomé

Newton Compton Editores

Barcelona, 2024

Para la bonita familia que tengo

Prólogo

Miro fijamente desde el balcón hacia esa difusa zona en la que se está produciendo el movimiento. Es rápido y lento, todo a la vez. No me da tiempo a calibrar qué está pasando, pero sí a sentir un escalofrío que me recorre la piel a causa del aire nocturno. El tiempo suficiente para que se me quede grabada la expresión de sorpresa de ellos al atar cabos, el miedo que viene después, el horror. Y la nada.

El cuerpo de ahí abajo por fin ha dejado de moverse. Por fin guarda silencio. Es una mancha roja que forma un charco.

El silencio me grita al oído.

¿De verdad he hecho yo esto?

¿Acaso tenía alternativa?

Capítulo 1

Beth

–Beth, ¿eres tú? –me llama mi marido, Niall, desde su despacho–. ¡Ven a ver esto!

–¡Dejo la compra y voy!

Pongo las bolsas del supermercado en la mesa de la cocina y me soplo las manos para calentármelas un poco. Afortunadamente, la calefacción está al máximo. Nuestra casita de campo del siglo XVIII tiene un montón de corriente, algo maravilloso en verano, pero no tan agradable en febrero, porque en estas fechas hace un frío que pela.

Subo las escaleras –que crujen a mi paso– rumbo al despacho de Niall. Normalmente, tiene la puerta cerrada a cal y canto, pero ahora mismo está abierta de par en par y me ofrece una panorámica de su nuca. Está sentado en el escritorio consultando una página web en el portátil. La apagada estampa invernal que se divisa desde la ventana no es que ayude a iluminar la habitación, así que enciendo la lámpara de techo.

Entro en la habitación y me pongo a su lado. El cuarto es caótico pero acogedor, como el resto de nuestra casita de campo. Dos de las paredes están demarcadas por estanterías de roble que van del suelo al techo. Otra está decorada con las cubiertas impresas y enmarcadas de sus libros. Mi marido es escritor de novela histórica fantástica y tiene una saga famosa que lleva años publicándose: *Crónicas de hechicería*.

–Échale un vistazo a esto.

Niall señala la pantalla, y me quedo embobada mirando unas imágenes impresionantes de casas pijas en lugares de fábula.

Leo en voz alta el texto que corona la página: «Relájate en una bonita casa lejos de tu hogar, solo para ti».

–¿Qué te parece? –pregunta Niall dando vueltas en la silla sin quitarme el ojo de encima y sonriendo entusiasmado.

Sus ojos, marrones, le hacen chiribitas imaginándoselo ya.

–¿Unas vacaciones? –pregunto, aunque me cuesta visualizarlo.

–Ajá.

Vuelve a enfrascarse en su portátil.

Llevo años deseando con todas mis fuerzas ir de vacaciones, pero Niall prefiere siempre pasar el poco tiempo libre que tiene en casa. Vivimos en las afueras de Sherborne, un lugar agradable al noroeste de Dorset que, oh, casualidad, también es el escenario de la saga de Niall. Me muero por un cambio de aires. Al ser escritor, Niall suele hacer viajes de trabajo –para firmas de libros, conferencias, participaciones en jurados y otros eventos– por el país y al extranjero, así que para él viajar no tiene nada de relajante. Lo malo es que yo soy la que se queda en casa con los niños y no va a ninguna parte.

–¿Qué página es esa? –pregunto–. ¿Una de casas de vacaciones?

–Mucho mejor –anuncia Niall–. De intercambio de casas.

–¿De intercambio de casas?

Suena muy obvio, pero no estoy del todo segura de entender a qué se refiere.

–Sí, ya sabes: nos quedamos en la casa de alguien mientras esa gente viene a la nuestra.

Por muy desesperada que esté por irme de vacaciones, no tengo claro que me guste la idea. A lo mejor es una broma.

–¿Te refieres a que unos extraños se queden aquí? ¿En nuestra casa?

Niall chasquea la lengua y se gira hacia mí, ceñudo.

–Pensé que te haría ilusión. Siempre estás dando la tabarra con que quieres unas vacaciones. Dicen que estos intercambios de casas son algo estupendo. Creo que fue Paul quien me habló de esta página. Pero también he leído algún artículo sobre el tema.

Paul es el editor de Niall y lo mantiene al tanto de las últimas tendencias. A mi marido le encanta estar al día en esas cosas.

Ojiplática, intento poner en orden mis pensamientos.

–Y me hace ilusión, claro que sí. –Le doy un apretón en el hombro a mi marido–. Es solo que necesito hacerme a la idea. Me la acabas de proponer, hace un segundo.

–Mira…

Niall pincha en varias pestañas y aparece la página de reseñas. Señala la pantalla y me lee algunos fragmentos:

–«La mejor experiencia de nuestras vidas. […] No queríamos volver a casa». Y aquí hay otro: «Nada más llegar, estuvimos a nuestras anchas. Fue como estar en nuestra propia casa, pero en un país distinto y con la playa al lado. Por supuesto que repetiríamos». ¿Ves? –dice, levantando la mirada hacia mí.

–Suena bien, sí –respondo.

Me guardo para mí que sería raro que mostrasen comentarios negativos en su página.

–No pareces muy emocionada –resopla Niall.

–Perdona. –Suelto una carcajada a modo de disculpa–. Es que, bueno…, mi idea de unas vacaciones perfectas va más por el lado de relajarse en un hotel que por el de quedarse en casa de alguien.

Niall sacude la cabeza.

–Me alojo en hoteles pijos todo el rato por cuestiones de trabajo y, créeme, al final son todos iguales: impersonales. Un intercambio de casas resultaría más auténtico. Podríamos experimentar cómo se vive en un pueblo determinado en lugar de estar en un hotel insulso, ¿no te parece?

Asiento sin mucho convencimiento. Pensar en que unos extraños vengan a casa y se comporten como si fuese la suya me hace sentir incómoda. Pero sé cómo se las gasta Niall cuando se le mete una cosa en la cabeza: no hay quien se la quite. De todas formas, le comento mis reparos.

–Es que… Bueno, no es que sea un descanso de verdad si tengo que ir a la compra, cocinar y hacer las tareas de la casa. ¿Entiendes?

Niall tensiona la espalda e inspira, molesto. Me preocupa que se enfade conmigo. Claro que me fastidia poner pegas, pero, si por fin vamos a irnos de vacaciones en familia, me gustaría que todos pudiésemos disfrutarlas.

–Pensaba que te encantaba cocinar –dice echándose hacia atrás en la silla.

–Y es cierto, pero no estando de vacaciones.

Se produce un silencio incómodo. Estoy a punto de romperlo cuando Niall se me adelanta.

–Vale. ¿Y si te prometo que no tendrás que cocinar ni hacer las tareas de la casa? Saldremos a cenar a un restaurante de postín cada noche. ¿Trato hecho? –dice y se gira hacia mí levantando una ceja.

Sonrío y empiezo a sentir mariposas de la emoción. Hace unos diez años que no nos organizamos unas buenas vacaciones en familia. La última vez fue cuando Connor era un bebé, y menudo desastre. Se puso enfermo al segundo día, y pasamos el resto de la semana en la habitación del hotel cuidándolo.

–¿Cuándo estabas pensando en ir? –pregunto–. ¿En julio o en agosto?

–¿Y qué tal en abril? –responde.

–Ah, vale. Solo faltan dos meses.

–Ya lo sé, pero es que estoy harto de este frío. Creo que deberíamos irnos fuera, a un sitio soleado. ¿No tienen los niños las vacaciones de Semana Santa por esas fechas?

Se me pone el corazón contento solo de pensar en una escapada a un lugar donde haga calor. Me había imaginado un intercambio de casas dentro del Reino Unido. Si hubiese sabido que se refería a unas vacaciones en el extranjero, me habría mostrado más entusiasta desde el principio.

–¿Tienes algún destino en mente?

–¿Qué tal Italia? –sugiere.

–¡Me parece estupendo!

Ya me lo estoy imaginando: bosques de limoneros, una granja en la Toscana o, quizás, un apartamento con vistas al mar.

Niall sonríe.

–Lo es, la verdad es que sí. Coge una silla de la habitación de los niños y miramos qué viviendas hay disponibles.

Hago lo que me pide y en nada nos ponemos a navegar por la página. Pero la mayoría de las casas que nos llaman la atención ya están reservadas, lo cual es frustrante. Supongo que no debería sorprenderme; al fin y al cabo, estamos tratando de hacer una reserva para una de las épocas con más demanda del año. Lo único que queda son casas de mala muerte en las que no dan ganas de pasar una tarde y mucho menos quince días.

–¿Hay más páginas de intercambio de casas? –pregunto–. A lo mejor, podríamos elegir un país diferente. Tengo entendido que en Chipre también hace bastante calor en abril. Sal ha estado allí unas cuantas veces.

–Espera, espera. ¿Y esto?

Niall pincha en una entrada, y ante nuestros ojos se despliega la imagen de una impresionante villa de estilo moderno pintada de blanco, con una piscina turquesa bajo el cielo azul. Los muebles son contemporáneos y parecen caros. Da la impresión de que todo está inmaculado.

–Es fantástica –suspiro–. Aunque dudo que vayan a querer hacer un intercambio con nosotros. A ver, ya sé que nuestra casa es preciosa, pero no está al mismo nivel que esta. Más bien, es su polo opuesto.

–Esa es la cuestión –dice Niall–. ¿Qué sentido tiene cambiarte para tener lo mismo? Ellos conseguirían una casa de campo muy cuca en Dorset y nosotros una villa soleada en la costa amalfitana.

–¿Tú crees? –No estoy convencida de que los propietarios vayan a picar–. ¿Y está disponible en nuestras fechas?

–Sí.

–¿De quién es? –pregunto–. ¿Dice ahí con quién nos intercambiaríamos?

–Dame un segundo.

Niall pincha en la pestaña SOBRE NOSOTROS.

Leemos juntos lo que han escrito sobre ellos. Según su información, Amber y Renzo Mason son unos expatriados británicos que llevan años viviendo en Maiori, un pueblo de Italia. Tienen dos hijos y están buscando algo para unas vacaciones de dos semanas en el campo.

–¿Y si registro nuestra casa en la página y me pongo en contacto con ellos? –pregunta Niall.

Por dentro, estoy dando palmas de la ilusión.

–Vale, hazlo.

Nunca, ni en un millón de años, pensé que la familia Mason aceptaría cambiar su villa por nuestra casita, con lo pintoresca que es. Así que, cuando nos hicieron saber que estaban interesados, bloqueamos el intercambio antes de que pudiesen volverse atrás.

Dos horas después, habíamos llegado a un acuerdo.

Solo nos faltaba reservar los vuelos y… ¡listos para emprender el viaje!

Qué ganas tenía de que llegase el momento.

Capítulo 2

Beth

Estoy de pie en medio de la habitación observando el panorama apocalíptico e intentando no entrar en pánico. Claro que estoy deseando que lleguen nuestras vacaciones en Italia –están ya a la vuelta de la esquina–, pero se me había olvidado lo estresante que puede ser hacer las maletas. Sobre todo porque no podemos dejar la casa hecha una leonera con este acuerdo de intercambio vacacional que hemos hecho. Tenemos que dejar la casa limpia como una patena. Bueno, tan limpia como nos permita esta agotadora residencia de campo de trescientos años de antigüedad.

Les envié a los Mason un montón de fotos de nuestro hogar para que supiesen exactamente dónde se estaban metiendo. Amber Mason dijo que le parecía divino, justo lo que había estado buscando; con todo, no puedo evitar preocuparme por lo que pensarán una vez que se instalen. ¿Y si se sienten engañados? No es que nuestra casa de campo sea precisamente espaciosa. En su vivienda, sin embargo, los cuartos son amplios y espaciosos y tienen cuatro habitaciones –frente a las dos nuestras–. También está el despacho de Niall, pero lo dejaremos cerrado con llave y les estará prohibido entrar en él. A día de hoy, nuestros hijos, Connor y Liam, comparten habitación. A largo plazo, tenemos planeado montar una oficina en el jardín para ganar un tercer dormitorio, pero Niall no está muy por la labor de tener albañiles por aquí: lo molestarían al trabajar. De todos modos, es un plan de futuro. Ahora mismo, tenemos dos dormitorios y punto.

Los Mason también tienen dos hijos, un niño y una niña, así que les tocará compartir la habitación. Sin duda, nos estamos llevando la mejor parte en este intercambio de casas, y nuestros chicos están deseando tener una habitación para cada uno. Por no hablar del sol, la piscina, el *jacuzzi*, los balcones y el Mercedes descapotable. Sensiblemente diferente a mi viejo y cascado Renault Clio, que tendrán que usar mientras estén aquí. Espero que aguante el tirón. Les he apuntado el teléfono de nuestro mecánico de confianza, por si acaso. La verdad es que le dejé caer a Niall que quizás debería permitirles usar su Audi TT, pero ni siquiera nuestros hijos pueden subirse a él –sí en ocasiones muy especiales–, por lo que no hay ni la más mínima posibilidad de que se lo preste a unos extraños.

Siento ansiedad en el estómago al llamar por segunda vez a la puerta del despacho de Niall. Me encojo instintivamente cuando me responde con un «¿qué pasa?» en tono irritado.

Abro la puerta con cuidado. Mi marido está sentado en su escritorio, delante de la ventana, y tiene la cabeza, con su pelo oscuro, inclinada sobre el teclado; en la pantalla, hay abierto un documento de Word vacío. El cursor parpadea. La lámpara proyecta su luz sobre unos papeles, unos libros y unas tazas de café vacías. Odio interrumpirlo mientras escribe, pero no me queda otra.

–¿Puedes venir a echar un vistazo rápido a las cosas que te he puesto sobre la cama? Solo necesito que me digas «sí» o «no».

Volamos mañana, y lleva una semana dándome largas cada vez que le pido que escoja su ropa para las vacaciones; ahora, me toca prepararlo todo contrarreloj. Podría elegirle yo la ropa, pero acabaría quejándose si le metiese la que no quiere.

Niall se endereza, cruza los dedos y estira los brazos ante sí con un sonoro suspiro antes de ponerse de pie y girarse hacia mí.

–¡A la mierda el trabajo de hoy! –Frunce el ceño y, por un momento, se le muda el semblante. Luego, relaja la expresión–. Bueno, supongo que puedo tomarme un respiro y dejar de pensar en mi siguiente capítulo. ¿Qué quieres que vea?

Me sigue hasta el desnivelado descansillo que da acceso a nuestra habitación y agacha la cabeza en el quicio de la puerta. La habitación es bonita pero pequeña, y no tiene espacio más que para una cama doble, un armario y una cajonera. En este momento, recuerda a una explosión en una fábrica de ropa. Se me acelera el corazón de pensar en todo lo que tengo que hacer antes de que salgamos mañana.

–Esas son las camisas, las camisetas y los pantalones cortos que iba a meterte en la maleta.

Señalo las distintas pilas que hay en la cama.

–Esos no, Beth. –Niall sacude la cabeza–. ¿Y un traje?

–He metido el gris.

Frunce el ceño.

–Prefiero el azul marino. Y esa camisa, no.

Mi marido se pasa los siguientes veinte minutos poniendo mala cara a la mayoría de mis propuestas. Habría sido mucho más sencillo si hubiese hecho lo que le pedí y hubiese elegido él su ropa directamente. Con solo imaginar lo que tengo por delante, ya me pongo a sudar.

Por fin, Niall termina de decidirse y yo me relajo un poco.

–Estaba pensando en pedir comida a domicilio –sugiero–. Así, me ahorro fregar y doy por empezadas las vacaciones antes. ¿Qué te parece? ¿Algo italiano para ir poniéndonos en situación? A los chicos les encantaría una *pizza*… –dejo caer y aguanto la respiración cruzando los dedos para que diga que sí.

–Claro, una *pizza* me parece bien. Y un poco de pan de ajo.

Dejo escapar un suspiro de alivio. No creo que tuviese la energía o el tiempo necesarios para cocinar esta noche. Llevo días preparando comidas y postres, llenando la nevera y las alacenas de manjares caseros para los Mason. No es que estuviese obligada a hacerlo, pero me gustaría de verdad que disfrutasen su estancia. Puede que, si les gusta este sitio, repitamos el año que viene y convirtamos esto en una cita anual. Sería increíble. Así que estoy decidida a que este intercambio salga lo mejor posible.

–Mami, ¿dónde está la cena?

Connor asoma la cabeza por la puerta. Sigo sin acostumbrarme a su nuevo corte de pelo. Nuestro hijo, de once años, empezó la secundaria el año pasado y parece ser que sus maravillosos rizos castaños no eran lo suficientemente guais, de modo que pedí hora con nuestra vecina, Sal, una peluquera a domicilio, y ahora Connor lleva el mismo corte de pelo que el resto de sus amigos. Otra señal de que se está haciendo mayor. Por lo menos, da la impresión de que va más contento a clase.

–¿Y si pedimos una *pizza*? –le pregunta Niall.

–¡Síííí! ¿Podemos, papá?

A Niall le brillan los ojos.

–Eso mismo acabo de decir, ¿o no?

Connor se echa a correr escaleras abajo anunciándole a gritos la buena nueva a su hermano, Liam, de siete años.

–¡Liam, papá dice que podemos comer *pizza*!

Como si ir de viaje no fuese ya suficientemente emocionante, los chicos andan alborotados por tener tres días más sin colegio. Las vacaciones no empiezan hasta la semana que viene, pero el vuelo sale mañana, así que le escribí al director para preguntarle si habría algún problema. El señor Walton me dijo que, desde un punto de vista oficial, por supuesto que supone un problema, pero que, extraoficialmente, nos deseaba unas felices vacaciones.

Niall repasa con la mirada la habitación como si la estuviese viendo por primera vez.

–Beth, esto está hecho una leonera. Habrá que ordenarlo un poco antes de que lleguen los Mason.

Me trago las ganas de replicarle que no sería tanta leonera si él hubiese hecho la maleta la semana pasada, tal y como le pedí.

–No pasa nada –respondo haciendo un gesto con la mano–. ¿Por qué no vas pidiendo la *pizza*? Yo empiezo con esto.

–Uf. –Niall traga aire entre los dientes.

Al ver su expresión, pierdo fuelle.

–La pediría yo, Beth, pero aún tengo que escribir el dichoso capítulo. ¿Te importa? De todas formas, tampoco he descargado aún en el teléfono la aplicación de la empresa de reparto. –Me dedica una mirada arrepentida antes de salir de la habitación–. Ah, una grande de *pepperoni* para mí, Beth. ¡Gracias! –grita desde el descansillo.

Me quedo mirando el revoltijo que hay sobre la cama. Supongo que tiene su lógica que yo me encargue de la cena y de las maletas. A fin de cuentas, Niall tiene que terminar su trabajo. Sin embargo, se me cruza de repente una pregunta: ¿cómo he logrado pasar de ser una chef segura de sí misma a una madre y esposa estresada? El plan era prepararme para abrir un restaurante mientras Niall intentaba firmar con una editorial. Solíamos repartirnos a medias las tareas domésticas, como un equipo. Hasta que, cuando estaba embarazada de Connor, Niall consiguió un contrato de edición. Su saga se convirtió en un éxito en todo el mundo y empezaron a reclamarlo para giras de libros y entrevistas. Yo estaba muy contenta por él. Ambos estábamos en un momento muy emocionante. Pero, en algún punto del camino, mis objetivos profesionales se quedaron en la cuneta. Dejé el trabajo y puse toda mi energía en nuestros hijos. Adoro a mi familia, de verdad que sí, pero no pensé que fuese a echar tanto de menos trabajar. Y, ahora que los niños se pasan el día entero en el colegio, quizás podría volver. Sin embargo, Niall no es muy partidario de eso. Dice que no nos hace falta el dinero y que los chicos necesitan que su mamá esté en casa. ¿Cómo se apañarían los fines de semana o en vacaciones? A lo mejor tiene razón. Llevo tanto tiempo fuera de juego que no sabría por dónde empezar.

Sacudo la cabeza mientras pienso que a santo de qué se me ha ocurrido esto ahora. Lo hecho hecho está. Tengo una vida estupenda, una vida de ensueño para la mayoría de la gente y por la que me siento muy agradecida. Tampoco es que me sobre tiempo para andar haciendo pucheros. Mañana nos vamos a Italia. Tengo que pedir la comida y, luego, ordenar la casa. Cojo el teléfono de la cama y abro la aplicación del servicio a domicilio.

Mientras tecleo la dirección, siento que me cuesta concentrarme en lo que estoy haciendo. En la pantalla, las palabras se me vuelven borrosas. Sé que Niall y yo decidimos que no trabajaría más y que me quedaría en casa para asegurarme de que todo fuese como la seda. Le dije que estaba de acuerdo con esa decisión. Siendo así, ¿a qué viene esa vocecilla insatisfecha que se esconde en mi cabeza? ¿Por qué me sigo viendo obligada a mantener a raya estos pensamientos recurrentes? A lo mejor, necesito otra conversación con mi marido. Puede que estas vacaciones me brinden la oportunidad de tenerla.

Capítulo 3

Amber

Estoy plantada en el balcón respirando el aroma de la primavera italiana. Esta es la primera tarde de verdadero calor en lo que llevamos de año. La primera tarde en que puedo salir sin chaqueta.

–¿Llevas suficientes prendas de abrigo? –me reclama Renzo desde la habitación–. Solo has metido tres jerséis.

Le doy un sorbo al vino.

–Siempre puedo comprar más cuando estemos allí.

–¿Qué dices? ¡No te escucho, Amber! ¿Puedes venir aquí un momento?

Lanzo un suspiro y me doy la vuelta. A través de las puertas correderas, vuelvo a entrar en el dormitorio, en el que está encendido el aire acondicionado.

–Cierra la puerta. Estás dejando entrar los mosquitos y haciendo que se escape el frío.

Hago lo que me pide.

–Échame una mano. Me estoy encargando yo solo de todo.

Renzo le echa una mirada crítica a la cama, sin quitar ojo a las perfectas pilas de ropa que hay en ella.

–Eso te encanta –digo arrastrando las palabras–. Cada vez que me propongo ayudarte, acabas recolocándolo todo. He aprendido a mantenerme al margen.

–Porque no haces la maleta, Amber; te limitas a apretujar cosas en ella y luego te quejas cuando se te arrugan.

–Cierto –asiento, y juego a provocarlo con una sonrisita de suficiencia.

Sacude la cabeza y el pelo, oscuro, le cae sobre la cara. No sabría decir si está molesto conmigo o concentrado.

Respiro profundamente y trato de mostrar mi mejor disposición.

—Vale, dame instrucciones.

—No, no te preocupes. Ya lo haré yo, tienes razón.

—¿Lo ves? Es que te encanta. ¿Quieres un poco?

Levanto la copa y la agito de un lado a otro.

—No hasta que haya terminado con esto. Coge otro par de jerséis del armario. Estaremos allí dos semanas, no dos días. Y la predicción del tiempo da aguanieve y lluvia. No entiendo por qué tenemos que ir a Inglaterra. ¿No podíamos haber elegido un destino más cálido?

Empieza a colocar camisetas enrolladas en el fondo de la maleta. Según mi marido, se arrugan menos si las enrollas que si las doblas.

Empujo una pila de camisas suyas y me siento en la esquina de la cama, a sabiendas de que eso lo molestará. Es que no puedo evitarlo. Me quiere tanto que no dirá nada, pero noto que acusa el golpe ante mi ataque involuntario a su orden perfectamente trazado. Le agarro la mano y se la cierro en torno al tallo de mi copa.

—Anda, tómate un sorbo. Quiero que los niños pasen tiempo en el Reino Unido y que practiquen el inglés. Que conozcan sus raíces. Apenas vamos.

Mi marido hace lo que le mando y toma un trago de vino.

—Es porque en Inglaterra hace frío y la vida es cara. Por eso vivimos en Italia, ¿te acuerdas?

Hago un puchero y me desinflo.

—Entonces, ¿no quieres ir? Pues ya podías haberlo dicho antes.

Renzo me pasa la copa. Casi no la ha tocado.

—Claro que quiero ir. Lo único que no me apetece es el clima.

Echo hacia atrás la cabeza y cierro los ojos un segundo.

—Es una casa de campo cuca. Podemos organizar veladas románticas delante del fuego y salir de paseo hasta la taberna más cercana. Parece ser que hay un castillo en Sherborne. Beth me envió un correo electrónico lleno de «cosas divertidas que hacer». A los niños les encantará. A decir verdad, pensé que querías cambiar de aires una temporada.

—Y quiero cambiar de aires. No me hagas caso. Irá todo bien. Aunque no estoy seguro de que me guste la idea de tener a unos extraños en nuestra casa. Se me hará raro pensar que hay otra familia en nuestro lugar.

–Nosotros estaremos en el suyo.

–Sí, supongo que sí. ¿No decías que él era un escritor famoso?

–Eso parece.

–Pues nunca he oído hablar de él.

Renzo tuerce el gesto, y detecto en él un punto de celos.

–Papá…

Nos giramos los dos a la vez al oír la voz de nuestra hija, de seis años. Ladeo la cabeza al verla con su camisón, el dedo metido en la boca y su osito encajado debajo del brazo.

–Deberías estar durmiendo en tu cama, señorita. Es muy tarde.

Me hago la enfurruñada.

Flora es la más pequeña; luego está Frank, que tiene once años. Ambos nacieron en Italia, pero son cien por cien bilingües. En casa, hablamos normalmente en inglés para que no pierdan fluidez.

–¿Ya es hora de irnos a Inglaterra? –pregunta medio adormilada, con el pulgar todavía en la boca.

–No, señorita. –Renzo arrambla con ella en brazos y le hace soltar una risilla–. Es hora de volver a la cama. Allá vamos.

Mientras la lleva de vuelta a su habitación, yo salgo otra vez al balcón y se me va la vista hacia la piscina. La hemos hecho limpiar y llenar para el inicio de temporada. Bajo la superficie, se extienden y brillan las luces. A un lado, el *jacuzzi* burbujea seductor bajo un cenador cubierto de vegetación. Nuestra casa es bonita. Un santuario.

Me quedo quieta al sentir un traqueteo en la valla al fondo del jardín. Mi mirada capta algo que se mueve. Se me acelera el corazón y me resbalan perlas de sudor por la espalda y el pecho. Agarro la copa con una mano y me aferro a la barandilla del balcón con la otra. Suelto un juramento en italiano al ver que solo se trata del gato de los vecinos. Lo más probable es que venga a hacer sus cosas a nuestro jardín, otra vez. Dejo salir el aire tratando de respirar con normalidad de nuevo, molesta conmigo misma por ser tan asustadiza. Bueno, ya se encargarán Niall y Beth Kildare del gato las dos próximas semanas. Más les vale no ponerse a darle comida. Lo último que necesito es que le den alas.

Vuelvo a pensar en lo que Renzo dijo de que no quería a extraños en nuestra casa. No me había preocupado por eso antes, pero, de repente, me revuelve el estómago pensar que vaya a estar aquí otra familia. Dormirán en nuestra cama, abrirán nuestras alacenas y cajones, comerán de nuestros platos y usarán nuestros cubiertos como si fuesen suyos. Me imagino a sus niños jugando en nuestra piscina mientras Beth está tirada en una tumbona con su marido extendiéndole crema solar por el cuerpo.

Me sacudo esa imagen y me meto dentro. Me cuesta cerrar las puertas del balcón tras de mí de lo que me tiemblan las manos. Se me escurre la copa de vino.

Estas vacaciones han sido idea mía. Yo convencí a Renzo para que aceptase. ¿A qué viene darle tantas vueltas ahora?

Capítulo 4

Beth

De camino a la sala de embarque, saco el teléfono del bolso.

—Voy a mandarle un mensajito a Amber, nada más.

—Mami, tengo hambre. —Liam me agarra de la mano que tengo libre y empieza a tirar de mí hacia las escaleras—. ¿Podemos ir allí? —Señala hacia la zona de restaurantes que hay arriba.

Le suelto la mano y me pongo a teclear un mensaje.

«¡Estamos en Gatwick!».

—¿Le estás escribiendo a Amber? —Niall frunce el ceño.

—Solo para avisarle de que estamos en el aeropuerto.

Miro a mi marido y le sonrío emocionada. Está tan guapo con sus vaqueros nuevos y su jersey de ochos… Qué más da que arrugue el entrecejo y apriete los labios hasta convertirlos en una simple línea.

No puedo creer que estemos por fin aquí. Hemos facturado las maletas y tenemos dos horas de margen hasta que salga el vuelo a Nápoles. Ha sido divertido planear el viaje a lo largo de las últimas semanas, mensajearme con Amber e intercambiar información sobre los pueblos en los que vivimos y las particularidades de nuestras respectivas casas. Por lo que parece, su aire acondicionado tiene sus manías. Le he avisado de que nuestra agua puede tardar hasta una hora en salir caliente. Afortunadamente, ella es originaria del Reino Unido, así que está acostumbrada a este tipo de fontanería. También le he advertido que, aunque estemos en abril, en Inglaterra aún se considera que es pleno invierno y que mejor metiera en la maleta ropa de abrigo. Mi teléfono suelta un tintineo al entrar su respuesta.

> ¡Qué emoción! Nosotros estamos ya cerrando las maletas. Espero que os guste lo que os encontréis aquí.

Estoy segura de que nos encantará. ¡Buen viaje!

¡Gracias! Lo mismo digo.

Repaso las últimas y caóticas veinticuatro horas. Pensé que no seríamos capaces de hacer las maletas y limpiar. Pero, después de quedarnos despiertos hasta casi las dos de la mañana, nuestra casa de campo luce ahora tan inmaculada como nunca lo ha estado antes ni lo estará jamás. La calefacción está programada para que se encienda dos horas antes de que lleguen, el leñero está lleno y hemos dejado material para prender la chimenea. Hemos ordenado, aspirado, sacado el polvo, fregado con lejía y pulido todo. Me he pasado la última semana arrancando las malas hierbas del jardín delantero y limpiando las ventanas. La experiencia en sí ha sido agotadora.

Más de una vez, me he preguntado por qué no podíamos habernos limitado a ir a un hotel o a alquilar una villa –tenemos dinero de sobra para eso–, pero hacía tanto tiempo que intentaba convencer a Niall para que nos fuésemos de vacaciones que no quería poner en cuestión su sugerencia por si se le pasaban las ganas de un plumazo.

Y ahora… ahora que ya nos hemos quitado de encima la limpieza y la organización, tenemos ante nosotros dos semanas de vacaciones resplandecientes como dos soles. Inspiro y espiro para recrearme en este poco habitual ambiente de reconfortante alegría.

–¡Mami! –Liam extiende el brazo y me arranca el teléfono.

–Liam, devuélvemelo.

–Tengo hambre. –Entrecierra sus oscuros ojos, lo que lo convierte en el vivo retrato de su padre–. Hay un Wagamama ahí arriba. –Su cara refleja optimismo.

Respiro profundamente y extiendo la mano ante mí. Liam deja caer el móvil en mi palma y, resentido, vuelve a adoptar un gesto ceñudo. Niall y Connor siguen andando sin reparar en nosotros, ajenos al berrinche de Liam.

–No se coge el teléfono de mami sin pedir permiso.

Soy consciente de que, a no ser que nos sentemos y les metamos algo de comida a los niños, no van a tardar en quedarse sin fuelle. Ha sido una mañana larga entre los arreglos de última hora, preparar algo para picar, conducir hasta el aeropuerto, aparcar y facturar. Los niños estuvieron chinchándose durante todo el trayecto, y a Niall se le cruzaron los cables más de una vez mientras yo trataba de calmar los ánimos.

Estoy decidida a que las cosas sean diferentes de ahora en adelante. No vamos a ser una de esas familias estresadas que discuten en público. Vamos a estar tranquilos y felices. Serenos y despreocupados. Hace tanto tiempo que sueño con este viaje que no pienso permitir que una minucia como un niño de mal humor porque tiene hambre me arruine el primer día.

–¿Wagamama? –le pregunto a Liam frunciendo el ceño–. ¿Y eso qué es? Nunca he oído hablar de ese sitio.

–¡Ma-má!

Sonríe y me da un golpecito en el brazo, consciente de que sé perfectamente que es su cadena de comida favorita. Los padres de Niall lo llevaron cuando cumplió siete años y le encantó.

–Venga, vamos. A ver si cogemos a tu padre y a tu hermano.

Liam y yo aceleramos el paso. Tenía la esperanza de poder echarles un vistazo a algunas tiendas primero, pero ya lo haré cuando hayan comido. De hecho, me doy cuenta de que yo también estoy deseando sentarme en un restaurante, tomarme una buena copa de vino y pasar un rato en familia. Hace tanto tiempo que Niall y yo no tenemos una conversación de verdad sobre algún asunto más allá de lo doméstico que estoy decidida a recuperar la chispa en nuestra relación. Y también quiero volver a ser una madre divertida en lugar de un incordio. El corazón se me desboca de tantas posibilidades que nos ofrecen estas dos semanas.

–¡Niall! –llamo a mi marido, que va parloteando con Connor.

Es genial verlo prestando atención a los niños. Estos últimos años, siempre estaba fuera por trabajo o encerrado a cal y canto en su despacho.

Liam les da alcance antes que yo.

–Mamá ha dicho que podemos ir a comer a Wagamama –suelta entre jadeos y con el brillo en la mirada que le da el entusiasmo de poder anunciar tamaña exclusiva.

Connor mira hacia atrás buscando confirmación en mí.

–Si vuestro padre está de acuerdo. Estamos de vacaciones…

Le sonrío a Niall.

–Claro. ¿Por qué no?

La espalda se me destensa. Todo el mundo está contento otra vez.

–Es arriba, vamos a coger mesa.

Abro la marcha, y Niall se pone a mi altura.

–Beth…

Me giro.

–Bueno, es que… aún tengo unos cuantos correos electrónicos pendientes. ¿Te importaría encargarte de los niños mientras busco un lugar tranquilo en el que trabajar?

–También tendrás que comer –respondo–. ¿Por qué no vienes con nosotros, almuerzas algo y trabajas luego, en el avión?

Se le ensombrece la mirada.

–Porque me gustaría quitármelos de encima antes de marcharnos. Lo último que quiero es tener que ponerme a trabajar en el vuelo de ida. Se supone que yo también estoy de vacaciones.

Me trago el nudo que tengo en la garganta.

–Claro, tienes razón. Sí, ve y haz lo que tengas que hacer. Les daré la comida a los niños.

–Que no es que quiera trabajar, ¿sabes? Ya me gustaría estar relajándome contigo y con los niños.

–Por supuesto. ¿Necesitas que te coja algo? ¿Un sándwich o…?

–No. Buscaré un sitio tranquilo en Jamie's Italian o en Juniper's. Venga, que, cuanto antes vayamos, antes empezamos las vacaciones.

Los niños guardan silencio mientras subimos las escaleras en tropel. Se sienten igual de decepcionados que yo por que su padre no nos acompañe. Pero me convenzo de que solo es una comida y de que Niall preferiría estar con nosotros que trabajando. Al final de la escalera, gira y se dirige hacia un restaurante de aspecto pijo mientras nosotros vamos a Wagamama.

Sé que es ridículo, pero tengo los ojos anegados de lágrimas. Me digo que no es más que cansancio. Rechazo la inoportuna idea de que quizás Niall no quiera pasar tiempo con nosotros. De que prefiere estar con su teléfono o con su portátil. Necesito dejar de compadecerme de mí misma. Si no quisiese pasar tiempo con nosotros, ¿qué sentido tendría que hubiese sugerido hacerlo? Respiro profundamente e intento sacarme de la manga un poco de entusiasmo por el bien de los niños.

–¿Quién tiene hambre?

Connor se para y cruza los brazos a la altura del pecho.

–¿Por qué no podemos ir al mismo sitio que papá?

Suspiro.

–Lo siento, Con, pero papá necesita silencio para ponerse con una cosa que le ha surgido en el último momento.

–¡Siempre está trabajando! ¿Por qué tiene que trabajar todo el tiempo y tú no? ¿No puedes hacerlo tú por él y que venga a comer con nosotros?

Al escucharlo decir eso, me da un vuelco el estómago. Hasta los niños sienten que su padre los deja de lado. No puedo permitir que la decepción les arruine el principio de sus vacaciones.

–Serán solo un par de horas. Y tenemos dos semanas enteritas en Italia. Cuando estemos allí, papá cenará con nosotros cada noche, ¿de acuerdo?

Espero con todas mis fuerzas que así sea. Me asalta la molesta duda de que, por mucho que se trate de unas vacaciones en familia, Niall siga queriendo aislarse para trabajar. Con suerte, los niños estarán lo suficientemente distraídos con la piscina y la playa. Pero ¿quién me distraerá a mí? ¿Qué consecuencias tendría eso en nuestra relación? ¿Y en nuestra familia? ¿Voy a limitarme a aceptarlo sin rechistar o encontraré el valor necesario para hacerme valer, para inyectarle algo de esperanza, algo de vida a nuestro matrimonio?

Capítulo 5

Beth

La novedad de comer de restaurante no tarda en distraer a los niños de la decepción por la ausencia de su padre. Dejo que pidan lo que les apetezca –incluidas tres rondas de refrescos– y tiramos la casa por la ventana con unos superpostres para todos. Dos vasos de vino blanco frío casi de un trago me ayudan a sacudirme las preocupaciones. Apenas presto atención a la comida, ocupada como estoy con mis pensamientos. Los chicos guardan silencio mientras comen. Les permito mirar sus teléfonos, lo cual me hace sentir una mala madre. Me digo que ya limitaremos el tiempo delante de las pantallas en cuanto lleguemos a Italia.

Yo también compruebo mi móvil. Aún falta una hora para que salga nuestro vuelo. Le envío un mensaje a Niall para ver qué tal lleva el trabajo. No me contesta al momento, así que decido dejarlo en paz y llevarme a los niños abajo. Me gustaría buscar algo de lencería bonita y un conjunto playero *sexy*. Necesito encontrar la manera de atraer la atención de Niall. Antes, me adoraba. Quería pasar todo el tiempo posible conmigo. Ahora, da la impresión de que no soy más que una molestia. Cuando le hablo, casi puedo oír las ganas que tiene de que me dé prisa y termine lo que estoy diciendo para que él pueda volver al trabajo. Pero tampoco voy a echarle la culpa: si es que, a día de hoy, solo hablamos de tareas domésticas y de los niños. Estas vacaciones se han convertido en un claro luminoso en medio de un nubarrón de domesticidad interminable.

Necesito que se fije en mí. A mis treinta y siete años, aún sigo siendo bastante atractiva. Tengo el pelo largo y oscuro, la piel lisa. Mis pechos se han mantenido más o menos en su sitio después de haber amamantado a dos bebés. Ya no uso una talla treinta y ocho, pero tampoco es que él tenga el mismo cuerpo que hace doce años. Lo que necesitamos es recuperar la diversión.

Pago la cuenta e intento no preocuparme por el gasto. Ni que tuviésemos que controlar cada céntimo… Al menos, eso creo. Niall nunca me ha explicado con detalle cuánto gana con sus libros. Se encarga él de las finanzas –cosa con la que siempre he estado de acuerdo, aunque me gustaría desempeñar un papel más activo–. Me dedico a justificar las compras compulsivas que estoy a punto de hacer como si de ello dependiese el encarrilar de nuevo nuestro matrimonio. Es que la bebida se me ha subido y hace que me desmelene. No estoy acostumbrada a beber a la hora de la comida.

–Bueno, chicos, vamos a pasarnos por un par de tiendas. ¡Andando!

–¿Toca ir de compras? –Los labios de Connor se curvan en señal de desaprobación y se escurre en su asiento–. ¿No podemos quedarnos aquí sentados esperándote?

–No, no tardaré mucho. Venga.

–¿Puedo comprarme algún LEGO? –pregunta Liam con gesto esperanzado.

–Hoy, no.

Me pongo de pie y espero mientras mis hijos se despegan a regañadientes de sus sillas.

Decido ignorar las quejas por duplicado que van soltando de camino a la salida del restaurante y bajando las escaleras. Me estoy imaginando algo de seda y encaje que pueda llevar con un vestido ajustado que me siente bien y potencie mis curvas estratégicamente. Me daré el capricho de comprarme también una barra de labios roja. Ya casi nunca me pinto los labios y, si lo hago, suelo usar un color carne o un poco de brillo.

Vuelvo a pensar en la mujer que un día fui, llena de energía, divertida, trabajadora y con una exitosa carrera como chef de un restaurante de Londres. Por aquel entonces tenía tantos amigos… Tenía una vida plena y muy animada. Me gustaría recuperar parte de mi antiguo yo y recordarle a Niall por qué se casó conmigo.

Sonrío al repasar lo mucho que Niall se esforzó para convencerme de que le diese una oportunidad y quedase con él. Se fijó en mí una noche en un bar, se me acercó y me dijo que le parecía muy guapa. Mis amigas y yo nos echamos a reír pensando que aquella era una frase de lo más cursi. Rechacé educadamente su invitación a tomarnos una copa. A la semana siguiente, se me acercó en el mismo bar, pero esa vez nos pusimos a hablar. Me contó que era escritor. Decidí prestarle más atención y me pareció que era un tipo interesante, incluso un poco atractivo. Dejé que me invitase a una copa.

Para él, no era un impedimento que yo fuese chef y que mis jornadas de trabajo fuesen largas y pusiesen en jaque mi vida social, dejándome muy poco tiempo para citas. Insistió y me conquistó con su sutil encanto, su ambición y su pasión por la escritura. Me dijo que yo lo inspiraba, que, desde que había empezado a salir conmigo, no paraban de venirle ideas. Me sentí halagada.

Meses más tarde, descubrí que había construido el personaje principal de sus *Crónicas de hechicería* basándose en mí –una chica de pelo oscuro y ojos negros, con los labios rojos y una mirada altiva–. Eso decía él, no yo. A ver, ¿cómo no iba a caer en sus redes con algo así? Pero su bruja ficticia sigue siendo joven y glamurosa, y yo… no.

Me dirijo a una tienda llena de brillos que rezuma exclusividad con sus baldas y estanterías calculadamente vacías y sin etiquetas a la vista. Todo aquí es luminoso y ligero, diseñado para llevar en playas bañadas por el sol o cócteles nocturnos en cálidas terrazas. Se me van los ojos a un vestido de seda color jade con tiras de pedrería esmeralda y un escote profundo en la espalda. Me veo vistiéndolo con unos zapatos de tacón de vértigo. La imagen que tengo en mente se corresponde a mi yo de hace unos años, pero puedo tirar de esa visión para darme más seguridad en mí misma, claro.

En el estante quedan dos vestidos, uno de talla pequeña y otro de la mediana. Los dos son indudablemente minúsculos. Si a eso le llaman «talla mediana», entonces yo debo de usar una 3XL.

—Mamá, tengo que hacer pis.

Aparto la mirada del estante. Liam no ha entrado todavía en la fase de corretear arriba y abajo, así que tenemos unos minutos de margen.

–Vale, cariño, dame un segundo.

–¿Podemos irnos ya? Esto es un aburrimiento –añade Connor.

Se me acerca una esbelta dependienta.

–¿Todo bien? ¿Necesita que le eche una mano? –Me sonríe de una forma que no parece falsa–. Ese vestido es maravilloso. Le iría fantástico con su melena oscura.

–Me preocupa la talla. La mediana me va estrecha.

–Acabamos de recibir mercancía. Déjeme que haga unas comprobaciones.

Se adentra en la trastienda, y yo me pongo a mirar los otros vestidos medio desanimada. Ninguno me llama como el jade. Le echo un vistazo al teléfono. Niall sigue sin responder, aunque es evidente que ha visto mi mensaje.

–Aquí tiene. ¡Vaya suerte la suya! –La dependienta me entrega el vestido y señala los probadores–. Siento que el vestido esté un poco arrugado, no me ha dado tiempo a plancharlo aún.

Compruebo la etiqueta. Es una talla grande, así que espero que me sirva.

–Genial, muchas gracias.

Vuelvo a mirar el móvil. Vamos ya justos de tiempo. Me pregunto si tendré margen para probarme el vestido. Dudo, pero me doy cuenta de que si no lo hago lo lamentaré luego.

–Chicos, esperadme fuera del probador. Ahora salgo.

Entro en el cubículo, me desnudo y voy metiendo la cabeza por esa seda ligera. Me observo en el espejo. Es absolutamente perfecto. No recuerdo la última vez que me probé algo que me sentase tan bien. Con una mano en el corazón, respiro profundamente. Si Niall no reacciona ante este vestido, entonces es que no queda esperanza para nuestro matrimonio. Puede que me lo ponga esta noche. Podemos salir todos juntos, en familia. Me imagino la velada: Niall, de traje; yo, con este vestido; los niños, guapos con sus camisas nuevas.

Vale, me toca espabilar, pagar el vestido y mirar en la pantalla si ya nos han asignado una puerta de embarque. Me enfundo rápidamente en mis vaqueros y en mi sudadera otra vez, cuelgo el vestido del antebrazo y salgo del probador.

–Mamá, necesito hacer pis urgentemente.

Liam se ha puesto inquieto.

–No me extraña, con todo ese refresco de limón que te has tomado. Voy a pagar esto y luego vamos a buscar a papá para llevaros al baño.

–¿Podemos ir a buscarlo ahora?

El tono de Liam roza la desesperación.

–Dame un segundo.

Saco el teléfono y compruebo la pantalla. Sin respuesta de Niall. Le mando otro mensaje:

> **Los chicos necesitan ir al baño. ¿Puedes bajar ya? Te esperamos en las escaleras.**

–¡Mamá!

Liam pone cara de horror y echa a correr hacia el probador del que acabo de salir.

–Liam, ven aquí. ¿Qué haces ahí metido?

Connor se queda mirándome, pálido. Se inclina hacia mí y susurra:

–Creo que se ha meado encima.

¿Qué? Se me cae el alma a los pies. No llevamos ropa para cambiarlo. Tendré que comprarle algo. No puede pasarse dos horas sentado en un avión con el pantalón de chándal empapado.

–¿Liam?

Me meto con él en el cubículo.

Está agachado en una esquina y las lágrimas le corren por la cara.

–Te dije que tenía que ir al baño –grazna.

–Lo siento, cariño. Es verdad que me lo dijiste, pero no te presté atención. No te preocupes, vamos a buscarte una muda.

–¿Aún podemos ir a Italia? –dice tragando saliva.

–Pues claro que sí, mi vida.

Me agacho junto a él y le echo el brazo por los hombros. Le doy un beso en la mejilla, salpicada de lágrimas. Vuelvo a mirar el teléfono. Niall ha respondido por fin.

Estoy en cinco minutos.

–Se me ha metido en las zapas y en los calcetines –solloza Liam.

–¿Qué tal? –pregunta la dependienta dirigiéndose al cubículo–. ¿Cómo le sienta el vestido?

–¡No le cuentes lo que ha pasado! –me ruega Liam.

–Por supuesto que no, no te preocupes. Átate la sudadera a la cintura –le digo en voz baja antes de responderle a la dependienta–. Gracias, pero no me convence.

Salgo con Liam de la mano y le devuelvo el vestido.

–Ay, es una pena. Estaba segura de que le quedaría fantástico.

Le sonrío mientras intento olvidar lo bien que me sentaba. Ella olisquea y arruga la nariz; nosotros salimos a toda velocidad de la tienda, antes de que se dé cuenta de dónde viene el olor.

Ya fuera, echo un vistazo a las escaleras, pero Niall todavía no ha llegado. Me llevo a los chicos a una tienda de surf y escojo unos pantalones de chándal, unos calcetines y unos tenis exageradamente caros. Liam se pone quisquilloso con la selección y Connor no para de quejarse de lo injusto que es que le compre a Liam ropa nueva. Contraataco diciéndole que, si se mea encima, se la compraré también a él. Hablo más alto y sueno más enfadada de lo que debería y recibo alguna mirada reprobatoria, pero al menos he conseguido que los chicos se callen.

Me siento culpable. ¿Por qué no llevé antes al baño a Liam? Me he comportado como una egoísta, preocupándome más por comprar un vestido *sexy* que por el bienestar de mi hijo. Yo no soy así. Yo siempre pongo por delante a mis niños. ¿Qué diablos me pasa? Supongo que esto prueba lo mucho que necesito unas vacaciones. Sacudo la cabeza.

–Vale, vamos al probador. Vamos a quitarte el pantalón, a limpiarte con estas toallitas húmedas y unos pañuelos y a meter la ropa mojada en una bolsa.

Mi teléfono hace un sonidito. Otro mensaje de Niall.

¿Dónde narices estáis? Estoy en las escaleras y ya han anunciado en la pantalla nuestra puerta de embarque. Tenemos que irnos.

Respiro profundamente y me trago el ladrido de frustración que me sale. Para empezar, si Niall se hubiese quedado con nosotros en lugar de escabullirse para disfrutar de una tranquila comida a solas, nada de esto habría sucedido. ¿Y qué ha sido del divertido inicio que me estaba imaginando hace un momento para nuestras vacaciones en familia? ¿Cómo puede volverse todo un caos en menos que canta un gallo? Solo espero que consigamos llegar a la puerta de embarque a tiempo.

Capítulo 6

El amor no es solo un sentimiento. Es algo físico, tangible. Una cosa terrible. El dolor en mis entrañas es real. Me acompaña día y noche.

Creía que, con tiempo y distancia, la herida iría suturándose. Que me quedaría una cicatriz, pero que encontraría la manera de seguir adelante. No ha sido así.

Sigo paralizado. El dolor aumenta semana a semana. Desplazándose y retorciéndose como un cuchillo… o como una criatura en su madriguera.

Los nudos de mi estómago están más tirantes, el ácido de mi garganta me quema. Hay días, como hoy, en que me siento tan ciego de odio e ira que se me nubla la vista. No puedo centrarme en nada más.

Solo se me ocurre una manera de soltar lastre. Una manera de mejorar las cosas.

Sé lo que tengo que hacer…

Capítulo 7

Amber

Después del bamboleo de ayer, hoy estoy mejor. Me siento mucho más optimista sobre el viaje que estamos a punto de hacer. Facturamos sin problemas y estamos cenando los cuatro juntos en un restaurante de la sala de embarque, en el aeropuerto de Capodichino.

—Estás muy callada —apunta Renzo, y sus ojos, muy oscuros, están llenos de amor y de una pizca de preocupación.

—Estoy bien.

Me estiro por encima de la mesa y le cojo la mano a mi marido. Sus ojos de perrillo fueron lo primero que me conquistó. Conocí a Renzo en una boda de invierno de unos amigos, en Ravello, hace doce años. Durante la misa, se puso a llorar y me pilló mirándolo. Levanté una ceja, y él se encogió de hombros y me sonrió entre lágrimas. Después de la ceremonia, me buscó y me explicó que la novia era su hermana menor, que lo había pasado muy mal últimamente y que se alegraba mucho por ella. Me gustó que no le diese vergüenza mostrar sus emociones.

Alabé su dominio del inglés, y me contestó que su aspecto sin duda me había hecho pensar que era italiano. Pero, según me explicó, su padre era inglés y su madre era italiana; ella había muerto un año antes, lo que hacía que ese día fuese aún más emotivo. Le conté que yo era amiga de Federico, el novio, y que no conocía a su hermana en persona, pero que podía asegurarle que se había casado con un buen hombre. Había trabajado durante años con Federico en distintas etapas y todos sus amigos y conocidos me habían hablado maravillas de él.

Después de la comida y de los discursos nupciales, nos pasamos el resto de la noche relatándonos nuestras vidas. Le conté que trabajaba como relaciones públicas. Él me dijo que acababa de salir de una relación larga. Me contó que era el dueño de un par de joyerías –una, en Amalfi; la otra, en Maiori– y que le encantaría comentar conmigo una posible campaña para promocionarlas. Aunque estaba viviendo en Roma, me las arreglé para bajar a la costa al mes siguiente para reunirme con él. No era algo que hiciese a menudo. Todos mis proyectos estaban en Roma. Pero había algo en Renzo que me atraía.

Frank nació un año más tarde y nos casamos ocho meses después.

–¿Amber? –apunta Renzo.

Caigo en la cuenta de que me ha estado hablando.

–Lo siento, estaba en otra parte.

Miro por la ventana del restaurante a los viajeros que van pasando. Algunos, caminando sin prisa y cómodamente; otros, a la carrera y con cara de nerviosismo. Se me acelera el corazón al ver a un hombre que me observa desde una tienda de recuerdos que hay enfrente. Entonces, hace un gesto con la mano y la mujer de la mesa de al lado le responde. Tengo que tranquilizarme y dejar de saltar por todo.

Renzo le hace una seña al camarero, que viene al momento con una botella. Y ese es otro punto a favor de mi marido: domina las situaciones. La gente lo toma en serio.

–Papá, ¿podemos tomar helado?

Flora le pide las cosas siempre a su padre antes que a mí porque sabe que es más probable que él le diga que sí.

Renzo le pellizca la mejilla.

–Pues claro que podemos, cosita linda. Franco, ¿quieres helado?

Renzo usa siempre la versión italiana del nombre de nuestro hijo, que es también como le llaman sus amigos.

Frank se limita a asentir. Se ha enfurruñado porque hemos dicho que nada de teléfonos en la mesa mientras cenamos cuando estaba en plena partida en un juego *online*.

–¿Debo entender que eso era un sí? –pregunta Renzo con una sonrisa–. Porque necesito escuchar las palabras de tu boca.

Frank mascula un sí casi imperceptible. Renzo y yo intercambiamos una mirada y, en silencio, nos compadecemos mutuamente por el progresivo descenso de nuestro hijo hacia el mal humor adolescente.

Renzo y los niños tienen una charla profunda con el camarero sobre sabores de helado mientras yo me bajo medio vaso de vino más. Está delicioso. Mi teléfono vibra. Lo saco del bolso con el corazón en un puño. A pesar de las dudas de ayer, ahora estoy convencida de que hemos hecho lo correcto al apuntarnos a este viaje. Necesito poner tierra de por medio, relajarme.

–¡No es justo! –Frank señala mi teléfono–. Dijiste que nada de móviles mientras comíamos.

Renzo le da un ligero codazo.

–Nos referíamos a socializar y jugar con otra gente, Franco. El teléfono de tu madre es para cuestiones de trabajo o para arreglar algo relacionado con las vacaciones. En cualquier caso, cosas que te hacen a ti la vida más agradable. Venga, anímate, que nos vamos de vacaciones.

Renzo pone una cara ridícula, y a Franco se le escapa una sonrisa.

–Solo es un mensaje de trabajo –confirmo–. Pero a lo mejor le mando a Beth uno rápido para que sepa que nos subiremos en nada al avión.

Renzo asiente.

Nuestro vuelo sale más tarde que el de los Kildare. Probablemente, estará ya amaneciendo cuando por fin lleguemos a Sherbone, aunque tengo la esperanza de que los niños duerman durante la mayor parte del trayecto. Tecleo un mensaje:

Chicos, espero que hayáis tenido un viaje genial. ¡Nosotros no tardaremos en embarcar!

Me horroriza mi tono excesivamente entusiasta. Sueno como una de esas animadoras de campamentos de vacaciones. Pero me he limitado a imitar los modales de Beth para hacerla sentir más cómoda. Si me conociese en la vida real, no tardaría en darse cuenta de que mi verdadera yo no tiene nada que ver con eso. Por mi trabajo como publicista, tengo que mostrarme afable y profesional, pero estoy lejos de ser lo que se dice una persona jovial. Siempre he preferido la seguridad que da el silencio y mantener las distancias. Creo que da mejor resultado. Hace que la gente quiera ponerse a tu servicio. Hace que deseen complacerte. Al entregarte en pequeñas dosis, el receptor se siente como si hubiese captado el destello de una estrella en una noche oscura.

Espero a que Beth me conteste. Normalmente, me responde apenas unos segundos después de que le escriba. Esta vez, no. Deben de estar ya volando.

Me pregunto si Beth es tan pesada en persona como parece por correo electrónico o por mensaje.

Supongo que sí.

Capítulo 8

Beth

–¡Ahí están! ¡Mirad!

Connor señala nuestras maletas, que, gracias a Dios, han salido a la cinta transportadora al mismo tiempo.

–¡Yo las he visto primero! –insiste Liam.

–De eso nada.

–Chicos, ya basta.

Niall les regaña sin levantar la vista de su teléfono. Me coloco al lado del carrito portaequipajes, preparada para coger una de las maletas.

–Niall, ¿puedes encargarte de una de las maletas?

–¿Qué? –Frunce el ceño y mira distraído–. Ah, sí, claro.

–Puedo cogerla yo –dice Connor acercándose a la cinta.

–¿Y yo puedo coger otra, mamá? –pregunta Liam, abriéndose paso ante mí.

Lo agarro de la mano.

–Liam, cariño, échate un poco más hacia atrás. Las maletas pueden ser un poco pesadas para ti.

–Pero no para mí –saca pecho Connor acercándose al frente y con la mano ya lista.

–Yo también puedo hacerlo –insiste Liam, y su tono se vuelve más agudo.

Niall se mantiene al margen. A mí, se me tensa la espalda. Si permito que Connor coja una maleta y Liam no, se armará una discusión de órdago. Están demasiado cansados y demasiado estimulados y, en este momento, yo no tengo la energía necesaria para lidiar con ellos.

–Chicos, quiero que los dos os echéis hacia atrás.

–Pero…

–Nada de peros. Papá y yo vamos a coger las maletas y quiero que vosotros os encarguéis de vigilar el carrito. Que nadie nos lo quite.

Connor pone mala cara. Es consciente de que le estoy ofreciendo un premio de consolación, pero Liam apoya una mano en la cadera y se coloca para hacerse cargo del carrito.

Connor se lanza por delante de mí y coge la primera maleta, lanzándola con aire triunfal al carrito y dándome en el tobillo de paso.

–¡Buen chico! –dice Niall.

Connor no cabe en sí ante el elogio de su padre.

–¡Eso no es justo! –Liam se pone colorado.

Agarro la segunda maleta y la suelto en el carrito; luego, lo rodeo para hacerme cargo del manillar.

–Vale, vamos allá.

Tengo la esperanza de que, si hago oídos sordos al drama, se pase sin más. La resaca del vino y las dos ginebras con tónica del avión amenaza con darme dolor de cabeza. Necesito agua.

–Eh, chicos, ¡que estamos en Italia! ¿No es increíble? –intento animarlos. Quiero que charlemos y que nos entusiasmemos por estar de vacaciones.

Nadie responde. Connor y Niall van caminando junto a mí; Liam está colorado y sudoroso, y ha cruzado los brazos sobre el pecho en señal de enfado.

–¿Quieres sentarte en el carrito? –le pregunto al hacer un alto.

Es evidente que la idea lo seduce, pero tiene un dilema: ¿seguir o no seguir enfadado? Afortunadamente, se impone el encanto de un paseo en carrito. Sonríe y se deja caer junto a las dos maletas. Aliviada, me pongo en marcha de nuevo. El peso añadido hace que una de las ruedas gire en sentido contrario, y me veo obligada a reconducirla cada dos por tres. Pienso en pedirle ayuda a Niall, pero su teléfono no para de hacer soniditos de mensajes entrantes y no le quita ojo a la pantalla. Yo todavía no he encendido el teléfono desde que aterrizamos.

Por fin, salimos de la terminal. El aire viene caliente y cargado, con una nota de olor a combustible y a alquitrán. Del edificio sobresale un toldo, que nos protege del sol vespertino. Dejo el carrito con los demás, en una fila, y le paso una de las maletas a

Niall, que se guarda a regañadientes el teléfono en el bolsillo y tira del asa para poder arrastrarla con las ruedas.

En cuanto nos separamos de la sombra del edificio, me pongo a tirar del cuello del jersey. Sabía que haría más calor aquí que en Inglaterra, pero no estoy preparada ni para esta claridad deslumbrante ni para el bochorno avasallador que hace. Ojalá no llevase vaqueros. Debería quitarme el jersey, pero ya tengo demasiadas cosas de las que encargarme. No paran de pasar taxis y minibuses renqueantes, así que nos dirigimos a un paso de cebra para cruzar.

—¡Qué calor! —proclama Liam a la vez que suelta el aire acumulado en los carrillos.

Se para en seco y se limpia la frente.

De repente, nos entra la risa por la carita colorada de Liam y su gesto serio. Niall y yo nos miramos y me dedica una sonrisa que me hace sentir mariposas en el estómago. Qué alivio que la tensión se haya disuelto por fin.

—Normalmente, en Nápoles no hace tanto calor en abril —dice Niall—. ¿Consultaste el tiempo?

Asiento.

—Técnicamente, esta noche habrá tormenta. Pero ponía que habría sol los próximos días, así que no debería haber problema.

—¿Una tormenta? Por eso hay tanta humedad. ¿Dónde está el dichoso coche? Espero que tenga aire acondicionado.

—Eso creo, pero, en todo caso, al ser un descapotable supongo que no lo necesitaremos. Amber dijo que lo aparcarían en la zona de estancias breves, en frente de la terminal. De hecho, dijo que nos enviaría una foto de la plaza de aparcamiento, al igual que hicimos nosotros. Déjame ver si me la ha mandado.

Saco el teléfono del bolso y espero a que se encienda. Desbloqueo la pantalla y abro nuestra conversación.

—Nada. A lo mejor no han entrado aún los mensajes. —Me toco la sien. La cabeza empieza a palpitarme—. Tenemos que salir de este sol.

—¿Eres consciente de que nos esperan dos semanas de sol, Beth? La fama no le viene a Italia por su clima fresquito.

Niall sacude la cabeza y sonríe para sí mismo.

—Ya lo sé, es solo que no estoy acostumbrada a esto.

Escribo a Amber para recordarle que nos diga dónde han aparcado. Como no me contesta al momento, decido llamarla. El teléfono me manda directa al buzón de voz, y le dejo un mensaje. Trato de sonar desenfadada y alegre, como si no estuviese en absoluto molesta. Sin embargo, me sale una voz histérica y patética.

—A ver, quedarnos aquí titubeando no nos va a servir de nada. Vamos a echar un vistazo, igual lo localizamos.

Niall echa a andar a grandes zancadas por el pasillo en dirección al paso de cebra. De repente, se gira:

—Dijiste que era un Mercedes, ¿no?

—Sí, un descapotable azul marino. No debería ser difícil de encontrar.

Vamos detrás de mi marido, y, al mismo tiempo, reviso el aparcamiento con un ojo puesto en el teléfono, a la espera de que entre un mensaje.

—El aparcamiento no es tan grande —dice Niall—. Empecemos por una punta y vayamos recorriéndolo hasta la otra. Muy bien, chicos, estamos buscando un Mercedes azul marino con capota. Pegad un grito si lo veis.

Nos pasamos los siguientes diez minutos rastreando el aparcamiento, pero es evidente que el coche de los Mason no está aquí.

—Espero que no se lo hayan robado. —Me aterroriza esa idea—. Me refiero a que es un coche bastante llamativo, vamos…

—¿Estás segura de que dijo en el aparcamiento de estancias cortas? —pregunta Niall ignorando mis conjeturas y secándose la barrera de sudor que se le ha formado sobre el labio superior—. Puede que lo hayan metido en el aparcamiento vertical para que no estuviese al sol. A lo mejor te confundiste al leer el mensaje.

Siento que mis niveles de estrés suben un poquito.

—Espera, que lo compruebo.

Voy pasando la conversación con Amber mientras me pregunto si la habré entendido mal. Niall se pondrá hecho una furia si nos he puesto a patear el aparcamiento de punta a punta para nada.

—No, mira, aquí… —Le enseño la pantalla, pero no muestra interés, así que me pongo a explicarle que no me he equivocado–. Dijo claramente que aparcarían en la zona de estancias cortas.

Niall me hace un gesto con la mano como si me espantase.

–Vale, te creo.

–Tengo sed –dice Liam con carita de pena.

Le paso una botella de agua en las últimas. Caigo en la cuenta de que debería haber comprado más agua dentro del aeropuerto.

–Compártela con tu hermano. Dos sorbos cada uno.

–¿No tenemos más agua que esta? –pregunta Niall–. A mí también me vendría bien un poco.

Respiro hondo y trato de controlar la ansiedad que crece en mi interior. Me digo que no hay motivo para preocuparse. Solo estamos cansados y tenemos calor. Necesitamos encontrar el coche de Amber y Renzo. Algún día, nos reiremos de este momento.

–¿Por qué no voy a buscar agua? –me ofrezco–. Mientras tanto, seguid buscando el coche, chicos.

–Lo haré yo más rápido sin los niños –responde Niall, y echa a andar–. Mándame un mensaje cuando volváis con el agua y te aviso cuando encuentre el coche. Esto es ridículo, ¿sabes? Tendrías que haber pensado un sistema mejor para hacerlo.

–No fue idea mía, sino de Amber.

–Y tú no tienes que tragar con la idea de alguien si no es buena –responde Niall–. Podríamos haber cogido un taxi desde el aeropuerto. De todas formas, no me apetece conducir.

Espero que Niall no cuente conmigo para conducir. Entre el vino de la comida y las dos ginebras del avión, me paso del límite. Me había dicho que estaba deseando ponerse al volante y conducir sin más por la costa rumbo a Maiori. De lo contrario, no habría tomado nada de alcohol.

–Venga, chicos, vamos a comprar agua. Y un café para mí, si eso.

De camino a la terminal, trato de no pensar en el inicio movido que están teniendo nuestras vacaciones. Intento no preocuparme por lo que pasará si no encontramos el coche. Y, sobre todo, trato de no pensar en la bronca que me echará Niall si este viaje se convierte en un desastre.

Capítulo 9

Beth

Después de pasar una estresante hora en el aeropuerto de Nápoles buscando el coche de los Mason en el aparcamiento, acabamos dándonos por vencidos y decidimos coger un taxi. Supongo que volveremos cuando sepamos dónde lo han dejado. Aunque Niall dice que van apañados si creen que vamos a desperdiciar nuestras vacaciones yendo y viniendo del aeropuerto para localizar su coche.

Al dejar atrás Nápoles rumbo al sur, Niall señala desde el asiento de copiloto en dirección al Vesubio, ya de por sí una vista espectacular, pero más todavía con el telón de fondo de las nubes de tormenta que se están formando. En cinco minutos, Liam se queda dormido apoyado en mi hombro, pero Connor está fascinado por el volcán auténtico que estamos viendo en directo desde la distancia. Le prometemos que iremos allí de excursión.

No tardamos en encontrarnos con las carreteras sinuosas de la costa amalfitana, que trazan curvas pegadas a escarpados acantilados y serpentean cuesta abajo desembocando en bonitos pueblos de costa para volver a subir luego. El sol está bajando y las luces van encendiéndose con un parpadeo.

Debería haber sido un trayecto maravilloso, pero, después de la debacle del coche perdido, no paro de pensar angustiada que todo esto del intercambio de casas es un timo y que, en realidad, le hemos entregado nuestro coche y las llaves de nuestra casa a un estafador profesional. No consigo disfrutar nada del trayecto por culpa del tremendo temor que se me ha instalado en el estómago. Estoy todo el tiempo a punto de vomitar de lo preocupada que estoy de que al llegar a la villa nos encontremos con que son otros sus propietarios o que ni siquiera existe. Sé que este intercambio vacacional fue idea de Niall, pero yo me encargué de la organización, así que no puedo evitar sentirme directamente responsable del éxito del viaje.

Muy pronto, nos encontramos bajando por los acantilados de nuevo en dirección al pueblo de Maiori, nuestro destino de vacaciones. El conductor del taxi conduce sin inmutarse en paralelo a la orilla del mar, que recorre un paseo iluminado por guirnaldas de luces. A pesar de las hileras de tumbonas y de sombrillas que hay en la playa, de las tiendas hasta arriba de luces, de los bares, restaurantes, hoteles y apartamentos, el lugar en sí transmite relajación, como si no fuese temporada alta.

—¿Este es el sitio en el que vamos a quedarnos? —pregunta Connor, apretando la nariz contra la ventanilla del taxi.

—Efectivamente —responde Niall—. ¿Qué te parece?

—¿Hay barcas? ¿Podemos subirnos en una?

—Puede que sí —responde Niall—. Si os portáis bien, claro.

—Me encantaría ir a Capri —apunto—. Por lo que dicen, hay unos cuantos restaurantes que son increíbles. Quizás podríamos ir a pasar el día allí.

—Ya casi estamos —dice el conductor, apartándose de la calle principal y dejando atrás la playa.

Pasamos por delante de tiendas, plazas, hoteles y bloques de apartamentos. Las calles van estrechándose y haciéndose más empinadas. A nuestros pies, puedo ver aquí y allá retazos de mar en la oscuridad. Amber me aseguró que su casa estaba cerca de la playa, pero da la impresión de que estamos ya a una distancia considerable de ella. Será un alivio estar en la villa y dejar aparcados todos estos nervios. Ya le he enviado un mensaje a la vecina de Amber y Renzo, Paola, que es la encargada de abrirnos y darnos las llaves.

El conductor da algunas vueltas más. Entramos en una carretera estrecha bordeada de árboles. Las casas están diseminadas y medio escondidas tras setos y vallas enormes. El taxi reduce la velocidad.

—Es esta, ¿no? —pregunta el taxista—. ¿La Villa Della Luna?

Se me van los ojos a una placa de pizarra con el nombre inscrito que hay colgada de un poste de piedra.

–Sí, eso parece.

Se me acelera el corazón al meter la cabeza por la verja, abierta de par en par. La casa es casi tan impresionante como el paisaje de la zona. Es una amplia villa moderna toda blanca y de cristal, con un acceso inmaculado en tono gris claro bordeado de macetas con abetos y palmeras e iluminado por luces integradas en ellas. Es todo tan bonito que estoy a punto de echarme a llorar de lo agradecida que me siento. El coche atraviesa la verja y se para delante de la enorme puerta principal, de color negro.

Al acercarnos a la vivienda, van encendiéndose más luces de seguridad.

–Genial –comenta Niall.

–Es superchachi –chilla Connor–. ¿Este es el sitio en el que vamos a quedarnos?

–Sí –respondo, y me permito sentir un pellizco de entusiasmo. Le sacudo ligeramente el hombro a Liam–. Eh, señor dormilón, que ya hemos llegado.

–¿Mmm?

Tiene las mejillas coloradas y el pelo caliente y húmedo del sudor allí donde ha estado apoyándose en mí.

–Liam, es hora de levantarse.

Abre los ojos, se despereza y bosteza ruidosamente. Niall y Connor han bajado del taxi y ya están listos. El taxista está sacando las maletas del maletero. Me planto en el caminito de acceso con un desorientado Liam detrás. Viene un aire caliente y pesado.

–Mami, tengo sed.

–Aquí tienes –le paso a Liam la botella de agua, templada ya, que llevo en el bolso.

–Buenas tardes. –Una voz femenina reclama mi atención.

Me giro y veo a una mujer rubia y elegante que se dirige a nosotros desde lo alto del caminito. Niall se acerca a saludarla. Caigo en la cuenta de que el taxista está esperando a que le paguemos, así que rebusco mi cartera dentro del bolso y saco con torpeza un puñado de billetes de euro, con los que no estoy familiarizada, hasta dar por fin con la cantidad correcta. El taxista se marcha, y yo voy junto a Niall con los niños a la zaga.

—Esta es Paola —dice Niall—. Vive en la casa de al lado. Paola, esta es mi mujer, Beth.

—Hola —digo, y me pregunto qué nivel de cansancio, en una escala del uno al diez, se me nota después del viaje.

—Encantadísima de conocerla.

Tiene un acento divino. Me tiende la mano, pequeñita y con la manicura hecha, a modo de saludo.

Comparada con la palma de su mano, fría y seca, la mía resulta pegajosa.

Me mira y ladea la cabeza.

—Por un momento, creí que eras Amber. Sois muy parecidas.

—Entiendo que las dos tenemos el pelo oscuro. —Me coloco el pelo, cohibida—. ¿Así que vive ahí al lado?

—Sí, justo al lado. Nuestra casa es la de la izquierda.

Señala hacia una mansión gris de diseño más antiguo que está medio oculta por un muro de piedra y una hilera de cipreses.

—Parece muy bonita —digo.

—Gracias. —Menea la cabeza—. No es tan moderna como esta. Es más tradicional. Era la casa de los abuelos de mi marido y ahora la ocupa nuestra familia. —Se gira hacia los chicos para verlos bien—. ¿Cuántos años tenéis vosotros, chicarrones?

Les guiña un ojo. Tanto Connor como Liam miran hacia mí; son tímidos y les da apuro responder.

—Connor —interviene Niall—, Paola te está haciendo una pregunta.

—Once —masculla.

Liam me agarra fuerte la mano y no contesta.

—Connor tiene once y Liam, siete —respondo.

—¡Maravilloso! Es una edad estupenda. Yo tengo cinco hijos, y el más joven tiene catorce.

—¡Guau! —respondo—. Nadie diría que es tan mayor.

Se echa a reír.

—Gracias. Bueno, supongo que estaréis cansados. Os enseñaré cómo van las llaves y la alarma, ¿vale?

La seguimos hasta la puerta de entrada y allí nos explica qué llave tenemos que usar y cómo se abre antes de pasar al vestíbulo —con aire acondicionado— para que nos muestre cómo funciona el sistema de alarma. Me cuesta concentrarme en las instrucciones que nos da, por lo que espero que Niall se esté quedando con todo. Yo prefiero centrarme en los interiores.

La casa es como una obra de arte moderna. El suelo es de mármol blanco veteado y las paredes también son blancas. La altura del pasillo es doble y está iluminado por luces empotradas descendentes en forma de cuadrado. Pero la principal fuente de claridad es una escalera blanca de cristal que parece que brilla. Me fijo en que cada uno de los peldaños, flotantes, está iluminado desde dentro. La escalera es como un accesorio luminoso gigante. El interior produce un efecto general de frescura y modernidad sin caer en la frialdad.

–Bonito, ¿verdad?

Paola me ve babear y me dedica una sonrisa.

–Es impresionante.

Trago saliva mientras pienso en nuestra modesta casita. Las fotos de Amber no le hacían justicia a este sitio ni de lejos. De hecho, me parece increíble que sea la misma vivienda que subió a la página de intercambio de casas. Le rebajó un poco la categoría. Al momento, empiezo a preocuparme por si armamos algún lío. ¿Y si los niños rompen o manchan algo?

–Bueno, me marcho ya. ¿Vale? –La mirada de Paola va de mí a Niall–. Tenéis mi número, llamadme si os surge algún problema.

–Muchísimas gracias –respondo, aún un poco deslumbrada–. Ha sido muy amable al prestarse a abrirnos la casa.

–Faltaría más, faltaría más. No es nada. Me marcho, que tengo que hacerles la cena a los niños. *Ciao.*

–*Ciao* –respondemos al unísono Niall y yo.

Me siento como una impostora al decirlo.

En las últimas semanas, he intentado aprender alguna frase en italiano, pero no se me da ni la mitad de bien que a Niall, que ya tiene casi fluidez. Sus novelas son bastante populares en Italia, de ahí que haya hecho unas cuantas giras por aquí a lo largo de los años y otras tantas entrevistas para los medios.

Paola cierra la puerta al salir, y nosotros nos quedamos plantados en el vestíbulo, amplio y lleno de ecos.

–No está mal, ¿eh? –digo.

–¡Es una pasada! –Ahora que Paola se ha marchado, a Connor le ha vuelto la voz–. ¿Dónde está la piscina?

Dejamos las maletas en el sitio y pasamos del recibidor al resto de las estancias de la planta baja. Hay macetas blancas con plantas frondosas, marcos de fotos en blanco y negro y un par de mullidas alfombras grises estratégicamente colocadas. Una de las paredes está ocupada por una estantería que va desde el suelo hasta el techo y hay una estantería empotrada en la que se guardan los troncos ya partidos con los que probablemente alimenten la moderna estufa de leña blanca que descansa en la esquina del salón. En ausencia de muros de carga, el techo descansa sobre unas delgadas columnas negras distribuidas por toda la habitación.

Y ahí está, al otro lado de una cristalera que da a la parte de atrás, la piscina color turquesa clarito, resplandeciendo en la oscuridad y con las luces del fondo creando un efecto de espejo en la superficie.

–¿Podemos meternos en la piscina?

Liam echa a correr hacia la puerta y apoya las manos en el cristal, dejando marcadas sus huellas de sudor. Procuro no pensar en ello. Se supone que estamos de vacaciones. Ya haremos una limpieza a fondo cuando toquen a su fin.

–¿Podemos, mamá? –pregunta Connor.

–Luego –prometo.

–Venga, déjales darse un chapuzón rápido –dice Niall–. Igual me apunto yo también.

–Es tarde ya. Tenemos que meterle algo al estómago –respondo, y ya me gustaría poder ser más espontánea, pero es que, si los niños no comen a su hora, se pondrán de mal humor y me tocará a mí lidiar con las consecuencias.

–Iremos a cenar algo en cuanto nos bañemos –dice Niall–. Seguro que hay algún restaurante por aquí cerca.

–Vale –consiento–. Démonos un baño.

–¡Síííí! –chillan los chicos, y empiezan a preguntar por los bañadores y los hinchables y por lo fría que estará el agua.

Su entusiasmo me levanta el ánimo. Me recuerda que debería

dejarme llevar. Esto es lo que quería: unas vacaciones en familia, haciendo cosas divertidas y relajantes. Y no hay nada más divertido y relajante que darte un baño vespertino en la piscina de una mansión moderna y pija.

Niall y yo subimos las escaleras luminosas acarreando las maletas y le asignamos una habitación a cada niño. Localizamos la habitación de matrimonio en la otra punta. Al igual que el resto de la villa, es un cuarto amplio y de techos altos. Las paredes son blancas, pero los suelos de la planta de arriba son de madera oscura pulida. En lugar de ventanas, hay unas puertas correderas con marcos negros que dan a un balcón con dos tumbonas rematadas en metal, un juego de mesa y sillas y macetas de piedra negras en las que hay plantados árboles y arbustos con formas arquitectónicas. Ideal para tomarse una taza de café por la mañana o para un cóctel de tarde.

La nuestra es una cama extragrande con mesillas empotradas. Aparte de eso, el único mueble que hay es una lujosa *chaise longue* de terciopelo gris situada frente a la cama, bajo una foto enmarcada de gran formato de la familia Mason mirando al frente con una playa desenfocada de fondo.

–¿Dónde se supone que vamos a colgar la ropa? –pregunto después de repasar la habitación y no ver armarios.

Niall abre una puerta y echa un vistazo a lo que hay al otro lado.

–Pues aquí.

Lo sigo y entro en un enorme vestidor unisex revestido de armarios empotrados y cajones. Hay un expositor en la pared en el que se muestran un bolso, unos zapatos y un frasco de perfume. Es como una tienda de diseño.

Más allá del armario vestidor, hay un cuarto de baño de mármol blanco con dos lavabos a juego y una bañera amplia y profunda. Pero el detalle más impactante es la mampara de la ducha doble, sobre la que hay impresas fotografías de gran tamaño de Amber desnuda. Una, de espaldas y mirando por encima del hombro. La siguiente es una vista lateral. Y, la tercera, es ella mirando al frente con las manos en las caderas.

Niall está ojiplático. Nos quedamos absortos durante unos minutos. Busco su mirada para echarnos unas risas sobre esto, pero él se aclara la garganta y vuelve a la habitación. ¿Mi marido está estupefacto? ¿O más bien se ha excitado? ¿Le resulta indiferente? No tengo ni idea. Por lo que a mí respecta, siento una incomodidad transitoria, como un mazazo en la boca del estómago.

Capítulo 10

Beth

La terraza del restaurante queda bajo una pérgola cubierta de parras entre las que cuelgan guirnaldas de luces. Sobre las tradicionales baldosas de terracota, descansan sillas y mesas de ratán y cristal intercaladas con macetones de limoneros. Dos viejos olivos de troncos retorcidos se comban sobre el espacio como tratando de escuchar sin ser vistos las animadas conversaciones que allí se dan. No hay ni una mísera mesa vacía a la vista, y nos dedicamos los cuatro a merodear, incómodos, por los bordes de la terraza. Parece que vamos a tener que buscarnos otro sitio para cenar.

En la calle no hay movimiento, así que no esperábamos encontrarnos con tal cantidad de gente en un mismo espacio al cruzar la modesta puerta de este restaurante.

–Tendríamos que haber reservado –dice Niall.

Soy consciente de que lo que está queriendo decir es que yo tendría que haber reservado. Trago saliva.

–Bueno, es el primer sitio en el que entramos. Quizás deberíamos probar un poco más lejos. Estoy segura de que encontraremos algún otro. –Suspiro–. Aunque estas vistas…

Desde la terraza, parpadean a nuestros pies en la distancia las luces de Maiori y las oscuras aguas del mar forman olas a la luz de una luna casi llena. Este restaurante fue uno de los dos que Amber nos recomendó. Si la comida está a la altura del ambiente y de las vistas, habrá que darle las gracias.

–*Buona sera.*

Se nos acerca una simpática camarera. Parece de mi edad, con sus curvas y unos rizos fantásticos de color caramelo que lleva atados para dejar la cara despejada. Debemos de tener mucha pinta de turistas, ya que pasa al inglés inmediatamente.

–Bienvenidos a Terrazza Luciana. ¿Mesa para cuatro para cenar?

Se me destensa la espalda. Son casi las nueve de la noche, y no creo que pudiese soportar andar por ahí buscando otro sitio para cenar. El chapuzón vespertino ha sido estupendo, pero ahora mismo no me importaría tirarme en la cama si no tuviese tanta hambre. Los chicos también están hechos polvo.

–Sí, por favor –responde Niall–. Sería genial una mesa aquí fuera.

–Lo siento, pero, como puede comprobar, la terraza está llena. Tenemos un par de mesas libres dentro.

–Dentro está bien. –Sonrío.

–Si me acompañan… –Con un gesto, nos invita a pasar.

Doy un paso, pero Niall se queda quieto y me agarra del brazo. Se muestra ceñudo y pone mala cara.

–Preferiría estar fuera. ¿Puedes montar otra mesa en la terraza? –Echa un vistazo alrededor–. Aquí, mira, junto a ese tiesto. Estoy seguro de que ahí hay espacio suficiente para una mesa pequeña.

–Lo siento mucho, pero tenemos que tener libre esa zona para circular. Si no, quedaría un paso demasiado estrecho para los camareros. El interior es igualmente agradable, podemos ponerlos junto a la ventana para que disfruten de las vistas.

Niall se queda callado un instante, y yo cruzo los dedos para que no monte un lío.

–Venga, vayamos adentro. –Su cara da miedo.

La camarera se para.

–¿Les importa esperar aquí un momento?

Nos deja en la terraza y va a toda prisa a hablar con un camarero más veterano que sacude la cabeza y luego asiente. Este llama a otro, y los tres hablan en italiano subiendo la voz y atropellándose.

Para descansar los pies, me apoyo alternativamente en uno y en otro; jugueteo con mi pulsera con la esperanza de que nos sienten pronto. Noto que a Niall se le está acabando la paciencia. Menos mal que la camarera no tarda en volver y nos hace una seña para que vayamos dentro. Nos sienta en una mesa junto a la ventana. Tal y como nos había dicho, las vistas siguen siendo maravillosas, pero el aire acondicionado nos da frío después de pasar tanto calor por la tarde.

Niall pide una botella de vino y los chicos piden un Sprite cada uno.

La camarera me sonríe con amabilidad.

—Tómense algo dentro mientras mis compañeros les preparan una mesa en la terraza, ¿vale?

—¿Estás segura? —pregunto sintiendo que somos unos turistas maleducados y la estamos obligando a cumplirnos el capricho.

Me sonríe con picardía.

—Claro. Haremos que su velada sea perfecta.

Mi marido hace una pequeña reverencia.

—Gracias.

—Bien, les traeré sus bebidas.

En cuanto nos quedamos fuera del alcance de su oído, Niall se repantiga en su silla.

—Sabía que nos haría un hueco. Era solo cuestión de pereza. No quería molestarse en mover una mesa. A veces, sale a cuenta armar un poco de lío.

Me muerdo el labio por no salir en defensa de la camarera. El sitio está abarrotado y van volando de un lado a otro. No me atrevería a calificarla de perezosa. Pero no merece la pena discutir, así que lo dejo pasar.

—No me digáis que no es un lugar fabuloso. Chicos, ¿que os parece?

—Está bien —dice Connor, y asiente—. ¿Podemos ir a la piscina otra vez al volver a casa?

—Mañana —respondo.

A Liam se le caen los ojos. Se escurre de la silla e intenta subirse a mi regazo.

—No te me vayas a quedar dormido, eh, cariño. Antes, tenemos que comer algo, ¿vale? Y tomarnos un vaso de Sprite. Seguro que eso te despierta.

Lo acompaño de vuelta a su silla. Me encantaría tenerlo acurruca-do en el regazo —cosa rara ya a estas alturas—, pero si se lo permito caerá rendido en un periquete, y quiero que antes cene algo.

Ha sido un día largo. No puedo creer que nos despertásemos en nuestra cama en Dorset y que tuviésemos que rascarle el hielo al parabrisas del coche a las seis de la mañana de hoy. Y ahora, aquí estamos, en la costa amalfitana, en manga corta y con dos semanas de descanso por delante.

La camarera vuelve con las bebidas y no estamos ni cinco minutos dentro cuando viene para llevarnos a la mesa de fuera. El ambiente es animado y alegre. No escucho nada de inglés a nuestro alrededor. Parece que todo son parejas y familias italianas. Supongo que será porque estamos lejos de la calle principal, junto al paseo marítimo. Puede que sea aquí adonde viene la gente de la zona.

—Hace calor. —Niall se afloja el cuello de la camisa.

—Hay mucha humedad —coincido.

Noto la piel de los brazos cargada de electricidad estática y el aire huele a ozono.

—Se avecina una tormenta —sentencia Niall.

—Espero que no llueva, ahora que hemos conseguido una mesa aquí fuera.

Nos quedamos mirando los dos al cielo, y yo intento pensar en algo que decir que no sea sobre el tiempo. Necesito conectar de nuevo con mi marido, hacerle recordar por qué se enamoró de mí, básicamente. Me acuerdo con nostalgia del vestido de color verde jade de la tienda del aeropuerto. Me habría ido perfecto esta noche. En lugar de eso, llevo un viejo vestido largo con estampado de flores y una tira prendida al sujetador con un imperdible, ya que se me rompió el verano pasado al quitármelo y se me olvidó coserla.

Al margen de la humedad y de los fallos de vestuario, pasamos una velada mágica. Los chicos se han espabilado con la llegada de las bebidas y de la cena, y los camareros son de lo más amable. Niall reconoce que el sitio es todo un descubrimiento. La comida es espectacular. Niall pide pescado, los chicos comen pasta y yo opto por el *risotto* al limón —uno de los mejores platos que he probado nunca— que nos recomienda la camarera.

—Supongo que no me podrás dar la receta —le pregunto cuando se acerca a retirar los platos—. Si no es posible, lo entiendo, pero es que estaba absolutamente delicioso.

—No sé si será muy partidario de compartir los secretos de familia –responde entre risas mientras apila los platos–. De todas formas, voy a preguntarle. El chef es mi hermano.

–Un negocio familiar, eso está muy bien –asiente Niall.

–Sí –responde ella–. Este restaurante era de mis padres, le pusieron el nombre por mí: Terrazza Luciana. Y, ahora que mis padres se han jubilado, hemos tomado el relevo mi hermano y yo.

–Qué maravilla. –De repente, siento envidia de ella–. Yo era chef. Siempre soñé con abrir un restaurante.

–¿En serio? –Parece que a Luciana le pica la curiosidad–. ¿Qué tipo de restaurante? Un italiano, espero.

Me pongo colorada. En casa, nadie se interesa por mis sueños. No sé qué me ha dado para ponerme a hablarle de mi pasado a una desconocida. Puede que sea culpa del vino.

–Me formé en cocina francesa, pero también me encanta la italiana, por supuesto.

–¡Bah! ¡Cocina francesa! –Luciana arruga su linda naricita y hace como que escupe en el suelo antes de soltar una carcajada.

–Beth es buena cocinera –añade Niall–. Quizás no tan buena como tu hermano, pero…

Se encoge de hombros y me pincha con el dedo en las costillas para que sepa que está de broma.

Luciana apoya una mano en la cadera.

–A lo mejor nos vendría bien tenerla en la cocina. ¿Están de paso o viven aquí?

–Por desgracia, de paso –contesto–. Nos quedaremos un par de semanas. Esta es nuestra primera noche aquí.

–¡Y han venido directamente aquí! Bueno, ya hablaremos. Me interesa ese sueño suyo. Pero, por el momento, ¿quieren que les traiga algo más de beber? ¿Algo de postre?

Niall pide un *limoncello* para él y para mí, y los chicos piden un helado. Aún me dura la emoción por el interés fugaz que me ha mostrado Luciana. Soy consciente de que probablemente solo estaba tratando de ser amable, pero hace años que nadie me pregunta por la profesión que dejé a un lado. Me sorprende notar en mi estómago una chispa medio consumida de esa antigua ambición. Es curioso, pero siento una conexión con esa mujer; si viviese aquí, seríamos buenas amigas. Parece cariñosa y divertida. Además, da la impresión de que lleva la vida ajetreada y con un propósito claro que a mí me gustaría.

En cuanto Luciana se va, recorro con la mirada el panorama que ofrece la noche y siento un optimismo no exento de nerviosismo. El día de hoy ha sido como una montaña rusa, tan agotador como estresante; pero aquí estamos, en este bonito lugar, y espero que estas vacaciones sean tan ideales como las habíamos imaginado.

Hago callar a los niños, que se han puesto a pelearse por qué sabor de helado es mejor. Hasta el momento, se habían portado tan bien… Ojalá no les pase factura el cansancio.

La terraza va vaciándose ya. Los que se marchan se despiden de Luciana con un abrazo. Da la impresión de que los conoce a todos. Y, a pesar de lo habladora que es ella, el servicio sigue siendo rápido, limpian las mesas, las comandas salen al momento. Su equipo responde.

—¿Por qué le has dicho que tu sueño era abrir un restaurante? —pregunta Niall limpiándose los labios con la servilleta.

—Era solo por darle conversación.

Me encojo de hombros tratando de quitarle hierro al asunto. Niall tiende a ponerse insolente sobre ciertos temas delicados y no quiero que se quede dándole vueltas a mi comentario y pensando que no soy feliz. A ver, mi sueño era abrir un restaurante, y Niall lo sabe. Lo que pasa es que la vida nos ha llevado por otro lado.

Se queda callado un momento. Y, entonces, suelta:

—¿Así que te gustaría haber hecho eso? Abrir un restaurante… en lugar de dedicarte a cuidar de nuestra familia. —Pone cara de ofendido—. ¿No estarás intentando hacerme sentir culpable?

—Pues claro que no, bobo. —Le acaricio el brazo para tranquilizarlo—. Tomé una decisión y estoy contenta con ella. Lo que pasa es que, estando en un restaurante y hablando con su propietaria, se me ocurrió sacar el tema de mi carrera como chef. Nada más. Porque es algo que tenemos en común, ¿no te parece?

—El chocolate es el mejor sabor —dice Liam.

—El helado de chocolate sabe a caca.

Connor pone una cara horrible simulando que le dan arcadas.

–¡Eso no es verdad! –chilla Liam.

–¡Shh! –Me inclino hacia los chicos y los fulmino con la mirada–. Connor, deja de meterte con tu hermano. Liam, no puedes gritar de esa manera. Estamos en un restaurante.

–Pero ha dicho que…

–Oh, oh. –Les apunto con el dedo–. Vosotros dos, comportaos o no hay helado.

–Papá. –Connor le tira de la manga a su padre–. ¿Cuál es el mejor helado, el de chocolate, que parece caca, o el de fresa?

Niall hace caso omiso a la pregunta de Connor y se levanta.

–¿Estás bien?

Siento una punzada de nerviosismo en la boca del estómago.

–Voy a dar un paseíto. He comido demasiado; necesito un poco de espacio. Hoy ha sido un día de locos.

–¿Un paseo? –pregunto.

–¡Y aquí les traigo todo!

Luciana está de vuelta con dos vasos helados de *limoncello* para Niall y para mí, junto con las dos copas de helado más gigantescas que haya visto jamás. Vienen regadas de chocolate líquido, con nubes y virutas, y coronadas por unas pequeñas bengalas que chisporrotean.

–¡Hala! –chillan Liam y Connor a coro olvidando su pelea.

–Guau, la verdad es que tienen una pinta excelente. –Le sonrío desconcertada a Luciana–. No habíamos pedido nada tan elaborado.

–Corre a cargo de la casa –responde–. Si sus chicos se parecen a los míos, estoy segura de que les gustarán.

–Muy amable. –Niall asiente con sequedad–. Vuelvo dentro de un minuto. –Me da un toque de pasada.

–¿Está todo bien? –pregunta Luciana en cuanto Niall se marcha de la terraza.

Me arden las mejillas al ver a mi marido irse de una manera tan brusca, pero opto por darle una vuelta a su pregunta.

–Sí, maravilloso, gracias. No deberías mimarlos tanto, es muy amable por tu parte.

–No es nada.

–¿Y dices que también tienes niños? –pregunto cambiando de tema y dándole un sorbo al licor de limón.

Me agrada su dulzor y el sabor intenso a alcohol.

–Sí, más o menos de las mismas edades que los suyos, creo.

Los mira con cariño.

–Connor tiene once y Liam siete.

Por segunda vez en la noche, comparto con ella información personal.

–Bueno, los míos tienen doce y nueve. Como ahora están de vacaciones en la escuela, me echan una mano en el restaurante.

–Guau, eso es genial. ¿Estáis escuchando, chicos? Los hijos de Luciana la ayudan en el restaurante.

Mis niños están demasiado enfrascados en sus postres para prestarme atención y se limitan a mascullar algo distraídamente.

–Sí, pero protestan. –Luciana sonríe–. Y mucho. Preferirían estar con sus amigos, haciendo travesuras, lanzándose al mar desde el muro del puerto y otras cosas de las que piensan que no me entero.

–Suena peligroso –respondo, y soy consciente de que puede parecer que la estoy criticando.

Estoy dando la imagen de ser una madre sobreprotectora, pero no me imagino permitiéndoles a mis hijos hacer nada de ese estilo.

Luciana se encoge de hombros.

–Todos lo hemos hecho cuando éramos pequeños, pero da más miedo cuando se trata de tus hijos que de ti misma. Y es duro, porque yo tengo que trabajar y no puedo estar vigilándolos todo el tiempo.

Me doy cuenta de lo afortunada que soy por no tener ese problema. Aun así, me gustaría tener una carrera como la de Luciana.

–De todas formas, debe de ser genial vivir cerca de la playa. La casa en la que nos alojamos tiene piscina, así que estos dos estarán entretenidos mientras estamos aquí.

Señalo con la cabeza en dirección a Connor y Liam.

–Ay, eso es estupendo. A los míos les encantaría tener piscina. Este año tiene pinta de venir caluroso.

–No en el Reino Unido –digo con una sonrisa.

–¿Ah, no? Tienen mucha lluvia, ¿verdad?

–En este momento, heladas y granizo. Por eso, para nosotros es un regalo poder venir a un sitio en el que hace calor.

–Cosa que a mí no me hace mucha ilusión.

Luciana hace una mueca y nos echamos a reír.

–Por cierto, este *limoncello* está delicioso.

Le doy otro sorbo, paladeándolo bien.

–Es una receta de mi madre –dice asintiendo con la cabeza.

–¿Lo hacéis vosotros?

–Por supuesto. El nuestro es el mejor. Lleva un ingrediente secreto –añade con una sonrisa cómplice.

–¿Sabes? Si a tus niños les apetece un chapuzón, son más que bienvenidos –digo en un arrebato de generosidad–. Y tú también. A Connor y a Liam les encantaría tener compañía.

–¿Lo dice en serio?

A Luciana se le ponen los ojos como platos.

–Claro que sí. Estamos muy cerca de aquí, en Villa Della Luna, un par de calles más allá.

–¡Ya sé! Es la casa de Amber y Renzo Mason. Vienen muy a menudo. Nos encargamos del *catering* a veces en su casa. Pero ahora no están, ¿no?

–No. Hemos hecho un intercambio. Ellos están en la nuestra, en Inglaterra.

–¿Un intercambio? ¡Qué gran idea! Su piscina es preciosa.

Luciana se besa los dedos.

–La verdad es que sí.

Quedamos en que vendrá con los niños al día siguiente a las diez de la mañana. Le pregunto si tiene marido o pareja, pero se le ensombrece el rostro y me cuenta que está divorciada. Después de planificarlo todo, me entra la preocupación por lo que le pueda parecer a Niall. No será más de una hora o dos y tendrá ocupados a los niños, así que estoy segura de que lo verá bien.

Pero ¿y si no?

Capítulo 11

Amber

Ya es tarde cuando aparcamos el coche delante de la casa de campo de los Kildare. La luz del porche brilla invitándonos a entrar. Aunque habíamos visto unas cuantas fotos, caigo en la cuenta de que no me había hecho muchas ilusiones con este sitio. Sin embargo, vista por fuera diría que es una vivienda realmente bonita. Una casita de campo de piedra con techo de paja y doble fachada, cristales emplomados y dos chimeneas gemelas. Con la escarcha que brilla en el tejado y el jardín delantero, parece sacada de una postal de Navidad.

El trayecto en coche desde Gatwick no estuvo mal, a pesar de que tuvimos que meternos con calzador en el minúsculo Renault de Beth con todo el equipaje. Tardamos veinte minutos en colocarlo todo en el maletero. Aun así, nos vimos obligados a llevar una de las maletas en el asiento de atrás, entre los niños.

Beth y yo nos enviamos un duplicado de las respectivas llaves del coche por adelantado. Por cuestiones de seguridad, decidimos no mandar también las de casa. Afortunadamente, tanto unos como otros tenemos amigos que se ofrecieron a hacer las respectivas entregas.

Renzo y yo nos turnamos para conducir. Paramos a medio camino en un área de servicio para ir al baño y tomarnos un café en un McDonald's. Él se encargó del primer turno y yo del segundo. Los niños se quedaron dormidos después de hacer un alto para descansar. Renzo cayó rendido hará una media hora. Sus ronquidos hacen temblar el coche entero.

Ahora que por fin estamos aquí, siento que mi cuerpo va relajándose. Suelto el volante y hago ejercicios con los hombros. Espero que el interior de la casita de campo sea tan acogedor como su exterior. En este momento, mi único deseo es tirarme en una cama cómoda y cerrar los ojos.

—Parece bonita —dice Renzo desperezándose ruidosamente.

—Hola, dormilón —respondo.

—Lo siento, ya sé que se suponía que debía darte conversación y hacerte compañía.

Me pone la mano en el muslo y me da un apretón.

—No pasa nada.

—¿Han dejado la llave en alguna parte? —pregunta mientras estira los brazos hacia adelante.

—Tengo que llamar a un número. En principio, hay una vecina que tiene que entregarnos un par de llaves. Sally, creo que se llama. No quisieron dejarlas debajo del felpudo.

Me estiro para coger el móvil del bolso, que está a los pies del asiento del copiloto. Al hacerlo, me fijo en una luz que viene del otro lado de la casa de campo. De detrás del seto que separa las parcelas surge una silueta: una mujer con una bata de felpa de color crema y unos tenis en los pies. Camina hacia nosotros.

—Eh, Renzo, creo que ahí viene la vecina. Supongo que nos ha visto aparcar.

Abro la puerta del coche y salgo a la acera, estrecha; el aire gélido me da en la cara y me hace soltar un grito ahogado. Había olvidado lo tremendamente frío que puede ser el Reino Unido en abril. De repente, se me ha pasado el amodorramiento que me había entrado por el calor del coche y estoy totalmente despierta.

—¿Amber? —pregunta la mujer, y se me planta delante.

Es baja y rubia, andará por los cuarenta. Parece que se ha pasado por la cara un estropajo. Me da un repaso con la mirada, y va tomando nota de mi ropa, mi cara y mi pelo.

—Sí, hola, soy Amber.

Me rodeo con los brazos para combatir el frío y sonrío.

—Soy Sal, la vecina de Beth. Aunque había entendido que sería italiana, tiene acento inglés. Y qué melena oscura más bonita.

Sal tiene un ligero acento de Dorset.

—Gracias. No, vivimos en Italia, pero soy de Surrey. Siento haberla obligado a quedarse levantada hasta tan tarde.

—No pasa nada. Beth ya sabe que soy ave nocturna. Le dije que no me importaba. Perdone que venga con la bata.

—Hola, soy Renzo.

Mi marido da la vuelta al coche hasta la acera y le tiende la mano.

—Encantada de conocerle. —Sal le sacude la mano y luego mete la cabeza en el coche—. Ay, están fuera de juego, pobrecitos míos. ¿Qué les parece si entramos y van instalándose?

Mientras Renzo saca a los niños del coche, yo sigo a Sal a través del caminito que atraviesa el jardín hasta la puerta principal, que es de madera.

Me entrega un juego de llaves enganchadas a un llavero de cuero con forma de corazón.

—Tire de la puerta hacia usted a la vez que gira la llave dorada en el sentido de las agujas del reloj.

Hago lo que me dice. Tras un par de intentos, la llave gira haciendo un clic que lo confirma y consigo abrir la puerta.

—Muy bien. Para cerrar, es igual, pero en sentido contrario a las agujas del reloj, obviamente. —Sal se echa a reír—. Hay dos llaves para la entrada de delante; aquí está la llave de la puerta de atrás.

Entro en un minúsculo porche adoquinado e iluminado por un farol de latón que cuelga del techo. En la pared de la izquierda, hay una fila de colgadores. En el suelo, descansa un estante para zapatos vacío. Al lado, hay cuatro pares de botas de goma de color verde. Abro la puerta de dentro, la que da acceso a la casa. Justo enfrente de mí, está la escalera, empinada y estrecha. Sally estira el brazo para encender las luces de la pared, y yo miro a mi alrededor tratando de ubicarme.

Giro ligeramente hacia la izquierda y entro en lo que parece un pasillo pero que también hace las veces de comedor. El suelo es de listones de madera que conservan las marcas del paso del tiempo. El techo es blanco, con una serie de vigas de madera a la vista. Hay una enorme chimenea encastrada que combina piedra gris y ladrillo rojo y a la que le han acoplado una estufa de leña.

En un rincón, reposa un aparador de color crema; y, bordeando la amplia ventana en saliente, hay un asiento en forma de arco. A ello hay que sumar dos sillones y una mesita baja redonda de madera. En el centro de la habitación, junto a la chimenea, se yergue una mesa de caballete con unas sillas de comedor que no hacen juego. Es un espacio cálido y acogedor, pero no tarda en irritarme tanto rollo andrajoso estratégicamente calculado. Me recuerda a esas mujeres que se pasan horas tratando de perfeccionar su maquillaje con efecto cara lavada. Quieren que pienses que tienen ese aspecto de forma natural. Pues esta habitación es lo mismo. Es evidente que alguien se ha pasado mucho tiempo intentando que resulte cómoda pero sin que se note el esfuerzo. Sin embargo, yo considero que es pasarse. O puede que sea que estoy cansada, simplemente.

–Preciosa, ¿a que sí? –cotorrea Sal.

–Mmm…, es cuca –respondo pensando en la luminosa y espaciosa villa blanca que he dejado atrás.

–Déjeme que le ayude con las maletas –dice Sal–. ¿Están en el maletero?

–Por favor, no se moleste –respondo–. Ya ha hecho más que suficiente quedándose levantada para abrirnos la puerta. No me gustaría robarle más tiempo.

–Pero si no es ninguna molestia… Meteré las maletas y luego me piro, vampiro.

Se va como un rayo por donde ha venido. Me cuesta creer que se haya quedado levantada hasta estas horas para ayudar a instalarse en su casa de vacaciones a una familia desconocida. Será uña y carne con Beth. Eso o es una vecina cotilla y quería ver cómo somos. A mi vecina no le importó lidiar con los Kildare, pero la suya era una hora más razonable.

–¿Las habitaciones de los niños están arriba?

Renzo entra con Flora en brazos, todavía dormida, con la mejilla apoyada en el hombro de él y la boca abierta. Frank está junto a él. Lleva la sudadera toda arrugada y se le cierran los ojos.

–Entiendo que los dormitorios están arriba, sí –respondo–, pero solo hay dos. A Frank y Flora les toca compartir.

–Pff. –Renzo me mira desconcertado. Sabe que, en general, prefiero que cada uno tenga su propia habitación cuando vamos de viaje–. Bueno, ¿los subo o quieres encargarte tú?

–Hazlo tú. Yo…

Pongo los ojos en blanco y señalo con la cabeza en dirección a la puerta principal como diciendo que voy a librarme de Sal para que todos podamos irnos a la cama.

Renzo asiente y se lleva a los niños por las empinadas escaleras. A su paso, las tablas crujen de modo alarmante.

–Pues aquí están.

La vecina de Beth entra resoplando con dos de las cuatro maletas y las coloca a los pies de la escalera. No tengo ni idea de cómo se las ha apañado. A mí me costaba mover una sola.

–Ahora le traigo las otras dos.

Y desaparece antes de que pueda decirle que no es necesario.

Mientras espero a que vuelva, curioseo por la puerta que hay al fondo del salón comedor. Aparentemente, también es cocina comedor. Enciendo la luz y echo un vistazo a las anticuadas alacenas de madera pintada y a la barra de roble que hay en una esquina, así como a la estrecha mesa de cocina y a los bancos que hay al otro lado. Las únicas concesiones a la modernidad son una cafetera de última generación en la encimera y unas puertas de acordeón negras que dan afuera, al jardín, que está en la más completa oscuridad. Ya seguiré explorando mañana. Por ahora, lo que necesito es darme una buena ducha después del viaje, cepillarme los dientes y dormir.

–¿Amber? –La voz de Sally se me está haciendo insoportable, y eso que acabo de conocer a esta mujer–. Ah, está aquí. Las últimas maletas están en el comedor.

–Ha sido muy amable por su parte –digo intentando sonar agradecida–. La verdad es que no tenía por qué hacerlo.

–No pasa nada. Seguro que está cansada del viaje. Y aquí hace un poco más de frío que en Italia.

–Un poquito solo.

Finjo un bostezo con la esperanza de que capte la indirecta. Pero no tengo esa suerte.

–Por lo menos, Beth les ha dejado la calefacción encendida. –Sal asiente en señal de aprobación–. ¿Quiere que les prepare una taza de té antes de irme? Así le ahorro el trabajo de ponerse a buscar cada cosa.

Supongo que podría apañármelas para encontrar unas tazas y unas bolsas de té.

–No, ya ha hecho bastante, sinceramente. Lo más probable es que nos vayamos directos a la cama.

Le sonrío y la saco educadamente de la cocina, la paso por el comedor y la llevo hasta la puerta principal.

–Ha sido muy amable sacando todas las maletas. No tenía por qué, en serio. Gracias.

Le pongo una mirada dulce y le dedico una sonrisa de lo más agradecida.

Sal me pone una mano en el brazo y me devuelve la sonrisa.

–Si necesitan algo, no tienen más que avisarme. Estoy en el número 6; Beth también les ha dejado mi teléfono en la nevera.

–Fantástico. Bueno, hasta mañana.

–Guay. Dele las buenas noches a Renzo y a los niños de mi parte.

–Lo haré.

Cierro la puerta delantera con un suspiro de alivio. Espero que no vaya a pasarse el día aquí metida. Tiene toda la pinta.

Debería ir arriba y ayudar a mi marido con los niños, pero, antes de nada, voy a mirar si tengo mensajes. No he comprobado el teléfono desde que salimos de Italia. Me siento en uno de los sillones junto a la ventana en saliente, respiro profundamente y desbloqueo la pantalla. Tengo cinco llamadas perdidas, tres mensajes de voz y una ristra de mensajes de texto de Beth.

Voy directa a los mensajes de voz. El primero es para pedirme que le confirme dónde hemos aparcado el coche, porque no está donde dije que estaría. En el segundo mensaje, ya hay un punto de pánico. Se muestra preocupada porque puede que lo hayan robado, pero no está segura de qué debe hacer. ¿Habría que llamar a la policía e informar del robo? Dice que prefiere esperar a que yo contacte con ella por si hemos tenido que aparcarlo en un sitio diferente. No quiere hacerle perder el tiempo a la policía. El tercer mensaje es para contarnos que han decidido coger un taxi para salir del paso e irse a casa. Habla alto y su voz denota ansiedad. Se escucha a su marido por detrás gritando a los niños para que se callen. Le envío un mensaje:

Lo siento mucho, Beth. ¡Nos olvidamos por completo del coche! Renzo pidió un taxi para el aeropuerto y yo ni lo pensé. Fue tal el caos de organizar a los niños que se me fue de la cabeza lo que habíamos hablado sobre los coches. El coche está a buen recaudo en el garaje de casa, así que, por favor, no dudéis en usarlo. Tienes las llaves, ¿verdad? ¡Espero no haberte causado mucho estrés!

Ya es suficientemente caótico viajar con niños como para encontrarse con algo así. Imagino cuánto se habrán preocupado al llegar a Italia y pensar que a lo mejor nos habían robado el coche.

Me repantigo en el sillón, sonrío y me felicito por olvidarme «sin querer» de llevar el coche al aeropuerto. No hay nada como un poco de estrés viajero para empezar las vacaciones con el pie izquierdo…

Capítulo 12

Beth

El corazón me late con fuerza en el pecho y no me siento a gusto. No me equivocaba al preocuparme por la reacción de Niall.

–No sé en qué estabas pensando –dice con frialdad.

El estallido de un trueno les hace eco a esas palabras suyas, hirientes, mientras la lluvia cae como una cortina sobre los cuatro. Los chicos van corriendo delante, disfrutando de la emoción de los truenos, los relámpagos y la lluvia caliente.

–¡No vayáis demasiado lejos! –les grito a sus siluetas, ajenas a todo–. Lo siento, Niall, está claro que no lo pensé mucho. Me pareció un gesto amable invitarlos.

Vamos de camino a casa desde Terrazza Luciana, y, nada más salir del restaurante, se ha desencadenado la tormenta. Solo llevo puesto un fino vestido de algodón; los chicos van en pantalón corto y camisa. Estamos calados hasta los huesos.

–¿Un gesto amable? –Niall suelta una risa sarcástica–. Ni siquiera es nuestra casa o nuestra piscina. ¿A ti te gustaría que Amber y el otro se pusiesen a invitar a unos desconocidos cualquiera a nuestra casa?

–No es eso…

–¡Es exactamente eso!

–Lo siento. Es que… Luciana y yo tenemos tanto en común que quería conocerla más. De todas formas, dijo que tiene trato con los Mason. Ha estado antes en su casa.

–Creía que habíamos quedado en que estas serían unas vacaciones familiares, ¿no es así?, y no paras de repetir lo mucho que te apetece que pasemos tiempo juntos los cuatro y, luego, cuando por fin lo hacemos, vas e invitas a otra gente para que venga. ¿Sabes? Trabajo muy duro, Beth. Y, para una vez que me cojo

71

unos días, preferiría no pasarlos con una camarera cualquiera y su prole.

Suelta un gruñido y se marcha ofendido para alcanzar a Connor y a Liam.

Bajo los brazos y empiezo a tiritar. ¿Tengo yo la culpa de esta discusión? ¿O es Niall, que está reaccionando de manera excesiva? Puede ser que ambos estemos cansados e irascibles. Estoy segura de que lo veremos de otra manera después de una noche de sueño reparador. Por ahora, decido quedarme atrás y mantener las distancias. Darle tiempo a él para que se tranquilice.

He estado bebiendo bastante vino, sí, más las dos ginebras en el avión. Normalmente, no bebo mucho en casa, pero hoy me apetecía desconectar y relajarme. Y eso quizás me haya nublado la razón. El alcohol tiende a volverme excesivamente amistosa. Puede que sea eso lo que ha pasado esta noche. A Niall, sin embargo, el alcohol suele ponerle un poco gruñón. No debería preocuparme. Cuando lleguemos a casa, prepararé una infusión para los dos e intentaré que me perdone.

Giramos a la altura de nuestra calle. Han caído ramas en la carretera. Los árboles se balancean de manera alarmante y a mí me da miedo que alguno acabe en el suelo. Con este viento, no sería de extrañar.

Visto a través de la lluvia que repiquetea y de los remolinos que forma, Niall es una figura oscura en la distancia acompañada de dos chicos saltarines. Siento un pellizco de desilusión al ver que ni siquiera se ha girado a ver si estoy bien. ¿Y si me hubiese golpeado una rama al caer o me hubiese secuestrado un desconocido? A una parte de mí le gustaría quedarse más atrás y esconderse. Hacer que se preocupe. Ver cuánto tardaría en salir a buscarme. Pero yo nunca haría eso. Además, está de tan mal humor que bien podría irse a la cama sin comprobar si estoy viva o muerta.

Necesito sacudirme este bajón. No va a llevarme a ninguna parte. Entraré en casa, cambiaré a los niños y los meteré en la cama y me iré a dormir. Espero que mañana sea un día mejor.

Cuando llego, la puerta está abierta de par en par y el viento y la lluvia están entrando en tromba en la vivienda. Voy goteando por el suelo de mármol, que ya está encharcado, y me cuesta respirar. Me dan escalofríos. El rastro de humedad sigue por las escaleras hasta el piso de arriba. Espero no electrocutarme con las luces de la escalera. Supongo que debería haberme quitado la ropa y secado abajo, pero no es que en este momento me sienta muy lúcida.

—¡Chicos! —los llamo.

Me paro en el rellano, a la escucha. Desde uno de los dormitorios, me llegan gritos y risas. Sigo los ruidos y abro la puerta. Connor y Liam están saltando por la habitación como animales desbocados, haciendo piruetas en la cama y en los sillones, salpicando las sábanas y la tapicería con sus cuerpos calados de lluvia.

—¿Qué está pasando aquí? —Adopto mi registro más firme.

—No puedes tocar el suelo —responde Liam—. Y tampoco puedes quedarte parada. Es un juego. Se lo ha inventado Connor. ¡Tú también puedes jugar, mamá!

—Vale, parad ahora mismo. Bajaos de ahí. Al cuarto de baño, los dos. ¿Dónde está vuestro padre?

—Se ha ido a la cama —responde Connor saltando sobre una otomana baja de terciopelo.

Solo es el primer día y la habitación ya está hecha un completo desastre. Si no tenemos cuidado, acabaremos cargándonos esta casa inmaculada. Deberíamos haber elegido una más habitable, una de estilo rústico y desaliñado. Que no se manchase con tanta facilidad.

Consigo por fin acorralar a los niños para darles una ducha caliente, los seco con el montón de toallas suaves que hay y me los llevo a otra habitación, más seca y con camas gemelas. Que compartan habitación esta noche. Además, es a lo que están acostumbrados. Ya arreglaré mañana la habitación que han mojado. Sinceramente, estoy demasiado agotada para hacerle frente a eso ahora.

A Liam se le cierran los ojos antes incluso de que apague la luz.

—Mamá.

Me llega la voz de Connor en la oscuridad de la habitación.

—Dime, cariño.

—¿Papá está enfadado con nosotros?

Se me parte el corazón un poquito.

–No, claro que no. Está cansado. Ha sido un día largo.

–Vale. Buenas noches, mamá.

–Buenas noches, Connor. Buenas noches, Liam. Os quiero.

–Yo también te quiero.

Me detengo en el rellano, reacia a entrar en nuestro dormitorio. No soporto la idea de discutir otra vez con Niall. Quizás debería ir abajo un rato y esperar a que se haya dormido.

–¿Beth? ¿Eres tú? –La puerta de nuestra habitación se abre. Niall está en el umbral, vestido con una bata y secándose el pelo con una toalla–. Me preguntaba dónde andarías. ¿Has cerrado abajo?

–Sí, creo. He echado la llave en la puerta delantera; no hay nada más que hacer, ¿verdad?

–Ajá. –Me mira de arriba abajo–. Todavía estás empapada.

–Ya. He tenido que encargarme de los niños. Han puesto patas arriba la habitación de Connor.

Niall se apoya en el quicio de la puerta.

–En realidad, estás muy buena con ese vestido. Así, toda mojada como vienes.

Sonrío, y se me pone el corazón contento.

–Estoy hecha un cuadro.

–Puedes ser un cuadro –responde–, siempre y cuando seas un desnudo.

Avanzo hacia él; atrás ha quedado nuestra discusión. Me besa y me saca el vestido mojado. Estoy tiritando, así que me lleva hasta el baño y nos damos una ducha juntos. Intento bloquear la visión de Amber desnuda, pero, mientras Niall me hace el amor, recibo en primera fila una ración de los pechos gigantescos de nuestra anfitriona ausente. No sé hasta qué punto esa imagen está motivando a Niall un poco más de lo normal, pero intento apartar ese pensamiento de mi mente. Ya es un alivio que mi marido me haya perdonado y que nos vayamos a la cama contentos la primera noche de vacaciones.

Nos secamos en un silencio cómplice antes de volver al dormitorio, medio adormilados y satisfechos.

Mi teléfono tintinea. Lo cojo de la mesita de noche.

–Es Amber.

Niall no responde. Se está poniendo unos pantalones cortos de algodón.

Le echo un vistazo al mensaje. No acabo de creérmelo.

—Te parecerá increíble, pero…

—Cuéntame —responde Niall.

—¡Se les olvidó llevar el coche al aeropuerto! En lugar de eso, cogieron un taxi. —Me siento en la cama y me apoyo en el cabecero—. Con razón no encontramos su coche.

—¿Me estás diciendo que he estado dando vueltas por el aeropuerto de Nápoles intentando dar con un coche que ni siquiera estaba allí?

Según habla, la cara de Niall va poniéndose más y más roja.

—Por lo que parece, está aquí, en el garaje. Al menos, no se lo han robado —añado—. Y no tendremos que volver al aeropuerto a recogerlo.

—¡Esto es increíble! —dice Niall yendo de un lado a otro de la habitación—. ¿A quién se le olvida algo así?

—La verdad es que no resulta muy creíble —respondo.

—Y tanto lío para nada —murmura Niall.

—Ya está. —Le quito hierro, aliviada de que, a fin de cuentas, no fuese un error mío—. Olvidémoslo.

—Es ridículo —suelta—. Y no pienso dormir frente a eso —dice Niall señalando el enorme cuadro con la foto en blanco y negro de la familia Mason—. Agarra por ese lado, ¿vale? Vamos a descolgarlo y guardarlo debajo de la cama.

—No puedes hacer eso. ¿Y si lo estropeamos?

Niall pone los ojos en blanco.

—Es solo una foto. Venga. No pienso meterme en la cama con una familia desconocida mirándome. Da mal rollo.

—No tanto como hacer el amor en la ducha con Amber mirando.

Niall suelta una carcajada.

—Sí, ya lo sé. Fue bastante raro.

—Muy raro —coincido con él, contenta de hacerle reír. Pensé que iba a explotar cuando le conté lo del coche—. De todas formas, no creo que debamos revolver en sus cosas. Los chicos ya han salpicado toda su habitación. Tenemos que tener más cuidado con la casa. A ver, es de catálogo. Y aquí vienen los Kildare a convertirla en un estercolero.

–Quitar una foto de la pared no es que vaya a hacer de este sitio un estercolero. Sinceramente, no me veo yendo por ahí como pisando huevos durante dos semanas. Hemos venido a descansar, no a andar de puntillas. Y no puedo descansar con sus caras de engreídos sonriéndome toda la noche.

El arrebato de Niall me coge por sorpresa. No es su estilo obsesionarse con cosas así.

–¿Y si le echamos una sábana por encima?

–Venga. Pero espabila y hazlo ya. Estoy cansado, necesito dormir.

Me paso los siguientes cinco minutos revisando armarios y cajones en el vestidor y en el baño en busca de una sábana, pero no hay ropa de cama por ninguna parte. Doy con un chal de seda grande que puede servirme. Intento envolver con él la foto, pero el muy estúpido se resbala una y otra vez. Termino enganchando las esquinas del chal detrás del marco y, por fin, se queda en su sitio.

–¡Tachán! –le anuncio a mi marido.

Pero Niall ya está tirado en la cama roncando. Me acomodo en mi lado de la cama y apoyo la espalda en el cabecero. Ojalá Niall y yo lográsemos mantener un mejor equilibrio. Parece que estamos siempre en la cuerda floja. Estoy enfadada conmigo misma por haber invitado a Luciana y a su familia. Por agitar el avispero. Pero lo que está claro es que algo tan irrelevante como eso no debería provocar tal choque entre nosotros. Tengo la impresión de que últimamente no hago nada a derechas. Y necesito salir de esta espiral de pensamiento negativo. Mirándolo por el lado bueno, ¡Niall y yo hemos hecho el amor en la ducha esta noche! Hacía meses que no pasaba algo así. Y los chicos están felices. Además, la predicción del tiempo dice que mañana hará sol. Lo principal es que estamos aquí todos juntos, en familia.

Caigo en la cuenta de que aún puedo intuir las caras de los Mason bajo el chal de seda. Dan más mal rollo que antes de que las cubriese. Ojalá hubiésemos quitado la puñetera cosa de la pared, como proponía Niall. La cabeza me da vueltas. Puede que aún esté un poco achispada. Apago la luz y me tumbo en la oscuridad mientras oigo la lluvia caer y el viento sacude los árboles. Intento no pensar en lo mareada que me siento. Necesito liberar mi mente de preocupaciones. Y dormir. Pero los acontecimientos de este día no paran de pasarme por el cerebro como una película en bucle.

Intento no pensar en el botecito de pastillas para dormir que he traído conmigo. A decir verdad, no debería tomármelas después de haber bebido alcohol. Pero soy consciente de que no voy a ser capaz de dormir sin tomarme una. Estoy demasiado nerviosa. Me levanto sigilosamente de la cama y voy al baño, en el que he dejado mi neceser de aseo, procurando no hacer ruido. Rebusco en su interior, pero las pastillas no están por ningún lado. Se me acelera un poco el corazón de la ansiedad hasta que recuerdo que las puse en el cajón de mi mesilla de noche cuando deshice las maletas.

De puntillas, vuelvo a la habitación y abro el cajón. Las tensiones se disipan en cuanto mis dedos destapan el botecito. A la luz del vestidor, saco una pastilla y me la pongo en la lengua seguida de un trago de agua. Noto ya cómo el sueño se va apoderando de mí mientras me deslizo en la cama junto a mi marido, que ronca.

El chal blanco que cubre el retrato de los Mason se alza en la oscuridad como si de un fantasma se tratase. Cierro los ojos con fuerza y me pongo de lado. A dormir y nada más. Mañana será otro día.

Capítulo 13

Tengo que obligarme a echar el freno. Me he acercado demasiado. He antepuesto mis emociones a todo lo demás. La imprudencia puede dar al traste con esto.

Claro que ayuda tener un plan. Ya no siento que estoy despeñándome por un acantilado hacia la nada. En lugar de eso, ahora tengo un objetivo que le da sentido a mi día a día.

Una meta por la que trabajar.

Fin de la partida.

Capítulo 14

Beth

Voy dando traspiés por la blanca y radiante cocina de los Mason, abriendo y cerrando alacenas sin nada que me llame y un tanto decepcionada por lo que me estoy encontrando. O, más bien, por lo que no encuentro.

Connor y Liam se han levantado temprano, suplicando que los dejásemos ir a bañarse. Yo ando atontada y un poco resacosa hoy, pero es nuestro primer día de vacaciones propiamente dicho, así que me he obligado a salir de la cama, lavarme la cara con agua fría y bajar con los niños para que Niall pueda remolonear. La tormenta de ayer ha limpiado y refrescado el ambiente, pero ya está pegando el sol en la parte de atrás del jardín. Creo que viene un día de calor.

Me pone nerviosa tener que lidiar con Niall hoy. Ya sé que anoche hicimos las paces, pero podría volver a perder la paciencia cuando lleguen Luciana y sus hijos. Me sorprendo de las confianzas que me tomé al invitarla. El caso es que parece una persona cariñosa.

Se me encoge el estómago cuando Niall entra en la habitación. Está guapo con esos pantalones cortos de lino y el polo azul marino. Trae cara de póquer, algo que no ayuda mucho.

–Buenos días. ¿Quieres café?

Intento no sonar ni demasiado radiante ni demasiado arrepentida.

–Sí, un café me iría bien. Que esté bien cargado, ¿te importa?

No parece molesto. Cruzo los dedos para que se le haya pasado.

Cierro la puerta de la nevera. Me tocará hacer una compra rápida antes de que lleguen. Hay cereales, leche, zumo de naranja… y para de contar. Nada de pan ni fruta ni cosas para picar. Menos mal que hay una cafetera decente –vital, considerando el estado en que me encuentro esta mañana–. Me he pasado un rato largo leyendo las instrucciones de uso, así que creo que ya la tengo controlada.

–Marchando una taza de increíble café italiano –digo, y siento vergüenza por el tono jovial que fuerzo.

Niall retira una de las diez sillas blancas y se sienta a la mesa de madera oscura.

Vacío el café en la máquina y aprieto el botón de molido. Durante unos segundos, la cocina se llena del agradable chirrido de la máquina y del embriagador aroma de los granos moliéndose. Miro por las puertas correderas hacia la piscina, en la que chapotean los niños. Todo esto parece sacado de un anuncio de John Lewis.

–¿Sigue en pie lo de que venga la camarera? –pregunta Niall, pinchando así la burbuja de mis fantasías. Se me hiela la sangre–. Espero que hayas recuperado el juicio y lo hayas cancelado.

–Pues… no. –Me doy la vuelta y me afano en preparar el café–. Va a venir.

–Qué lástima. Ya tenemos bastante con los nuestros armando barullo, verás tú con cuatro niños chillando. –Toma aliento–. ¿A qué hora llegan, entonces?

Trago saliva.

–Dijimos a las diez. –Miro el reloj–. Son casi las nueve y cuarto ya.

–¿Hay tostadas? ¿O fruta? Me valen también unos huevos revueltos. Me muero de hambre.

–Hay cereales.

–¿Y nada más? –Niall hace una mueca–. ¿No les dejamos nosotros una pila de cosas en la nevera y las alacenas llenas en casa? ¿No era parte del trato al hacer el intercambio?

–En realidad, no –respondo–. Es que pensé que sería de buena educación dejarles algo de comida preparada para que tuviesen un buen comienzo.

No le digo que me entregué en cuerpo y alma elaborándoles una serie de pequeños festines. Y que puede que me excediese un poco. Supongo que debería haber confirmado que, por lo menos, nos dejaban lo más básico.

–Tendrías que haber conseguido que nos hiciesen lo mismo. A

ver, una barra de pan y unos huevos no es que sea mucho pedir, ¿no?

En mi fuero interno, le doy la razón, pero necesito calmar a Niall, no alimentar la hoguera. Le llevo su café y se lo dejo en la mesa. Debería usar posavasos, pero no veo ninguno por aquí.

—No pasa nada. Haré una escapada y compraré algo. ¿Te suena haber visto algún ultramarinos por los alrededores? De todas formas, tengo que comprar algo para picotear luego. No quiero ser una mala anfitriona.

—Ya, claro; que Dios te libre de ser una mala anfitriona —murmura para sí.

—No se quedarán mucho. —Ignoro sus burlas e intento apaciguarlo—. Además, teniendo a sus hijos aquí, los nuestros dejarán de pelearse. Creo que los suyos son algo mayores, cosa que también ayuda.

Escucho mi tono apaciguador, suplicante. Una parte de mí desearía decirle que apechugue con lo que hay. Son dos malditas horas de su vida. Pero quiero que estemos bien y tengamos la fiesta en paz. Si consigo quitarle hierro a esto, entonces puede que recuperemos el equilibrio.

—Pensé que sería divertido tratar con gente de la zona. A ti siempre te gusta conocer gente nueva y socializar.

—Sí, pero no con sus hijos. Quiero que esto sea un descanso para nosotros, no un punto de encuentro para los huerfanitos y desamparados del vecindario.

—¿Has visto algo o qué? —le suelto.

—¿Si he visto qué?

—Si te has fijado en si hay algún ultramarinos en esta zona.

—No, pero seguro que hay algo. —Niall se bebe el café—. Mira, no te preocupes por el desayuno. Si el plan para esta mañana es transformar este sitio en una guardería, ya picaré algo en Maiori. Volveré más tarde.

Deja la taza en la mesa y se pone de pie.

—No, no hagas eso. Lo cancelo, ¿vale?

Se queda parado un segundo y entrecierra esos ojos suyos de un marrón oscuro.

–¿Tienes su número?

–No, pero puedo conseguirlo. Llamaré al restaurante. O iré hasta allí, hablaré con ella en persona.

Niall sacude la cabeza.

–No te preocupes. Acabo antes yéndome.

–No tienes por qué hacerlo.

–Me llevo mi portátil. Puede que me ponga con unas cosas de trabajo, ya que estoy. Mándame un mensaje cuando se hayan marchado, ¿vale?

Desisto de intentar convencerlo. En cuanto toma una decisión, no hay quien le haga dar marcha atrás.

–Vale, pero ¿te importa quedarte con los niños diez minutos mientras voy corriendo a mirar dónde hay una tienda por aquí?

Vuelve a sentarse.

–De acuerdo. Pero espabila. No quiero estar cuando lleguen y verme obligado a relacionarme con ellos. Me tomará por un maleducado si me voy en cuanto ella llegue.

–No te preocupes. Bueno, me marcho.

Nada más volver de la tienda, Niall se larga. He conseguido dar con un ultramarinos en la calle de más allá. No es que tuviese mucha variedad, pero, por lo menos, he podido traer pan, cosas de picar y más leche y zumo. He de admitir que para mí es un alivio que Niall no vaya a estar presente cuando lleguen nuestros invitados. Por lo menos, así puedo relajarme mientras están aquí sin preocuparme por si lo están molestando. Aunque es probable que tenga que seguir arrastrándome ante él luego: no va a soltar la presa tan fácilmente.

Suena una campana. Ni siquiera me ha dado tiempo de mirarme en el espejo y arreglarme un poco, pero, dejando a un lado que tengo un poco de calor y empiezo a sudar, creo que doy el pego. Llevo puesto mi vestido playero favorito, el azul, y me he recogido el pelo en una coleta alta.

Al atravesar el amplio vestíbulo de mármol para ir a abrir la puerta, no puedo evitar sentirme un fraude. Como si estuviese jugando a ser la señora del palacio en mi carísima casa moderna de catálogo. El espejismo se desvanece cuando tengo que pelearme con la puerta para abrirla.

–¡Perdón! –aviso–. Me está dando problemas la puerta.

Al final, doy con el truco y la puerta se abre de par en par.

Y ahí está Luciana, sonriendo, con sus tirabuzones sueltos y cayéndole sobre los hombros. A un lado y otro, dos chiquillos encantadores, también de pelo rizado; traen consigo toallas, hinchables y pistolas de agua bajo el brazo.

–¡Hala! ¡Mira cuántas cosas! ¡Vais a ser muy populares aquí! –digo antes de caer en la cuenta de que puede que no entiendan el inglés.

Pero sonríen y blanden sus armas. El mayor de los dos dice:

–Gracias por invitarnos. Si no, estaríamos en la cocina del tío Matteo preparando las verduras.

–Bueno, os habéis escapado por los pelos –respondo–. Pasad.

Los chicos van directos afuera, a la piscina; los míos están sentados en el borde, salpicándose con los pies.

–Es muy amable por tu parte –dice Luciana al entrar–. Marco y Gianni estaban entusiasmados por venir hoy, conocer a tus niños ingleses y nadar en la piscina.

–Para mí es un placer. ¿Quieres tomar un café?

–Sí, gracias.

Y me sigue hasta la cocina.

–Parece que ya han hecho las presentaciones.

Señalo con la cabeza hacia la piscina, donde están los cuatro agachados llenando sus pistolas de agua.

–Espero que no te molesten las pistolas. Les he dicho que no corran por ahí y que no hagan mucho ruido.

–Está bien –respondo, y me siento doblemente aliviada de que Niall se haya marchado mientras me acerco a la cafetera.

Cuatro niños correteando y disparándose agua por todas partes lo habrían sacado de sus casillas. Me estremezco al pensar en cómo habría reaccionado ante un hipotético desmadre.

Luciana saca una cajita de cartón de su bolso de playa.

–He traído unos dulces, unas *sfogliatelle* que acaba de hacer mi hermano.

Cojo la caja y le echo un vistazo al contenido. Está llena de pastelitos calientes con forma de concha.

–Gracias. Tienen una pinta deliciosa. ¿Puede ser que me huelan a limón? ¿Cómo has dicho que se llaman?

–*Sfogliatelle*, y son unos dulces tradicionales. Estos están rellenos de crema de limón, pero puedes hacerlos de cualquier cosa: avellana, pistacho… Lo que quieras.

–¡Guau! Podemos tomarlos con el café. No he desayunado aún, así que esto para mí es un auténtico festín.

Luciana se sienta en una banqueta de la gran isla de la cocina mientras preparo las bebidas. Echa un vistazo a su alrededor.

–¿No está tu marido?

Le doy la espalda para trastear con la cafetera.

–Niall tiene trabajo pendiente, me pidió que le disculpara ante vosotros y que os saludara.

Ella asiente.

–No le gusta que estemos aquí, ¿verdad?

–¿Qué? Ah, no, no tiene problema. Ha ido en busca de una cafetería. Es escritor y tiene que trabajar cuando le viene la inspiración. –Intento parecer sincera, pero es evidente que a Luciana no le doy gato por liebre.

Se encoge ligeramente de hombros, elige uno de los dulces de la caja y le pega un mordisco.

–Mmm… Qué ricos le han salido. Hacía tiempo que no los comía. ¿Y qué escribe tu marido?

La cafetera chirría. Me molesta un poco la idea que se ha hecho de Niall, a pesar de que sea cierta. Coloco unos cuantos pasteles en una bandeja y espero a que la cafetera deje de hacer ruido para contestarle. Le hablo de la saga fantástica de mi marido y me siento un tanto decepcionada por que no le suene. Sus libros son bastante populares en Italia, así que supuse que se le haría conocido el nombre. De hecho, parece bastante desdeñosa y nada impresionada, cosa rara. Ayer por la noche me resultó cariñosa y amable. Puede que me equivocase.

Había planeado que nos sentásemos junto a la piscina mientras los niños nadaban, pero no creo que nos resultase muy relajante con la que están armando ahí fuera, así que, en lugar de eso, nos llevamos los cafés al sofá bajo de color gris que hay en la otra punta de la sala. Un lado da a unas puertas correderas a través de las que se accede a un patio con su mesa y sus sillas de comedor y el otro está orientado hacia la piscina. Coloco la bandeja con los dulces en la mesita de centro blanca y me siento en el sofá. Dejo que mis pies descalzos se hundan en la mullida alfombra gris de lana de oveja.

—Disculpa si antes he sido un poco desagradable hablando de tu marido —dice, y es como si se desinflase un poco.

—No, no has sido desagradable —respondo, a pesar de que sí se ha mostrado un tanto altanera.

—No quiero decir desagradable… Más bien… Bueno, no importa.

No lo entiendo. Soy consciente de que hay algo que quiere decir, así que le doy pie.

—¿Qué sucede?

—Nada. Como te dije anoche, acabo de divorciarme y, en este momento, tengo a los hombres cruzados. Es simplemente eso.

—Lo siento por ti. Debe de haber sido una etapa dura.

—Coge uno. —Señala hacia los dulces.

Hago lo que me dice y elijo una de las *sfogliatelle* calentitas y hojaldradas. Le doy un mordisco, y las papilas gustativas se me revolucionan. Es dulce y ácida y está absolutamente deliciosa.

Luciana se ríe al ver la cara que pongo.

—Está rica, ¿eh? Coge otra.

Me río con ella y trago antes de responder.

—Están increíbles. Dile a tu hermano que es un genio.

—De eso nada. Ya se lo tiene bastante creído. —Sonríe, pero al momento se pone seria otra vez—. Mi exmarido no es lo que se dice un buen hombre. Era… controlador. Y no nos trataba bien ni a mí ni a los niños. Matteo, mi hermano, me ayudó a dejarlo. Fue un pequeño escándalo, porque él es un hombre respetado en esta zona. Pero hice lo correcto.

—Lamento oír eso. Siento que tuvieses que pasar por algo así.

—Gracias. No era bueno conmigo. En absoluto.

Asiento, y me parece un poco raro que se haya abierto así de rápido sobre algo tan íntimo. Supongo que es agradable que se sienta lo suficientemente cómoda para sincerarse conmigo.

–Tu marido, Niall, no estaba muy contento ayer por la noche, ¿no?

–Ah, sí. –Despejo sus dudas–. Estábamos todos un poco gruñones después de tanto viaje. Fue solo eso. Yo también estaba irritable.

–¿En serio? –Le da un sorbo al café–. A mí me pareciste de lo más amable.

–Supongo que disimulé mejor mis ganas de refunfuñar que Niall. –Suelto una risita.

No quedaría bien si le digo que el motivo del enfado de Niall fue que la invitase a venir.

A Luciana se le ensombrece el rostro.

–Mi exmarido solía estar de morros conmigo todo el tiempo. Nada de lo que yo hacía estaba bien. Siempre la tomaba conmigo. Y no es una sensación agradable.

Me remuevo en mi asiento. Espero que no esté insinuando que mi marido se parece lo más mínimo a su ex. Sé que Niall puede ser un tanto… obstinado a veces, pero no es un maltratador. Trabaja mucho y acusa el cansancio, como todo el mundo.

Luciana me mira a la cara con una expresión cercana a la lástima. Noto que se me están hinchando las narices. Tengo que cambiar de tema o acabaré soltándole alguna inconveniencia. Respiro hondo. Puede que esté exagerando. No ha acusado a Niall de nada, solo me ha hablado de su situación. ¿Por qué la estoy asociando a la mía? ¿Por qué me siento como si estuviese hurgando en mi matrimonio? Acabo de conocer a esta mujer. No sabe nada sobre mí. Empiezo a pensar que Niall tenía razón. No debería haberla invitado a casa. A fin de cuentas, no deja de ser una desconocida y nosotros estamos de vacaciones en familia. ¿En qué estaba pensando?

Capítulo 15

Amber

—¿Qué hora es?

Me doy la vuelta y me estiro indulgentemente mientras mantengo los ojos cerrados para que no me entre la luz matutina que intenta despertarme a la fuerza.

—Las ocho y media.

La voz de Renzo me llega desde lejos. Ya está despierto y ha salido de la cama.

—Aún temprano —murmuro.

—Tranquila, no te muevas de ahí. Te subiré un café. Has sido tú la que se ha encargado de organizarnos estas vacaciones, así que te mereces tomarte la mañana libre.

—¿Estás seguro? —murmuro mientras me acurruco un poco más en el nórdico.

—Claro. Los niños y yo nos abrigaremos bien y saldremos a dar un paseo por Sherborne. Tú descansa y aprovecha el silencio.

Levanto la cabeza y abro los ojos lo justo para mirar a mi marido. Se está poniendo unos vaqueros. Su torso desnudo muestra lo moreno y musculado que está y el vello oscuro le ensombrece los abdominales. Me pregunto qué grandes obras habré realizado en una vida anterior para ganarme esto. Si no fuese por los niños, volvería a meter a Renzo en la cama conmigo. Haría que estuviese aún más contento de ser mi marido. Me sorprende mirándolo, así que se acerca y me besa en los labios. Lo atraigo hacia mí para tratar de liberarme de los oscuros pensamientos que me abarrotan la cabeza. Renzo me quiere. Me tiene en un pedestal. Y estamos en Inglaterra, todo va a salir bien.

—Papá, el cargador del teléfono no encaja en el enchufe —reclama desde el piso de abajo Frank con voz de susto.

–¿Has traído algún adaptador? –pregunto.

–Tres a falta de uno. –Renzo me guiña un ojo y se pone de pie–. ¡Un minuto, Franco!

–Guapo y organizado. Ya decía yo que por algo me había casado contigo.

–¡Papá! –insiste Frank.

Renzo sacude la cabeza ante la impaciencia de nuestro hijo y me dedica una sonrisa.

–Muy bien, princesa, tú quédate aquí. Dentro de nada, te traigo café y cruasanes.

–¿Cruasanes?

–Sí, esta gente no ha escatimado en nada. Las alacenas están hasta arriba, y la nevera está llena de cosas caseras: lasaña, pastel de cerezas, ensaladas, sopa, embutidos, quesos… De todo. Es como una tienda *delicatessen*. No tenemos ni que salir si no nos apetece.

Asiento en señal de aprobación.

–Genial.

–Pero nosotros no les hemos correspondido.

Por un momento, el detallista de mi marido parece preocupado. Me encojo de hombros.

–Les hemos dejado lo básico… y algo de vino. Un montón de vino, de hecho. –Sonrío.

–Bueno, supongo que el vino les servirá. Pero es que, Amber, tendrías que ver lo que hay abajo.

–Vale, vale, ya –corto en seco poniendo los ojos en blanco–. Hay un montón de cosas ricas. Esa familia es increíble y nosotros no.

Renzo levanta una ceja.

–Siento estar tan gruñona. Ya sabes cómo soy por las mañanas.

–Lo sé. Marchando un *espresso* cargado.

Renzo me pellizca la barbilla.

–Sí, por favor.

Vuelvo a tumbarme y dejo que mi cabeza se hunda entre los cojines de plumas.

–Quizás se hayan sentido culpables porque nuestra villa al sol es más bonita que su destartalada casita de campo –murmuro

Pero Renzo ya ha salido de la habitación, y oigo sus pesados pasos bajando las escaleras. Me quedo un rato adormilada y dejo que mi mente se relaje otra vez en una especie de duermevela hasta que, fiel a su palabra, vuelve con el café y un cruasán, además de un poco de fruta y un zumo de naranja.

Los niños están levantados y ya han desayunado sin necesidad de ayuda por mi parte; Renzo me promete que estarán los tres por ahí hasta el mediodía para que descanse. Sé que da la impresión de que mi marido es demasiado bueno para ser cierto, pero después de conocernos, en cuanto empezamos a ir en serio, le dije que no sería una mujer florero. Hago lo que me corresponde, pero nada más. Y tengo mi propia carrera. Le dije que no me viniese con rollos misóginos y patriarcales. Se echó a reír y me contestó que tenía tres hermanas y que ellas también eran así. Con ese comentario, di por sellado el acuerdo.

La puerta principal se cierra con un batacazo que hace retumbar la casa. Como unas cuantas bayas y le doy un sorbo al zumo de naranja. Oigo afuera el chachareo agudo de Flora y las respuestas de Renzo con su vozarrón. Al poco, sus voces se apagan y yo me siento extrañamente inquieta y sola. Aquí estoy, de vuelta en Inglaterra por primera vez desde hace años, en esta casa desconocida en un pueblo que nunca había visitado antes. Y estoy durmiendo en la cama de matrimonio de Beth y de Niall Kildare mientras ellos están en nuestro pueblo, en nuestra casa. En nuestra cama.

Pellizco unos trocitos de cruasán, aún caliente, y los meto en la boca mientras echo un vistazo a mi alrededor en esta minúscula habitación al amparo del alero. La parte inferior de las paredes es de color gris paloma; los planos inclinados y el techo son blancos, veteados con las mismas acogedoras vigas de madera que vi en el comedor. Sin embargo, estas son más imponentes. Sobresalen del techo bajo. A mi izquierda, hay un ventanal, y un tragaluz justo encima de la cama. Por ahí veo varias capas de nubes del color del acero como si se apretujasen contra el cristal.

De repente, me cuesta respirar. Quizás debería haber ido al pueblo con los míos. Pestañeo compulsivamente, luego cojo aire contando hasta cuatro y lo suelto contando hasta ocho. Estoy bien. Tan solo un poco desubicada, nada más.

Mi *espresso* está aún caliente y rico. Me lo bebo en unos cuantos sorbitos y salgo de la cama. Ya estoy completamente despierta y demasiado activa como para quedarme acostada. Quiero explorar esta vivienda y ver qué tipo de lugar nos hará las veces de casa durante las próximas dos semanas.

El cuarto de baño es clásico, con azulejos blancos en forma de ladrillo, una bañera con patas de garra y un váter pasado de moda con cisterna de cadena. En esta casa, no hay una ducha propiamente dicha al margen de la alcachofa de la bañera. Anoche, tuve que agacharme para usarla. Vaya forma más absurda y ruda de lavarse. Afortunadamente, los Kildare nos han dejado encendido el calentador, así que el agua estaba bien caliente, pero, al parecer, tenemos que acordarnos de apagarlo en cuanto el tanque se haya calentado. Recuerdo que, cuando era una niña, en casa teníamos este tipo de sistema de agua caliente, pero suponía que tales rusticidades habrían desaparecido junto con los escurridores de ropa y las fresqueras. Esta mañana, no puedo evitar pensar con nostalgia en las tres duchas modernas y potentes que tenemos en casa.

En cuanto me he lavado y me he puesto unos vaqueros negros, un par de calcetines y un jersey de cachemira extragrande de color verde bosque, me dedico a explorar sigilosamente el resto de la casa. Me había fijado en que el dormitorio principal da a un balcón que tiene un par de sillas rústicas de madera y unos cuantos maceteros atiborrados de tulipanes y narcisos, pero hace demasiado frío fuera para darle uso en esta época. Seguramente resulte bastante agradable en las dos semanas al año en que las temperaturas pasan del punto de congelación.

El segundo dormitorio es más grande que la habitación principal, y hay sitio suficiente para dos camas –a ambos lados de un imponente cañón de chimenea–. Las paredes son de un amarillo mostaza –dicho así, suena vomitivo, pero, en realidad, queda bastante bien–, y el suelo de madera está cubierto por una alfombra de *ikat* de un rojo muy vivo, lo que le da a la habitación un toque acogedor. Aunque yo no la habría decorado así, no es tan horrible.

La única habitación que queda en el piso de arriba no está abierta. A pesar de saber que está cerrada con llave, intento hacer girar el pomo de latón. Beth me dijo que el despacho de Niall es su santuario, la única dependencia de la casa a la que no tendremos acceso. Y yo lo acepté, por supuesto. Al fin y al cabo, ¿qué iba a decirle, que no? Pero he de admitir que, ahora que estoy aquí plantada delante de la puerta cerrada, mi curiosidad va en aumento. Me pregunto si Niall mantiene también al margen al resto de la familia o si es solo porque somos nosotros, los de las vacaciones. Vuelvo a darle un tiento al pomo –de un lado para otro, y vuelta a empezar–, que chirría y traquetea, pero no hay manera de abrir.

Un golpe en la puerta de entrada me saca de mi fisgoneo a las bravas. Me quedo inmóvil. Renzo dijo que se llevaba unas llaves, así que no puede ser él. Voy de puntillas hasta nuestro dormitorio y echo un vistazo por la ventana. Una cabeza rubia. Apuesto a que es Sally, la del otro lado de la calle. Va envuelta en un elegante abrigo de lana y una bufanda Burberry de imitación. Me aparto de la ventana. Vuelve a llamar. Articulo un «piérdete». Un momento después, hace exactamente eso, y oigo los pasos de la dichosa entrometida desandando el camino por el que ha venido.

En cuanto me aseguro de que se ha marchado, bajo agarrándome al pasamanos. Habrá que tener cuidado con Flora en las escaleras. Son muy empinadas. Al llegar al final, me veo otra vez en el salón comedor. Giro a la izquierda y cruzo otra puerta que da a la sala de estar, con más vigas a la vista. La habitación abarca desde el frente de la casa hasta la parte posterior, con una ventana en saliente en cada punta. Hay otra chimenea encastrada más, también impresionante, y el suelo está cubierto por tres alfombras persas que no hacen juego. Los dos sofás están raídos, y hay una mesa de centro y una pila de trastos infantiles bajo la ventana del fondo. Seguro que es un sitio acogedor una vez que se enciende la estufa de leña, pero tiene más pinta de cuarto de los juguetes que de espacio de descanso para adultos.

Después de darle una pasada rápida a la planta baja, me doy

cuenta de que ya he visto todo lo que había que ver en esta casa de campo. Vuelvo a la cocina, desde la que ahora puedo observar el jardín a través de las puertas de acordeón. Han tenido la maña de poner en el patio –amplio y con suelo de caliza– unas mesas y unas sillas de madera descolorida. Los tiestos con plantas contribuyen a darle un toque más amable a ese espacio, y la cerca –ya de por sí alta– está plagada de arbustos y matas que aíslan de los vecinos. Más allá del patio, hay un par de escaleras anchas que van a dar a una zona de césped en estado de perpetua helada rodeada de todo tipo de árboles y más asientos. Hacia el fondo, se divisa un fuerte de juguete hecho de madera y descolorido con cuerdas para columpiarse. Es bonito. Una pena que hoy tenga pinta de ser un día gélido.

Dejo a un lado las vistas y me centro en la cocina recordando el comentario de Renzo sobre toda esa comida. Abro la puerta de la nevera. Está hasta arriba de tápers. A regañadientes, he de reconocer que son todas cosas hechas en casa. De mis preferidas, además. El congelador está igual de lleno y contiene también comida más de batalla, como *nuggets* de pollo y patatas al horno –probablemente, las favoritas de sus hijos–. Los míos comen la misma comida que Renzo y yo. Siempre he hecho énfasis en eso. Hay unas cuantas notas pegadas en la puerta de la nevera. Una dice que nos sirvamos de todo lo que hay en la nevera, en el congelador y en las alacenas. Otra contiene una lista de números útiles. Cierro los puños y trato de respirar con tranquilidad.

Dándole vueltas a lo de la habitación cerrada de arriba, me pregunto si no habrá una llave de repuesto por alguna parte. Me paso la siguiente hora y media mirando en todas las alacenas y cajones que hay en la casa. Están todos llenos de trastos inservibles, básicamente. Si este sitio fuese mío, me repatearía que la gente viese tanta mierda. Bien es verdad que habría empezado por no permitir que las cosas llegasen a este punto. Voy moviéndome sistemáticamente de una habitación a otra, y me encuentro con varias llaves, pero con ninguna que me valga en el despacho.

Una vez agotadas todas las posibilidades, preparo otro *espresso* mientras me toqueteo el labio y cavilo que una puerta cerrada con llave no me va a impedir que entre ahí. Tengo dos semanas para encontrar la manera.

Capítulo 16

Beth

–¡Ya voy! ¿Estáis listos? –chillo a la vez que aparto las manos de la cara y se me dibuja una sonrisa con solo imaginármelos.

Estamos a primera hora de la tarde y hemos pasado un día genial en la playa nadando y tomando el sol. Niall incluso se montó con los niños en un bote a pedales que tenía un pequeño tobogán a bordo. Aunque nos llevamos un chasco al descubrir que la mayor parte de la playa es privada y hay que pagar para usarla... Después, volvimos a casa a descansar durante un par de horas, y ahora estoy jugando al escondite con los chicos mientras Niall se da una ducha y se cambia para la cena. Yo me vestí hace un rato y estoy encantada con mi atuendo de esta noche: un mono sin tirantes de color negro, unas sandalias doradas y el pelo recogido en un moño. Niall me lanzó una mirada de conformidad cuando nos cruzamos en el vestidor –su levantamiento de ceja y su sonrisa satisfecha me decían que estaba guapa–.

Los chicos se estaban poniendo inquietos y les estaba entrando el hambre, así que les he propuesto jugar al escondite mientras esperamos a que su padre se prepare. En este momento, estoy en la habitación de los chicos, contando hasta veinte. A pesar de tener cuatro habitaciones para elegir, Connor y Liam están acostumbrados a compartir y han decidido que les gusta más estar en la misma. Es curioso, ya que, antes de venir, estaban eufóricos con eso de tener cada uno su cuarto, pero, en cuanto se vieron en situación, cambiaron rápido de opinión –más Connor que Liam, algo que me llenó de emoción–. Por mucho que se chinchen, mis hijos se quieren.

Salgo de la habitación y busco exagerando mis gestos: aparto las cortinas, miro debajo de las camas, abro las puertas de los armarios al grito de «¡ajá!» pero sin encontrar nada… Calculo que Niall tardará otros veinte minutos o así. No le gusta que le metan prisa, así que tengo que alargar el juego para que los chicos no se aburran.

Comparado con la tensión de ayer entre Niall y yo por culpa de la visita de Luciana, hoy ha sido un día ideal. El intercambio de casas va por fin convirtiéndose en las vacaciones idílicas que había imaginado. Los chicos han estado en su salsa: nadando todo el rato, jugando juntos sin pelearse demasiado…; y Niall se ha mostrado relajado y atento. Simplemente, creo que todos necesitábamos un día o dos para aclimatarnos. Llegar hasta aquí fue tal odisea que, al principio, teníamos las emociones a flor de piel.

A pesar de las reservas de Niall, no me arrepiento de haber invitado a casa a Luciana. Los chavales se cayeron muy bien. Y después de que Luciana sugiriese un cierto parecido entre Niall y su exmarido, no volvió a sacar el tema. Menos mal. Muy al contrario, charlamos sobre nuestros hijos, y yo le hice un tercer grado sobre la gestión del restaurante. Ella también parecía muy interesada en mi antigua carrera como chef, y me dijo que Matteo estaría más que encantado de que visitase su cocina. He estado dándole vueltas a eso. Hasta he empezado a pensar en que quizás podría dar el salto y recuperar de algún modo mi profesión cuando volvamos a casa, pero no se lo he comentado a Niall. Estoy esperando el momento adecuado…, si es que llega. Parece que, con cada año que pasa, mi nivel de confianza se achica un poco más.

Mientras tanto, Luciana y yo hemos quedado en vernos otra vez la semana que viene. A mis dos chicos les habría encantado estar con los de Luciana a diario mientras estemos aquí, pero no creo que a Niall le hubiese sentado muy bien eso. Tengo la esperanza de que, ya la semana que viene, Niall agradezca tener un par de horas de ocio.

Me pone en alerta una risita proveniente de una de las habitaciones libres. Abro la puerta y sonrío mientras inspecciono una forma arrugada bajo las sábanas de la cama doble. Estoy segura de que mi hijo está ahí.

—Ay, qué buena pinta tiene esta cama y qué cómoda debe de ser —digo fingiendo un bostezo—. A lo mejor, me echo a dormir una siesta en ella.

Sonrío al escuchar otra risita. Me siento en el borde de la cama y me recuesto hasta apoyar medio cuerpo en mi hijo pequeño. Noto que se me retuerce bajo las paletillas.

—Mmm… No es tan cómoda como pensaba.

Me incorporo y palpo la cama.

—¿Qué serán estos bultos?

Y, sin más miramientos, tiro de las sábanas y grito:

—¡Te pillé!

Liam se acurruca en la cama y chilla entre risas.

—¡Pensabas que era una cama con bultos!

—¡Pues claro!

Le cambia la cara.

—¿Eso significa que ha ganado Connor?

—No. Significa que ahora te toca buscarlo a ti también. Igual me ganas y lo encuentras antes que yo…

A Liam se le ponen los ojos como platos.

—Recuerda —añado—: nada de entrar en nuestra habitación, que papi se está cambiando.

Liam asiente y echa a correr hacia el descansillo.

—¡Y nada de correr por la casa! —grito a sus espaldas—. Baja con cuidado por las escaleras.

Oigo retumbar sus pasos mientras me pongo a rehacer la cama, estirando las sábanas y colocando en su sitio los cojines de seda. Volviéndolo todo a su inmaculado estado inicial. No me imagino viviendo así, manteniendo tal grado de perfección; desde luego, no con niños. Esta es una de esas casas en las que hay que tenerlo todo limpio y ordenado. Si no, adiós estética. Nuestra casa, sin embargo, es compatible con un poco de caos —que le da, en todo caso, más personalidad si cabe—.

Deambulo por la habitación absorta en mis pensamientos. Abro las puertas de uno de los armarios empotrados. Aparte de un par de cosas que hay colgadas de la barra de cromo, está vacío. Una es un bonito abrigo de lana entallado, de los que me gustan. Lo descuelgo de la percha y me lo pongo. Siento el frío del forro de seda en los brazos desnudos. El abrigo es ligero y amoroso, muy bonito. Por dentro de la puerta del armario hay un espejo, así que reculo un poco y me miro en él. El abrigo me queda un poco apretado. Si fuese de una talla más, me sentaría estupendamente. Nunca me he puesto algo tan bonito. Meto las manos en los bolsillos y me giro hacia un lado y hacia el otro, haciendo como que poso. A regañadientes, lo devuelvo a su percha.

Debería ir a ayudar a Liam a encontrar a su hermano. Connor se va a disgustar si piensa que he dejado el juego. Pero es que la otra prenda, una chaqueta de un azul pavo real oscuro, me está llamando. Combinaría genial con lo que llevo puesto. En la percha, hay también unos pantalones a juego, pero no me veo con todo el conjunto. La chaqueta es suficiente.

Me la pongo. Me sienta todavía mejor que el abrigo. Es ligeramente entallada a la altura de la cadera y le da un toque sofisticado a mi atuendo. Por un instante, barajo la posibilidad de lucirla esta noche. ¿A Amber le importaría? Puede ser. ¿Y si algún conocido suyo la reconoce y se lo cuenta?

Después de un par de noches yendo a cenar a otros restaurantes, hoy volvemos a Terrazza Luciana. Esos sitios no estaban mal, pero nada que ver con el negocio de Luciana. La comida, las vistas y el ambiente eran ideales.

Ojalá fuese una de esas personas que se saltan las normas sin más de vez en cuando, pero sé que, si la visto sin su permiso, me pasaré la noche sintiéndome culpable. A mí no me importaría si ella cogiese prestado algo mío. Pero esa no es la cuestión. No conozco a Amber. Ha puesto su casa en nuestras manos. No, no debería hacerlo. Además, conociéndome, seguro que acabo salpicándome y manchándosela. Además, tiene pinta de costar un porrón de euros si tengo que comprarle otra.

Meto las manos en los bolsillos y me doy el gusto de mirarme una última vez. Al hacerlo, mis dedos se encuentran con un trocito de cartulina. Lo saco del bolsillo. Es una foto. De un hombre. ¿Es…? Frunzo el ceño y me paro en la imagen sin entender demasiado bien qué estoy viendo.

No puede ser, por supuesto que no.

Pero es.

Es. Una foto de Niall.

Capítulo 17

Beth

La foto es antigua, tomada antes de que a Niall le empezasen a salir canas. Lleva una camisa verde pálido con las mangas remangadas justo por debajo del codo. Está moreno, y en su mandíbula asoma un principio de barba. Está en una librería, sonriendo a la cámara como si quisiese camelarla. Los ojos le hacen chiribitas, se ha blanqueado los dientes.

¿Qué demonios pinta esta foto en el bolsillo de la chaqueta de Amber Mason? Le doy la vuelta. El reverso está en blanco. No hay nada escrito en él.

–¡Mami, no lo encuentro!

La voz de Liam asciende por las escaleras y me sacude la impresión que acabo de llevarme. Se supone que estoy jugando al escondite con los chicos.

–¡Bajo en un minuto, Liam! Sigue buscando.

Me quito la chaqueta de cualquier manera y, con dedos temblorosos, la coloco de nuevo en la percha. ¿Se conocen de algo Niall y Amber? ¿Es esa la razón de que estemos aquí? ¿Hay algo turbio detrás de esto? Se me acelera el pulso al no poder evitar pensar que quizás haya algo entre ellos. Pero, de ser así, ¿por qué demonios iba a traerme a la casa de esa mujer mientras ella está en la nuestra? Eso no tiene ningún sentido.

Siento que la foto me quema en la mano. Pongo la otra mano en el pecho y respiro hondo tratando de contener los pensamientos que me asaltan. Pienso tanto que es una extraña coincidencia sin importancia como que las casualidades no existen y que tengo que llegar hasta el fondo de este asunto.

–¡Mamá! –brama Liam escaleras arriba, y abre de golpe la puerta de la habitación–. No consigo encontrarlo. He mirado en cada habitación, pero no está por ninguna parte. Creo que ha ido fuera, pero eso es trampa. Y no se puede ganar haciendo trampas, ¿verdad, mamá?

–No te preocupes. –Le alboroto el pelo con la mente puesta en otra parte–. Ya lo encontraremos.

–¿Qué es eso?

Liam aparta la cabeza, liberándose de mi mano, me la coge y me separa los dedos. Antes de que pueda detenerlo, me quita la foto.

–Es solo una foto de papá –respondo, enfadada conmigo misma por dejarle verla.

Pero él se limita a mirarla y luego pierde el interés, así que me la mete otra vez en el puño.

–Venga. –Me tira de la mano–. Tenemos que encontrar a Connor.

–¿Qué hora es? –me pregunto, y miro el reloj para comprobar que no han pasado más que cinco minutos desde que empezamos a jugar.

Parece que ha sido una hora. Debería ir y preguntarle directamente a Niall por la foto, pero pierdo fuelle solo de pensarlo. Mi pregunta sonaría a acusación. Incluso enfocándola con un tono desenfadado, mi marido se daría cuenta de que estoy agobiada y disgustada. ¿Cómo reaccionaría? ¿De malos modos? ¿Poniéndose a la defensiva? ¿O me daría una explicación de lo más sencilla?

Provisionalmente, me guardo la foto en el bolsillo y salgo de la habitación detrás de Liam. Después de diez minutos –como mínimo– de búsqueda, llego a la conclusión de que Connor no está ni arriba ni abajo. Se me encoge el corazón, pero me digo que no sea tonta. Es un niño de once años con una gran imaginación, habrá encontrado un buen sitio para esconderse. Mientras busco por la casa, no puedo dejar de pensar en la fotografía de mi marido. Y también en las posibilidades que había de que yo me pusiese esa chaqueta y encontrase la foto, para empezar. ¿Significa eso que hay más fotos de Niall por la casa?

–¿Dónde está, mami? No quiero seguir buscando. Me aburro.

Liam se sienta en la cabecera de las escaleras con los brazos cruzados y poniendo morros.

–Vamos a llamarlo y a decirle que nos rendimos.

–¿Así que gana él?

Liam frunce el ceño.

–No estamos jugando en serio –respondo–. Ya se sabe que la primera ronda es de entrenamiento.

–Ah. –Liam le da vueltas a eso y se pone de pie–. Vale.

Deberían darme una medalla por mis habilidades diplomáticas.

–¡Connor! –grita–. ¡Nos rendimos! Ya puedes salir.

Diez segundos después, la puerta de la habitación principal se abre de golpe y aparece Connor, con la cara roja y actitud triunfalista.

–¡No es justo! –grita Liam–. Mamá dijo que no estaba permitido entrar en su habitación porque papá se estaba cambiando.

–Papá dijo que podía, así que he ganado.

–No, no es verdad. Mamá dijo…

–¡Vale, ya está! –corto en seco.

Los chicos dejan de pelearse un momento y se me quedan mirando. Normalmente, no grito, pero, ahora mismo, estoy al límite y no tengo paciencia para lidiar con otra disputa.

–Los dos, haced el favor de ir abajo y esperar allí.

–Tengo hambre –lloriquea Liam.

–Coged una nectarina cada uno de la nevera. No os olvidéis de lavarla, y que no se os caiga jugo en la camisa.

Dudo mucho que las laven bien y estoy casi segura de que la camisa de Liam se llenará de jugo, pero ese es el menor de mis males en este momento.

De mal humor, bajan los dos por las escaleras murmurando sus quejas. En cuanto están a medio camino, me dirijo a la habitación.

Niall está sentado en la cama poniéndose unos calcetines. Lleva unos pantalones grises y una camisa de manga corta azul marino. El aroma de su colonia –un olor como de limón, picante, que me resulta tan familiar como la cara de Niall– inunda el cuarto. Se me va la mano al bolsillo y acuno en ella la foto.

–¿Qué mosca les ha picado? –pregunta señalando con la cabeza hacia el pasillo.

–Ninguna. Es la típica pelea por un juego.

–No paran, ¿eh?

Niall sacude la cabeza.

–Son solo cosas de hermanos. Mi hermano y yo discutíamos todo el tiempo cuando éramos pequeños.

Niall pone los ojos en blanco.

–Por eso agradezco tanto ser hijo único.

Quiero mucho a mi hermano pequeño, Owen, pero está claro que es el niño de los ojos de mis padres. Cuando éramos pequeños, él nunca hacía nada malo y siempre me echaban a mí la culpa si armaba algún lío o se portaba mal. Y, cuando yo me defendía dando mi versión de los hechos, me acusaban de ir con cuentos. Siempre lo creían a él, así que, al final, optaba por callarme. Aprendí a que no me importase. Niall piensa que mi hermano es un mimado. No se llevan bien. Y, por culpa de eso, apenas nos vemos. Ni vemos a mis padres, ya puestos.

–¿Estás lista? –pregunta Niall.

Se levanta y repasa unas arrugas en los pantalones.

–Mira lo que he encontrado en la otra habitación.

Saco la fotografía del bolsillo y la sostengo para que la vea. Mi voz suena rara y distante.

–¿Qué es? –Niall se agacha y me coge la foto.

Siento el latido de mi corazón en los oídos mientras espero a ver cómo reacciona.

–Me he probado una de las chaquetas de Amber y la he encontrado en el bolsillo. ¿Qué estaría haciendo ahí?

Me paso un dedo por el labio e intento calmarme a la vez que observo la cara de mi marido en busca de alguna reacción.

–Es una antigua foto mía. –Frunce el ceño–. ¿La has encontrado en el bolsillo de una chaqueta?

–Sí.

–Es de mis fotos de promoción. Debe de ser una admiradora.

Levanta la vista y sonríe. Mis dudas van disolviéndose.

–No me comentó nada cuando cerramos el intercambio de casas.

–A lo mejor no ató cabos. O puede que ya no me lea. Esta foto me la sacaron hará diez años. La usamos en mi gira italiana.

–Ah. –Intento sonar más desenfadada–. Será eso, entonces. Pero ¿no habías firmado esas fotos? Esta no tiene firma.

Niall se encoge de hombros.

–Firmé algunas, no todas. –Se mira el reloj y se mete la foto en el bolsillo–. Se está haciendo tarde, deberíamos irnos. ¿No tenemos reservada la mesa para las siete?

–Supongo que debería devolver la foto adonde la encontré, ¿no?

–¿Cómo? Ah, sí, claro. Supongo. –La saca del bolsillo y me la entrega–. Quizás debería firmarla. –Suelta esa ocurrencia con una sonrisa, pero su mirada esconde algo.

No sé por qué me siento tan incómoda. La explicación de Niall tiene lógica. No hay motivo para desconfiar. Pero se ha mostrado irritado y siempre a punto de estallar desde que salimos de casa. Yo echaba la culpa a sus dificultades para relajarse y a que quería ponerse todo el rato con el portátil. Pero ¿y si hay algo más? No lo sé. ¿Le estoy dando demasiadas vueltas a esto o aquí hay gato encerrado?

Capítulo 18

Amber

Me estoy vistiendo cuando suena el timbre. Renzo ya está abajo con los niños. Voy de puntillas hasta la cabecera de las escaleras sin más ropa que unos vaqueros y el sujetador y veo a Renzo caminando a zancadas hacia la puerta de entrada.

–Renzo –siseo desde el descansillo.

Se da la vuelta y mira hacia mí levantando una ceja.

–No abras.

Sacudo la cabeza.

–Flora ha saludado desde la ventana –responde con una sonrisa y encogiéndose de hombros–. Sea quien sea, ya sabe que estamos en casa.

Muy a mi pesar, se gira y abre la puerta. Me vuelvo a la habitación dando pisotones y soltando un gruñido furioso.

–¡Buenos días, Renzo! Espero que ya estén bien instalados.

¡Lo sabía! Es esa entrometida de Sal, la del otro lado de la calle. Pero ¿no se da cuenta de que somos una familia que está de vacaciones y no la queremos dejándose caer por aquí cada dos por tres? Me paso la camiseta por la cabeza de un tirón y, a continuación, me visto el jersey de cuello vuelto de color crema. Ya se me han cruzado los cables. Quería tener un desayuno agradable y en paz con mi familia. Sea lo que sea que la trae aquí, espero que desembuche rápido.

–¡Pase, pase! –oigo que le propone alegremente Renzo.

¿A santo de qué es tan amable mi marido? Me siento en la cama un momento. Esto es por su culpa. A ver, está bien que sea amable conmigo y con los niños, pero hasta ahí debería llegar. Por supuesto, estoy de broma. Su calidez me atrajo de inmediato. Y a él no le tiró para atrás mi carácter arisco y espinoso. Tomo aire por la nariz y me levanto. Debería bajar y ver qué quiere la entrometida de Sal.

«Sé maja, Amber. Sé maja».

Bajo contoneándome por las escaleras, que chirrían, y giro hacia el comedor. Flora me sale al paso.

–¡Mamá! Sal ha venido y ha traído una tarta enorme. Está hablando con papá en la cocina.

Mi hija me coge de la mano y me lleva hasta ellos.

–Hola, Amber.

Sal se ha colgado el abrigo del brazo y está aflojando la bufanda. Va vestida con una camisa rosa pálido metida en unos vaqueros de un tono azul horroroso. Trae su rubia melena recién lavada y llena de volumen. Para más inri, se ha echado demasiado perfume para estas horas de la mañana.

–Sal nos ha traído un pastel de manzana de Dorset casero –dice Renzo–. ¿A que ha sido un detalle por su parte? Le decía que se quedase a tomar un trozo con una taza de té.

Estoy segura de que Renzo me está tocando las narices a propósito.

–Ay, Sal, es usted un cielo –parloteo con total credibilidad.

–No quería incordiar –suelta Sal por su boca de incordio–. Iba a hacer una tarta de todas formas, y he pensado que les gustaría probar una también. No he tenido más que duplicar la mezcla y dividirla en dos. Y, luego, su maravilloso marido me ha obligado a quedarme a tomar un té. Como para decirle que no…

Se echa a reír, y nosotros con ella.

¿Qué les pasa a las mujeres de Dorset con la dichosa hospitalidad? Pensaba que nosotros, los británicos, teníamos fama de estirados y antisociales. Y ahí tenemos a Beth con su nevera hasta arriba y ahora a su vecina intentando tomarle el relevo.

–Franco, suelta el móvil. Tenemos visita –le regaña Renzo.

–Un minuto, papá. Yo…

–Ahora, Franco.

Nuestro hijo refunfuña, pero hace lo que le mandan.

–¿Están disfrutando de su estancia por el momento? –pregunta Sal.

Se acerca hasta el cajón de la cubertería y saca un cuchillo mientras Renzo prepara un té. Creo que es un poco demasiado que se atrinchere aquí como si fuese su casa. Puede que sea de su amiga, pero, hasta nuevo aviso, es nuestra. Debería cortarse un poco.

—Lo estamos pasando estupendamente —responde Renzo.

—Yo tomaré un café —aviso a Renzo mientras me deslizo en uno de los bancos que rodean la mesa de la cocina.

Flora viene a sentarse junto a mí arrastrando los pies.

—Papá nos llevó al pueblo ayer —le dice Flora a nuestra visitante—; fuimos a una tienda de juguetes y me compró este loro.

Le muestra su nuevo juguete favorito: un colorido pájaro de peluche que suelta cosas al apretarle las garras.

—Mi nombre es Percy —grazna.

—Ay, mira qué monada —dice Sal mientras se corta un trozo de su propia tarta.

—A mí ponme uno pequeñito —digo, aunque debo admitir que huele absolutamente deliciosa.

—Con nata queda mejor —dice Sal a la vez que saca un bote de la marca Elmlea del bolso.

—Lo tiene todo pensado —digo—. Venga, yo también le echaré nata. ¿Por qué no? —Me apoyo en la pared—. ¿Y hace cuánto que dice que conoce a los Kildare?

Ya que Sal está aquí, se me ha ocurrido sonsacarle sobre ellos.

—Mmm… Déjeme que piense… —Nos trae dos trozos de tarta y los deja delante de Flora y de mí junto con el bote de nata—. Me mudé al otro lado de la calle hará pronto siete años ya. El pequeño Liam era un bebé y no dormía demasiado bien, así que solía pasar y echarle una mano a Beth para que ella pudiese descansar algo.

—Qué amable por su parte —dice Renzo al acercarle su té, y se vuelve a la cocina para hacerme el café.

Sal se gira para acabar de cortar la tarta.

—Bueno, a mí también me vino bien. Hacía poco que me había divorciado y me mudé aquí desde Poole para empezar de cero. Beth fue muy amable conmigo.

Me doy cuenta de que no menciona a Niall.

—¿Qué tal con su marido? —pregunto.

—Y un buen trozo para ti, Franco. —Sal le corta una porción del doble de tamaño que la de Flora. Espero que ella no se entere o tendremos un problema—. A Niall no lo veo mucho —responde Sal—. Es escritor, es muy reservado.

«Y no me extraña».

—Aunque les corto a todos el pelo. Soy peluquera a domicilio.

—Genial —respondo.

—Así me ahorro líos.

Suelta una breve carcajada. Renzo me trae el café.

—Está deliciosa, Sal —dice Renzo después de darle un bocado—. Y todavía está calentita.

Le doy un mordisco a la mía y tengo que reconocer que Renzo tiene razón.

—Está realmente buena —coincido con él.

Los niños devoran la suya en un abrir y cerrar de ojos y piden permiso para levantarse de la mesa. Sal se toma su tiempo para comer su trozo.

—¿Y qué tal está Beth? —pregunto—. Parecía que todo la agobiaba cuando hablé con ella a principios de esta semana para ultimar detalles.

A Sal se le ponen los ojos como platos.

—Entiendo que bien. Por lo menos, no dijo nada de que estuviese agobiada.

—Mejor. Serían los típicos temores de antes de viajar. —Le doy un sorbo al café—. Ninguno de nosotros había hecho un intercambio de casas antes.

—Ya. Tengo que admitir que me pareció muy atrevida por hacerlo —dice Sal, y se pone colorada—. No me entiendan mal, pero están abriendo sus casas a unos desconocidos. Creo que fue idea de Niall, no de Beth. ¿Y a ustedes quién les dio la idea?

Se gira hacia mi marido. Renzo se dispone a hablar, pero le corto en seco.

—Pff, es que nos encanta probar cosas nuevas. Le da emoción a la vida, ¿no?

Sal asiente, y me fijo en que no para de mirarnos a Renzo y a mí con una expresión que denota una mayor agudeza.

—Bueno, en lo que respecta al tiempo, no cabe duda de que a ellos les ha salido más a cuenta. Viene otro día frío. Aunque dicen que luego va a despejar. ¿Tienen algún plan para hoy?

—Vamos al castillo de Sherborne —dice Renzo, y se le ilumina la mirada.

—Sinceramente, es como un niño con estas cosas —digo.

—¿Y qué? Me gusta la historia. —Renzo se encoge de hombros—. Creo que voy a tomar otro trozo de tarta. Sal, ¿más té o café?

—Estoy bien así, gracias. —Se da unas palmaditas en el estómago—. ¿Qué castillo van a visitar, el viejo o el nuevo?

—No sabía que hubiese dos. —Frunce el ceño Renzo.

—El nuevo no deja de ser un castillo antiguo, pero está intacto y, por dentro, es espectacular. El viejo está en ruinas, pero da mucho juego para pasear por los alrededores.

—¿Y cuál nos sugiere? —pregunta Renzo.

—Pueden visitar ambos en un mismo día, pero, si fuese yo, hoy iría al castillo nuevo. Así están calentitos dentro. Siempre pueden visitar el castillo en ruinas cuando mejore el tiempo. La semana que viene pinta bien. Tienen suerte, acaba de abrir al público estos días. Ha estado cerrado durante todo el invierno.

Intento reconducir la conversación y salir de los castillos para sonsacarle algún cotilleo más sobre los Kildare. Sin embargo, Sal se muestra sorprendentemente leal. Incluso cuando le digo que el despacho de Niall está cerrado con llave y bromeo con que puede que guarde un oscuro secreto, ni muerde el anzuelo ni se pone a especular. Muy al contrario, deja claro muy finamente que él es un autor reconocido internacionalmente, así que es normal que tenga sus manuscritos a buen recaudo. Después de eso, se levanta.

—Bueno, les dejo para que puedan ir a lo suyo.

—Gracias otra vez por la tarta —dice Renzo—. Muy amable por su parte.

A ella se le marcan los hoyuelos y se pone colorada. Sinceramente, se comporta como una adolescente encaprichada de mi marido. Es patética. Debería llamarle la atención. Cosa que no haré, por supuesto. Pero sería divertido verla abochornada.

—Ya le devolveremos la bandeja limpia —dice él.

—Ay, gracias. —Sacude la cabeza y hace un gesto con la mano—. No hay prisa.

—Es un encanto, Sal —añado—. Y gracias por el consejo sobre el castillo. Nos será de gran utilidad.

Me dirige un ligero movimiento de cabeza.

Oh, creo que he conseguido molestarla. Puede que no le haya gustado que yo le haya pedido a Renzo que me haga un café. Me da la impresión de que es de esas mujeres que tratan como dioses a los hombres. No me cabe duda de que está convencida de que con ella él tendría una vida mejor. «No te ofendas, bonita, pero no eres su tipo». Le dedico una sonrisa melosa y la acompaño hasta la puerta delantera.

—Gracias otra vez —digo.

—De nada.

Abre la boca para decir algo más, pero luego cambia de opinión y se marcha.

Espero que sea la última vez que vemos a la entrometida de Sal. Puedo apañármelas perfectamente sin tenerla pasándose por casa cada dos por tres tratando de ser amable y flirteando con Renzo. ¿Esta mujer no tiene nada mejor que hacer? Yo, por ejemplo, tengo un plan que poner en marcha…

Capítulo 19

A veces, uno se ve obligado a forzar el conflicto. La gente insiste en que no quiere hacer lo que hay que hacer. Pero, cuando se ponen manos a la obra, terminan agradeciéndote que hayas sido el único que ha tenido las narices de actuar.

No me gusta tener que dar un ultimátum. Aunque tampoco es que lo vea como una amenaza. Es más una muestra de cómo deberían ser las cosas para que todos estemos contentos. Vale, puede que no todo el mundo. Pero, para la gente que importa de verdad, un ultimátum es esencial. Es la única alternativa si uno quiere avanzar. Si quiere tener alguna posibilidad de conseguir lo que desea.

Y yo sé lo que deseo.

Capítulo 20

Beth

A los chicos se les salen los ojos de las cuencas mientras hacemos cola ante uno de los puestos de golosinas, con sus infinitas cubetas de tofes envueltos en papel brillante, bombones, chocolatinas y más chucherías. Un agradable aroma a azúcar nos está torturando las papilas gustativas.

—No sé qué elegir, mamá. ¿Podemos coger uno de cada? —pregunta Connor.

Estamos en el mercado semanal de Maiori, en Corso Reginna, la principal calle comercial, que va a dar a la carretera de la costa. Está a reventar de negociantes y compradores, y es fácil adivinar por qué. Aquí, los productos a la venta son frescos y abundantes. Hay queso, salami, pastas, pan, fruta y verduras. Sin mencionar la ropa, la cerámica y, por supuesto, el *limoncello*, que es la especialidad de la zona en lo que a licores se refiere. El barullo que nos envuelve tiene algo de ritual. Los compradores escogen los cortes más selectos y las piezas más frescas y los vendedores saludan a los clientes habituales.

A Niall no le sienta bien madrugar, y en Maiori solo ponen el mercado los viernes por la mañana, así que he tenido que usar mis artes de persuasión para que nos acompañe y no se quede durmiendo. Supongo que habría podido traer a los niños yo sola, pero pensé que a Niall le gustaría una vez que estuviésemos aquí. Nos imaginé muy felices paseando del brazo de un puesto a otro para admirar tantas cosas maravillosas y escoger exquisiteces hechas por atractivos vendedores italianos. Como en una escena de una comedia romántica, vamos.

Por desgracia, mi familia parece empeñada en llevarme la contraria. De hecho, los chicos están rebeldes y a mi marido no se le ve muy impresionado. Además, la realidad no podría estar más lejos de la imagen mental que me había hecho. Más que un pintoresco mercado de pueblo, este es sobre todo utilitario, con sus camionetas blancas, sus generadores zumbando y sus puestos cubiertos con toldos de plástico. Y está abarrotado de gente, pero la mayoría son señoras de mediana edad y los típicos turistas.

De todas formas, me alegro de haber venido. Estoy deseando comprar productos frescos de la zona para la comida, además de unos cuantos recuerdos para llevar. Fue Luciana la que me habló del mercado. Me dijo que ella acude semanalmente a primerísima hora de la mañana, y que deberíamos venir a verlo.

Anoche, cenamos otra vez estupendamente en Terrazza Luciana. Esta vez, sin embargo, Luciana y yo no tuvimos mucha ocasión de charlar. Espero que no fuese porque recela de Niall o porque la he molestado sin querer. Estuvo igualmente agradable, pero no se paró mucho a hablar. De todas formas, estaban más atareados que la última vez que estuvimos allí, así que puede que fuese por eso. Aun así, nos reservó la mejor mesa en la terraza. Hasta Niall agradeció el detalle.

Pensé que venir hoy al mercado me ayudaría a olvidarme de la fotografía que encontré la pasada noche. Sé que Niall me dio una explicación perfectamente lógica sobre por qué Amber la tenía en su bolsillo, pero esta duda de las narices no se me va. Me ronda la cabeza y me revuelve el estómago. Quiero volver a sacarle el tema. Preguntarle si es posible que conozca a Amber. Si es una exnovia o si trabajó con ella hace tiempo. Pero, al hacerle esas preguntas, estaría acusándole de mentir. Y no puedo hacer eso. Así que voy a tener que sacarme este asunto de la mente.

Niall chasquea la lengua cuando una mujer de la zona se le mete delante para hablar con el vendedor. Me parte el corazón ver que el trajín del mercado ya está acabando con su paciencia. Pensé que lo disfrutaría. Mi plan era comprarles algunas chucherías a los niños para tenerlos distraídos mientras nosotros echábamos un vistazo por los otros puestos. Ojalá a Niall le hiciese tanta ilusión como a mí, pero qué esperaba. Nunca ha sido un amante de la buena comida. Le gusta lo que cocino, pero no tiene el más mínimo interés por cómo se elabora. Solo quiere comerlo. En lo que a mí respecta, este lugar es el paraíso. O lo sería si no tuviese que encargarme de entretener a un marido gruñón y a dos niños inquietos.

–Mamá. –Connor me tira de la blusa–. ¿Podemos?

–¿Si podéis qué?

–Comprar una de cada.

–Mmm… –Repaso las filas y filas de golosinas en exposición–. No, son muchísimas. Se os caerían los dientes. Podéis coger seis golosinas cada uno.

–¿Seis? –se quejan Liam y Connor.

–Vale, ocho y ni una más.

–Bueeeeno –aceptan a regañadientes.

Los chicos escogen cada uno las suyas, y el tendero les echa dos más gratis.

–No se lo digáis a mamá. –Les guiña un ojo, y ellos levantan la cabeza hacia mí con la ilusión reflejada en la mirada.

Le doy las gracias al tendero y le pago. Luego, me giro hacia Niall.

–¿Por qué no coges a los niños y os vais a descansar a una cafetería mientras hago algo de compra?

Preferiría que estuviésemos todos juntos, pero al soltarle la correa puede que gane puntos.

–No creo que me relaje demasiado con estos dos dándose un atracón de azúcar. –Niall pone los ojos en blanco.

–Se portarán bien. El pico les llegará pasado un rato, y me tendrás de vuelta mucho antes de que eso suceda.

Salta a la vista que Niall quiere dejar a los niños conmigo, pero no ha estado nada a solas con ellos desde que llegamos. Sería agradable que tuviesen algo de tiempo para reforzar el vínculo paternofilial.

–También puedes llevártelos a la playa.

Frunce el ceño.

–No, no importa. Nos quedaremos contigo. A fin de cuentas, tú nos trajiste aquí, ¿recuerdas? Yo estaría encantado con un desayuno relajado con los chicos en casa.

Respiro hondo y me muerdo la lengua. Podría contestarle que

pensé que sería un plan bonito, que siento mucho que sea una faena tan grande. Es obvio que no le apetece, así que no tiene sentido provocar una discusión en toda regla.

—Vamos a probar una de estas golosinas —dice Niall metiendo la mano en la bolsa de papel de Liam.

A nuestro hijo pequeño se le ponen los ojos como platos al asistir al injusto robo de una de sus chucherías. Pero sabe que a su padre no se le puede decir nada. Niall no es tan respetuoso con ellos como yo. Supongo que eso no tiene por qué ser necesariamente malo.

—Y yo me comeré una de Connor —digo, sabedora de que eso contribuirá a apaciguar a Liam.

—Voy para allá —dice Niall señalando un puesto de artículos de cuero que hay en el lado opuesto del mercado—. Necesito un cinturón nuevo.

—Vale, genial. Te acompañamos.

—No, no hace falta. Haz tu compra, si quieres. Mándame un mensaje cuando acabes y nos juntamos otra vez.

Echa a andar y me deja con los niños. Era demasiado pedirle que se quedase con nosotros.

Se me tensa la espalda.

—Muy bien. Vosotros dos, venid. Vamos a elegir nuestra comida de hoy.

Los tres pasamos la siguiente media hora escogiendo todo tipo de ingredientes deliciosos. Para mi gozo, los chicos están disfrutando de verdad. En especial, Connor, que tiene un ojo sorprendentemente bueno para los productos frescos. Nos reímos ante nuestras tristes tentativas de hacernos entender, y optamos por señalar y levantar los dedos para indicar las cantidades. A Connor se le da genial utilizar la aplicación de traducción del móvil para tratar de hablar en italiano. Puede que Liam esté más interesado en comerse sus golosinas, pero tampoco importa.

—Creo que nos hemos pasado un poquito —digo mirando nuestras bolsas de la compra, llenas a reventar.

—No, mamá, nos lo comeremos todo. No te preocupes —responde Connor poniéndose serio.

—Sí –asiente Liam en señal de acuerdo, y yo no puedo evitar echarme a reír.

—Mirad, ahí está vuestro padre.

Veo a Niall a lo lejos, pero entonces caigo en la cuenta de que está hablando con alguien, un hombre bajo y enjuto vestido con un traje gris claro. Están a las puertas de un bar, y el tipo le ha puesto la mano en el brazo a Niall. Parecen muy animados, riéndose como si se conociesen.

—¿Quién es ese? –pregunta Connor.

—No lo sé –respondo–. Pero vamos a averiguarlo. Pegaos a mí, no quiero que ninguno se pierda.

Nos abrimos paso a través del atestado mercado y nos colamos entre dos puestos de fruta para ir a dar al lado opuesto de Corso Reggina. Al acercarnos, Niall se queda mirándome, le da la mano al hombre y este se larga sin siquiera girar la cabeza hacia mí.

—Hola –digo notando que me falta un poco el aliento–. ¿Quién era?

—Papá, hemos comprado un montón de cosas para la comida –interrumpe Liam–. Y Connor habló en italiano. Va a enseñarme algunas palabras.

—Genial, Liam. Parece que os lo habéis pasado bien.

Niall se pasa la mano por el pelo.

—Le traduje todo a mamá –confirma orgulloso Connor– usando una aplicación. Fue muy guay.

—Bien hecho, Con. –Niall le dedica una mirada de aprobación, y a Connor se le ilumina la cara ante tal halago.

—Los dos me han ayudado mucho –añado–. Gracias, chicos. ¿Quién era ese hombre, entonces? –vuelvo a preguntarle a Niall.

—¿Quién era quién? –Durante unos segundos, Niall parece desconcertado. Luego, asiente–. Ah, sí, un tipo que quería endiñarme una multipropiedad. Me cogió por banda justo cuando estaba a punto de escribirte. No me lo podía quitar de encima.

—Mmm. –Pienso de nuevo en su animada conversación–. Pues daba la impresión de que te conocía.

Niall se rasca la barbilla.

—Ya sabes cómo es esta gente: fingen cercanía para que piques.

Pero eso no explica por qué Niall se reía y hablaba con el mismo entusiasmo que el hombre. No tengo por costumbre dudar de la palabra de mi marido, pero, desde que he descubierto esa foto, ya dudo de todo. Respiro profundamente. Necesito olvidarme de eso y relajarme.

–¿Has encontrado algún cinturón que te guste?

–¿El qué? –Frunce el ceño–. Ah, no, no eran muy de mi estilo.

–Entonces, ¿qué has estado haciendo?

–¿Qué es esto? ¿Un juego de preguntas y respuestas? –Niall se echa a reír–. He estado simplemente paseando por ahí mientras esperaba a que acabarais. ¿Nos tomamos un café en algún sitio? Trae, que llevo eso.

Me coge una de las bolsas de la compra, me echa el brazo por los hombros y andamos en busca de una cafetería. A pesar de que es una mañana calurosa, no consigo sacudirme el escalofrío repentino que me baja por la espalda. Tampoco la impresión de que Niall ha intentado evitar mi pregunta.

Capítulo 21

Amber

–Me gustaría vivir aquí –anuncia Flora a bombo y platillo para divertimento del resto de visitantes del castillo.

–Lady Flora de Sherborne –le dice Renzo a nuestra hija con una reverencia exagerada.

Ella suelta una risita. Estamos cruzando un salón de color burdeos con grandes ventanales, muebles tapizados de cuero granate, pinturas al óleo de marcos dorados y un blasón coronando la ornamentada chimenea de piedra.

A decir verdad, este castillo, del siglo XVI, es mucho más impresionante de lo que yo creía. Me equivocaba al presuponer que sería una reliquia antigua y polvorienta, incómoda y con corrientes de aire. En realidad, es bastante impresionante y está en muy buen estado, con las paredes vestidas de paneles de madera, pinturas murales por doquier y un mobiliario elegante y cómodo. De hecho, estoy convencida de que aquí vive una familia. Suerte que tienen. Aun así, me gustaría saber qué opinan de tener a gente de la calle deambulando día sí y día también por su casa. Me río sola pensando si quizás no será menos invasivo que un intercambio de casas.

Por muy bonito que sea este sitio, dudo mucho que lo cambiase por mi estilo de vida contemporáneo a la italiana.

–A mí no me gustaría vivir aquí –dice Frank leyéndome el pensamiento–. Prefiero nuestra casa en Italia. Estos no tienen piscina.

–Tienen un lago –dice Renzo mientras le echa el guante y lo abraza. Nuestro hijo se revuelve para liberarse, pero sé que le gustan los abrazos de oso de su padre.

–Sí, aunque no se puede nadar en él –puntualiza él.

–Pues claro que sí –responde Renzo, y suelta a su hijo para colocarse el pelo.

—Yo no querría nadar en el lago. —Frank hace una mueca—. Está verde, y hace demasiado frío.

—Un poco de natación invernal en el lago te curtiría —se mofa Renzo, y le da un puñetazo de broma en el brazo—. Flora vendría conmigo a nadar en el lago, ¿a que sí?

—¡Podríamos ser sirenas, papá! —Se le ilumina la mirada.

—Yo preferiría ser un caballero montado en su caballo —replica Frank—. O un dragón.

—Nos calentarías el lago con tu fuego a lady Flora, la sirena, y a mí —sugiere Renzo.

—¿Y si buscamos un restaurante? —pregunto, aburrida ya del castillo.

Quiero ir a algún sitio un poco más civilizado. Más moderno. Aunque lo que realmente quiero es irme a casa, a Maiori, y retomar nuestras vidas. Algo que, en este momento, es imposible. La ansiedad hace que mi corazón pegue un brinco. Yo no soy así. No soy de las que tienen ansiedad. No me preocupo. Repaso mentalmente todas las posibilidades y llego a la misma conclusión: esta era la única vía que podía tomar.

Salimos del castillo y cogemos el coche hasta el centro de Sherborne. Aparcamos en una zona para coches y nos dirigimos a un bistró de estilo elegante en el que se fijó Renzo cuando vino ayer al pueblo con los niños. Muy en su estilo, Renzo se puso a hablar con el dueño, de ahí que su mujer y él —Jeremy y Cindy Hamilton, una pareja de guapos en la treintena— nos reciban con tal cariño hoy. Nos han reservado una mesa grande junto a la ventana saltándose la cola de gente que espera para entrar, y todo por tener un marido tan encantador como el mío.

—Si alguna vez vais a la costa amalfitana, avisadnos —le dice Renzo a la pareja.

Si estuviese de mejor humor, me gustaría tratar más con ellos, ya sea a nivel profesional o personal. Dan la impresión de ser interesantes. Pero no tengo la cabeza centrada. Pregunto dónde puedo retocarme, y Cindy me guía hasta el servicio de mujeres. Afortunadamente, puse a Flora a hacer pipí cuando estábamos en el castillo, así que ahora tengo unos minutos para mí.

El baño es lujoso –con mármol en tonos cálidos, apliques de latón y paredes verde oscuro–. Saco el teléfono y abro la exclusiva aplicación de fotografía que uso.

Algo de lo que los Kildare no son conscientes es de que hay una cámara escondida en cada habitación de mi casa. Cámaras que solo yo sé que existen. Ni siquiera Renzo está al tanto.

Disfruté de unas buenas vistas del polvo que Niall le echó a su mujer en nuestra ducha el miércoles por la noche. No es que fuese algo a lo que me apeteciese asistir, pero fue bastante divertido ver la mejilla de ella apretujada contra mis pechos de tamaño extra grande. Renzo encargó para mí esas fotos de pared a modo de divertida sorpresa. Entiende a la perfección mi sentido del humor. Desde la primera noche, tampoco es que haya habido nada interesante que ver por las cámaras. Beth es aburrida. Niall se rasca los huevos muy a menudo. Sus niños son lindos, más o menos.

Me conecto a la pantalla múltiple y veo a Beth en la cocina preparando la comida como la mujercita ideal que es. Su marido y su prole están sentados en el patio esperando a que se la sirva. Las puertas están abiertas de par en par, y hablan mientras ella cocina. Parece que está preparando un buen festín. Pincho en la cámara de la cocina y amplío la imagen sobre su cara. Salta a la vista que se lo está pasando bien. No para de lanzarle tiernas miradas a su familia. No hay sonido, así que no escucho lo que dice. Algo gracioso, en todo caso, ya que todos se echan a reír.

Siento un agudo acceso de furia. La boca se me llena de bilis y a punto estoy de estampar el teléfono contra la pared. En lugar de eso, cierro la aplicación, me lavo las manos y me mezclo con el barullo del restaurante para volver junto a mi bonita familia.

Una familia a la que protegería con uñas y dientes.

Capítulo 22

Beth

Las calles adoquinadas y la atmósfera medio amodorrada del pueblo nos hacen viajar atrás en el tiempo. Hemos venido a visitar Ravello y a pasar el día aquí, y ya siento que no quiero marcharme. Cogimos el autobús en lugar del coche de los Mason, ya que nos dijeron que a lo mejor nos costaba encontrar aparcamiento. El trayecto ponía los pelos de punta, el conductor adelantaba por los pelos y en curvas sin visibilidad a todo vehículo que circulase más lento, pegando volantazos alarmantemente cerca de precipicios en la zona de los acantilados y sin quitamiedos…

Las vistas desde la ventanilla del autobús eran al mismo tiempo impresionantes y horripilantes. Mirase donde mirase, había algo artístico o digno de ver: flores primaverales, bosques de limoneros, una valla de hierro forjado, una puerta de madera tachonada en una casa levantada en la ladera. Está claro que los italianos saben hacer que la belleza florezca en todo su esplendor, aunque no pongan mucho énfasis en hacerlo de modo seguro y sin riesgo para la salud.

Cuando llegamos a nuestro destino, el autobús se detuvo en un túnel y nos bajamos. No se permite entrar con vehículos al pueblo propiamente dicho. Los conductores tienen que aparcar en una zona acotada y seguir a pie.

Estamos almorzando en un sitio pintoresco, en el que la mesa y las sillas están suspendidas de una ladera cubierta de hierba que da a los acantilados. Es un local tranquilo, plagado de trinos y de tal altura que corre una agradable brisa que mantiene el calor a raya.

—Es como si estuviésemos en el plató de *Sonrisas y lágrimas* mezclado con *Jasón y los argonautas* —dice Niall dándole un sorbo a su Peroni.

—¿Qué es eso de Jasón y los astronautas? —pregunta Liam.

—Argonautas —responde Niall—. Ya la veremos juntos cuando volvamos a Inglaterra. La vi con mi padre cuando tenía más o menos tu edad.

Contemplo los acantilados, con sus cumbres cubiertas de niebla y esas antiguas mansiones como plantas enredaderas prendidas de sus vertientes. Me embarga una sensación de paz momentánea, y me pregunto cómo sería vivir aquí. Haber nacido aquí y crecido sintiendo que este pueblo también es tuyo. Caminar por sus calles tortuosas, ponerte a este sol y absorber como una esponja la atmósfera de tranquilidad de su día a día. ¿Tendríamos menos preocupaciones cotidianas? ¿Nuestra vida sería más sencilla?

Dejando a un lado el descubrimiento de la fotografía y esa situación incómoda en el mercado —cuando Niall estaba hablando con aquel tipo—, los dos últimos días han sido fantásticos. Ayer preparé una comida estupenda con lo que compré en el mercado. Nos sentamos en el comedor de afuera, junto a la piscina, para comer. Niall se mostró divertido y encantador, los chicos estuvieron tranquilos y contentos; la comida era una verdadera delicia. Me sentí como si fuésemos una de esas familias italianas que se ven en las películas y en las que todo es perfecto.

Quizás el secreto esté en no desear una vida diferente. Quizás solo haya que salirse de la rutina de vez en cuando. Y permitirse un respiro y ver el mundo desde una perspectiva diferente. Las redes de la familiaridad nos atrapan y nos impiden ver con claridad. Es difícil valorar lo que tenemos. Soy consciente de que tengo todo lo que necesito. No es una vida perfecta, pero tiene momentos puntuales de perfección que —con suerte— somos capaces de reconocer en tiempo real y valorar, saborearlos. Espero que Niall lo vea así también.

Me doy cuenta de que estos no son el tipo de pensamientos que comparto con Niall. Si le comentase cosas así a él, pondría los ojos en blanco y me tacharía de pasarme de sentimental. Tiene ese carácter. No entiendo por qué. Sus padres le han dejado una buena herencia, mostrándose cariñosos siempre que pueden. Adoran a sus nietos, son generosos desde un punto de vista económico y les encanta venir de visita. O, más bien, les encanta visitar a Niall y a los chicos. Conmigo son un poco más reservados. Apuesto a que piensan que se lo he robado, cuando, en realidad, lo que me gustaría es que me abrazasen como al resto. Que me incluyesen en lugar de tratarme como una intrusa. Supongo que esperaba que me diesen el amor que mis padres se han guardado solo para mi hermano.

Al contrario que yo, Niall rechaza las muestras de cariño de sus padres. Le irritan sus manifestaciones de orgullo y de cariño. Creo que le resultan asfixiantes. Quizás sea por eso por lo que es tan hermético con los demás a nivel emocional. Y quizás sea esa también la razón de que sea un escritor así de bueno: se guarda todo ese material para sus libros, para sus personajes, más que compartirlo con la gente de carne y hueso que lo rodea. Me entristece pensarlo. Me pregunto si alguna vez alcanzaremos esa cercanía que parecía prometerme cuando nos conocimos. Cuando decía que yo le inspiraba.

Nos pasamos el resto de la tarde pateando las estrechas calles bañadas por el sol a trozos, repasando galerías de un gusto exquisito y *boutiques* extravagantes, comiendo el helado más delicioso que he probado nunca. Al final, convenzo a Niall de que deberíamos pagar la entrada para visitar la Villa Cimbrone, que tampoco es cara. Ahora es un hotel de cinco estrellas, pero el edificio y los jardines datan del siglo XI. Me imagino que será un sitio increíble para hospedarse. Las vistas a la costa amalfitana desde el Terrazzo dell'Infinito son impresionantes, con el verde de los acantilados trufado de pueblitos, el azul oscuro del mar salpicado de barcos y el celeste del cielo haciendo honor a su nombre y extendiéndose hacia el infinito.

Antes de lo que me gustaría, llega la hora de regresar a Maiori, y siento un pellizco de tristeza. Es la nostalgia por un lugar que me ha robado un poquito el corazón. Arrastrados por el resto de viajeros, nos internamos de nuevo en el frescor del túnel donde nos espera el autobús y nos esfumamos de ese reino de fantasía antes de que se ponga el sol.

El autobús, que va atiborrado y bamboleándose, hace que me

maree un poco. Empiezo a arrepentirme de haberme dado el capricho de tomarme dos bolas de helado en lugar de una. Hay alguien comiéndose un plátano, y el olor de la fruta pasada no le está ayudando a mi estómago. Liam se ha quedado dormido apoyado en mi hombro; Connor va sentado con Niall y no pierde de vista el juego al que está jugando en el móvil de su padre. Me zumba la cabeza. Probablemente, he estado demasiado al sol. Echo mano de la botella de agua que llevo en el bolso y me tomo unos sorbos del líquido, ahora tibio. Ojalá se me hubiese ocurrido traer paracetamol.

Cuando por fin llegamos a Amalfi, me bajo del autobús con las piernas temblándome y yo boqueando en busca de aire. No es que me haga gracia pensar en coger otro transporte, pero Amalfi es donde tenemos que cambiar de autobús para volver a Maiori. El pasillo está a reventar de viajeros recocidos e irritables. Hay rumores sobre retrasos en los autobuses y largas esperas. Espero que no afecten a lo que nos queda de trayecto.

En una de las dársenas cubiertas, espera un autobús con el letrero de MAIORI delante. Pero tiene las puertas cerradas y no hay conductor. Localizo por allí a una mujer con pinta de ser la representante de algo.

—Perdone —digo tratando de atraer su atención—. ¿Sabe a qué hora sale el autobús a Maiori?

—¿A Maiori? —responde—. Mala cosa. Dos horas. —Levanta dos dedos—. En dos horas, puede que en dos horas y media.

—¿Qué? —farfulla Niall—. ¿Cómo es eso? ¿A qué se debe el retraso? —dice en italiano, y la mujer le responde.

—¿Qué ha dicho? —pregunto.

—¡Papá ha hablado en italiano! —interrumpe Connor, impresionado.

—El conductor no se encuentra bien, así que tenemos que esperar a que venga el del siguiente turno —murmura—. Ya te dije que tendríamos que haber cogido el coche.

No le recuerdo que nos habría sido imposible aparcarlo, lo cual habría sido más estresante si cabe. En lugar de eso, le pongo la mano en el brazo para apaciguarlo.

—Bueno, ¿por qué no entramos en una cafetería mientras esperamos?

—Y una mierda –responde Niall refunfuñando mientras examina la zona–. Voy a buscar un taxi.

—Quiero irme a casa –reclama Liam.

Acaba de despertarse y está adormilado y de mal humor.

—No te preocupes, cariño, pronto estaremos en casa –respondo cruzando los dedos para que así sea.

—Esperad aquí.

Niall echa a andar con un objetivo entre ceja y ceja.

Las dársenas de los autobuses están abarrotadas y no quedan bancos libres por los alrededores, así que nos encaramamos al muro del puerto y esperamos a que regrese Niall. El sol aún calienta y aquí no hay ninguna sombra a la vista. Me gustaría buscar un sitio más fresco en el que sentarnos, pero Niall se enfadará si luego no nos encuentra. Con un poco de suerte, no tardará mucho. Me empapo de la zona en la que estamos. Dejando el gentío a un lado, es un sitio fabuloso, con las típicas villas de fachada blanca y tejado rojo construidas en los acantilados y abrigadas por cipreses. Más abajo, me llaman la atención sus concurridas tiendas y terrazas. Deberíamos explorar el pueblo con todas las de ley.

—¡Cuarenta minutos! –Niall regresa con cara de pocos amigos.

Me levanto y hago visera con la mano.

—No hay taxis disponibles hasta dentro de cuarenta minutos por lo menos –repite–. Suerte que tuve de reservar uno. La cola tras de mí era una locura.

—¿Buscamos un lugar con más sombra para esperar mientras tanto?

—Sí, vale. Vamos a tomar algo.

El taxi tarda una hora en llegar, pero por lo menos para entonces ya estamos descansados y bien hidratados de nuevo. Me digo que esto forma parte de la aventura que representa irse de vacaciones. Pero es complicado cuando tienes que encargarte de consolar a unos niños cansados y de calmar a un marido irascible.

Y no es la primera vez que me pregunto en este viaje qué ha sido del encantador y relajado hombre que conocí hace quince años.

El que me sorprendía con regalitos y detalles llenos de amabilidad. Recuerdo que, después de un turno especialmente largo y agotador en el restaurante, había cancelado una cita para cenar con él porque estaba demasiado cansada para usar el cerebro. Volví a mi piso y me encontré un baño caliente con burbujas, la cama recién hecha, un guiso casero en el horno y mi vino y mis bombones favoritos encima de la mesa con una nota de Niall para decirme que me quería. Ese fue el punto de inflexión, el momento en el que supe que era el hombre de mi vida.

¿Cuándo se volvió tan distante? ¿Cuándo empecé a irritarlo así? En casa, siempre está metido en su despacho, trabajando, así que, en realidad, solo hablamos durante las comidas o en las escasas ocasiones en las que quedamos con amigos o con la familia. Fuera de eso, todo gira en torno a cuestiones domésticas de lo más mundano. Y esa es una de las razones por las que he tratado desesperadamente de conseguir que nos fuésemos de vacaciones juntos: para disponer del tiempo necesario para que conectemos de nuevo. Solo espero que no sea demasiado tarde para salvar nuestra relación.

Saliendo de Amalfi, hay mucho tráfico, pero va aligerándose y tenemos un trayecto de vuelta tranquilo y calmado en comparación con el viaje en autobús a la ida. A nuestras espaldas, el sol va poniéndose. Es más tarde de lo que pensaba. Sentada en el asiento del copiloto, charlo con el conductor del taxi, que disfruta practicando su inglés, mientras el resto de la familia duerme en el asiento de atrás. Con un poco de suerte, se despertarán con energías renovadas cuando lleguemos a la villa. La verdad es que no creo que la cosa pinte tan mal como estaba imaginándome antes. Después de todo, nuestro día en Ravello ha sido maravilloso, y el otro día nos lo pasamos bien en la playa.

No tarda en surgir ante nosotros la ya familiar estampa de la playa de Maiori, con las luces titilando a nuestro alrededor como si se tratase de joyas deslumbrantes. Nuestro taxi gira en Corso Reginna, donde estaba instalado el mercado ayer, y vuelve a girar para ir colina arriba hasta nuestra villa. Estoy deseando darme una buena ducha fría y, quizás, dormir una pequeña siesta antes de la cena siempre y cuando los chicos sean capaces de entretenerse solos sin armar jaleo.

Al enfilar nuestra calle, me desconcierta un poco ver un coche de policía aparcado en la acera de nuestra villa. Al menos, eso creo. Es un vehículo de color azul marino con una franja roja y la palabra CARABINIERI escrita en el lateral, además de una luz azul parpadeando en el techo. Espero que su presencia no tenga nada que ver con nosotros. No tengo la energía suficiente para hacer frente a ningún problema. A medida que nos acercamos, la adrenalina se va apoderando de mí. De repente, me siento despiertísima. La verja de los Mason está abierta de par en par y hay dos vehículos aparcados en el acceso, uno de los cuales es también de la policía, con la luz azul también encendida.

–Niall. –Me giro hacia atrás y le sacudo la rodilla a mi marido–. Niall, despierta. Aquí pasa algo.

Capítulo 23

Ahora estoy atrapado en la corriente y su rugido.

No puedo hacer nada salvo dejar que me arrastre hasta donde sea.

A mar abierto o de vuelta a la playa.

Capítulo 24

Amber

Me tomo un buen sorbo de *prosecco* e intento dejar de lanzar miradas a mi alrededor en el *pub* en el que estamos. Es sábado noche y está hasta la bandera. Todas las mesas están ocupadas por familias encaramadas en banquetas que esperan a que les sirvan la cena para marcharse. Este *pub* es una mezcla entre estilo contemporáneo y algo más hogareño, en tonos naturales y con suelos de madera, una combinación de sillas de bistró y otras ergonómicas tapizadas de terciopelo, con una chimenea en la que chisporrotea un fuego.

A pesar del ambiente alegre y de que me encuentro a catorce mil kilómetros de casa, sigo sin estar relajada. No sé qué me pasa. Siempre he sido capaz de manejar las situaciones difíciles. Nunca he tenido reparos en hacer lo que haya que hacer. Pero es como si esta noche esa máxima se me hiciese cuesta arriba. Ahora que mi acceso de ira se ha disipado, me ha dejado los nervios hechos trizas. Es igual que si me hubiese quedado sin combustible. Y creo que se debe a que las cosas se están poniendo serias ya. Está a punto de armarse todo y no puedo hacer nada para impedirlo.

–¿Estás bien?

Renzo me pone la mano en el muslo. Doy una sacudida como si me hubiese quemado. Lo último que necesito es que Renzo se ponga amable y atento.

–Estoy bien. Deja de preocuparte por nada. –Nada más soltar ese ataque, me arrepiento–. Perdona, me estoy portando como una zorra.

Los niños levantan la cabeza del plato.

–Mamá ha dicho una palabrota.

Flora se tapa la boca y se le escapa una risita.

–Ha dicho «boba» –Renzo corrige a nuestra hija y me lanza una mirada con la que me indica que me ha perdonado y que mi torpeza le parece un horror graciosísimo.

–Eso es mentira –dice Frank, pero cierra el pico de inmediato cuando le echo una mirada asesina.

–A ver, ¿quién quiere pedir postre? –dice Renzo cambiando de tema.

Consigue atraer la atención de la camarera veinteañera. De todos modos, creo que ya la tenía desde el preciso instante en que entramos aquí hace una hora. La chica sonríe y viene pavoneándose con su libretita y un bolígrafo.

Otro problema que he tratado de dejar al margen es que Renzo tampoco se está comportando como de costumbre. Siempre se muestra cariñoso y generoso conmigo y con los niños, pero, desde que estamos fuera, ha estado más atento aún de lo normal y me ha tolerado que me ponga exigente y –he de ser sincera– que me comporte como una malcriada. Normalmente, no admitiría un comportamiento así, cosa que me gusta en él. Puede ser que note que estoy al límite y no quiera hacer saltar a la fiera. Necesito calmarme. Lo último que quiero es que Renzo empiece a sospechar que pasa algo. Lo malo es que, cuanto más trato de relajarme y de actuar con naturalidad, más difícil me resulta. No acabo de encontrarme bien. Estoy incómoda. Como si tuviese hormigas pululándome bajo la piel.

La camarera me tiende una carta de postres, pero se la rechazo y le paso mi vaso.

–No, gracias; me gustaría tomarme otro *prosecco*, por favor.

–Para las bebidas hay que acercarse a la barra –dice, e ignora mi vaso.

Suelto un juramento para mis adentros.

Renzo extiende el brazo para cogerme el vaso.

–Ya voy yo –dice.

–No pasa nada, me apaño yo –respondo intentando sonar desenfadada y alegre, pero resulto tremendamente sarcástica.

La camarera levanta una ceja en dirección a mi marido, y a mí me dan ganas de estamparle el vaso en su carita linda. Es la segunda vez que siento la necesidad de destrozar algo hoy. En lugar de eso, me levanto y pregunto si alguien más quiere algo de beber.

Mi familia me transmite sus peticiones y luego vuelven a meter la cabeza en la carta de postres mientras yo me dirijo a la barra. De hecho, agradezco el respiro que eso me ofrece. Necesito un poco de tiempo para recomponerme. Respiro profundamente varias veces e intento no pensar en lo que me arriesgo a perder si esto sale mal. En lugar de eso, me doy un sermón motivador. Yo no he tenido la culpa. No voy a cuestionarme. Está todo encarrilado. El plan para el intercambio vacacional es perfecto.

Me siento en un taburete del bar, me echo mi oscura melena hacia atrás y saco el teléfono. El camarero viene al instante a coger la comanda. Es un chico joven, musculado y de sonrisa chulesca.

—¿Qué le pongo? —pregunta.

—Perdone —dice una mujer rubia que hay a mi derecha—. Llevo un siglo esperando a que me atiendan.

El camarero nos mira alternativamente y se encoge de hombros.

—Perdone, no he visto quién ha llegado primero.

—Pues fui yo —corta la mujer—. Yo estaba aquí antes. Y creo que lo sabe muy bien.

Él se pone colorado de la vergüenza y también de la irritación.

—Pida —le digo a ella—. No tengo prisa.

Se me queda mirando en lugar de darme las gracias. Parece que siempre causo ese tipo de reacción en las demás mujeres. Puede que sea por eso por lo que no tengo amigas: sienten celos.

Me deslizo en el taburete para darle la espalda y ponerme con el teléfono. Se me acelera el pulso al abrir la aplicación de las cámaras y comprobar las entradas. Da la impresión de que no hay nadie en casa. Los Kildare deben de estar fuera. Pero… Contengo el aliento. ¿Qué ha sido eso? Pincho en la entrada correspondiente al dormitorio principal. Hay un hombre vestido de negro, con la cara cubierta con una pañoleta oscura que solo deja ver sus ojos.

Es él.

¿Ha llegado la hora?

No consigo respirar con normalidad.

—Hola. Disculpe por lo de antes.

Una voz masculina se infiltra en mis pensamientos. Es el camarero.

No estoy para lidiar con él en este momento. Lo ignoro, me levanto y me alejo del bar, de mi familia. Salgo afuera por el pasillo de la entrada, con la vista fija en la pantalla del móvil. En la silueta oscura que ronda por mi habitación.

A las puertas del *pub*, el aire es gélido. Me corta la respiración. El pueblo no está tan concurrido para ser sábado noche; supongo que, con el tiempo que hace, la gente se mete en casa en cuanto cae la tarde. Las farolas manchan de luz la acera; las cristaleras empañadas de bares y restaurantes permiten entrever a quienes beben y cenan en ellos. Una típica noche de sábado. Aunque no para mí.

Creo que estoy hiperventilando. No, debe de ser el frío, que me hace temblar y me impide respirar con normalidad. Sea lo que sea, intento recuperar el ritmo de la respiración concentrándome en inhalar lentamente y en exhalar aún más lento.

Veo la silueta negra en la pantalla y me digo que no sea tan estúpida. Esto está bien. Este era el plan. Este ha sido el plan desde el principio.

Capítulo 25

Beth

En el asiento de atrás del taxi, Niall se despierta sobresaltado y me lanza una mirada de desconcierto.

–¿Qué? ¿Qué pasa?

–Está aquí la policía, en la villa –susurro porque no quiero despertar a los niños y preocuparlos. Aunque me doy cuenta de que va a ser inevitable, ya que tendremos que bajarnos del taxi dentro de un minuto.

Ha anochecido del todo, pero las potentes luces de seguridad de la villa proyectan un haz de claridad sobre nosotros. Da la impresión de que las luces de dentro también están encendidas. La casa entera está tan iluminada como si fuese Navidad.

–¿La policía? –Niall se incorpora y mira por la ventanilla–. ¿Qué hace aquí la policía?

–¿Quieres quedarte con los niños mientras voy a averiguarlo?

–Es una compañía de seguridad –comenta el taxista señalando uno de los coches aparcados, que tiene una imagen de una casa en el lateral–. A lo mejor han intentado entrarles en casa.

–No creo –dice Niall–. Beth, ¿cerraste bien?

–Sí… Yo… Sí, claro.

Abro la puerta del taxi y le doy las gracias al taxista. Dejo a Niall pagando la carrera y a cargo de los niños –cosa que sé que va a molestarle, pero es el que está en el asiento de atrás y el que tiene el dinero–.

Uno de los policías, un joven de unos veintitantos que lleva una camisa azul, unos pantalones azul marino y una gorra de plato, se acerca y empieza a hablarme en italiano.

–Perdone, ¿habla inglés? –lo interrumpo–. ¿Es un allanamiento? ¿Nos han robado algo?

Me zumba la cabeza, tengo el estómago en un puño.

–No inglés.

Sacude la cabeza y hace un gesto hacia su compañera, una mujer de pelo oscuro más o menos de mi edad, que se acerca.

Niall ya ha salido del coche y viene caminando a zancadas.

–El taxi está pagado. ¿Puedes encargarte de los niños?

–Vale –respondo–. No habla inglés. –Señalo al policía.

–Pues menos mal que yo hablo italiano, entonces.

Niall me fulmina con la mirada, pero no le doy importancia porque seguro que está tan atacado como yo. Vuelvo al taxi, donde Liam sigue dormido, pero Connor se ha despertado y está observando adormilado el panorama de la entrada.

Rodeo el coche y abro la puerta para meterme dentro y despertar a Liam con suavidad.

–Arriba, cariño. Venga, vamos.

Murmura y se queja, pero hace lo que le mando, aunque tiene los ojos medio cerrados. Lo cojo de la mano y damos la vuelta hasta donde está plantado Connor, con gesto aturdido.

Niall escucha a la mujer policía, que le habla en inglés. Al acercarme con los niños, voy captando fragmentos de la conversación. Me gustaría mantenerlos al margen de lo que sea que esté pasando aquí, pero, ahora que el taxi está maniobrando para marcharse, no queda otro sitio en el que puedan resguardarse. Me debato entre las ganas de saber qué sucede y de apartar a los chicos para que eso quede fuera de su alcance. Se supone que estamos de vacaciones para relajarnos, no para hablar con la policía.

–Tendremos que comprobarlo –le dice la mujer policía a mi marido.

–¿Comprobar qué? ¿Qué está pasando? –pregunto, llena de curiosidad.

–Quieren confirmar nuestra identidad. Tienes todos los pasaportes, ¿verdad?

Asiento y los saco del bolso.

–Saltó la alarma –dice Niall–. Y eso alertó a la compañía de seguridad, que llamó a la policía porque los Mason no contestaron de inmediato al teléfono.

–¿Se han llevado algo?

Le paso nuestros pasaportes al policía, que comprueba las fotos. Se me revuelve el estómago de pensar que hayan podido vandalizar la villa. Y robar nuestras cosas.

Niall sacude la cabeza.

–Han dicho que parece que no han tocado nada.

Suelto el aire, aliviada.

–Pero tenemos que entrar y asegurarnos –prosigue Niall–. Aparentemente, la ventana del baño de abajo quedó abierta. Creen que debieron de subir por ese lado. Debiste olvidarte de cerrarla.

–Yo no la abrí –replico.

Me muerdo la lengua para no añadir que él también podría haber comprobado las ventanas antes de salir de casa si es que tan preocupado estaba. En lugar de eso, me paro un momento y digo:

–Estoy segura de que estaba todo cerrado cuando nos fuimos. Lo comprobé y volví a comprobarlo. De hecho, no habríamos conseguido conectar la alarma si hubiese alguna ventana abierta.

–No necesariamente –dice Niall–. Quizás no hay sensor en el baño de abajo.

Intento repasar el momento en que salimos de casa esta mañana. Fue tal el frenesí de prepararse, de intentar meter a los niños en vereda y de asegurarnos de que habíamos cerrado bien… ¿Y si Niall tiene razón? ¿Ha sido culpa mía que alguien entrase? Estoy segura de que no dejé ninguna ventana abierta, pero, desde que estamos aquí, estoy un poco atontada por las mañanas, como si tuviese la cabeza en otra parte. A lo mejor es verdad lo que dice. A lo mejor he tenido yo la culpa. Me limpio un rastro de sudor que me hormiguea por la frente y en el labio superior.

–Vayan entonces a ver si les han robado algo –dice la policía escoltándonos hasta la puerta de entrada.

–¿Podemos entrar con los niños? –pregunto–. ¿Es… seguro?

–No hay nadie dentro –confirma–. Solo los de la compañía de seguridad haciendo algunas comprobaciones.

–¿Han armado mucho lío los intrusos? –pregunta Niall.

–No, qué va, para nada. –La mujer se quita la gorra un segundo y se seca la frente–. Creo que la alarma los ha espantado antes de que pudiesen causar ningún mal. No quedaba nadie ya cuando llegamos.

–Es un alivio –respondo, y agradezco que no nos toque enfrentarnos a ningún lío.

–Les recomiendo que cambien las cerraduras lo antes posible –añade.

Niall y yo nos pasamos la siguiente hora recorriendo la casa y comprobando nuestros objetos personales, así como las cosas de los Mason. No parece que hayan tocado nada, pero no estamos seguros al cien por cien, evidentemente.

En cuanto la policía y los de la compañía de seguridad se marchan, subo a nuestro dormitorio y me siento dejándome caer a los pies de la cama. Un tanto atemorizada, saco el teléfono y llamo a Amber para tener una videollamada con ella. Por lo menos, no se han llevado nada y no hay ningún desorden que limpiar; con todo, me preocupa que nos eche la culpa por no haber cerrado bien la villa.

El teléfono suena y suena, pero no lo coge. Me resisto a dejarle un mensaje de voz o de texto. Es un asunto demasiado serio para eso. Corto la llamada y decido intentarlo de nuevo dentro de unos minutos. No voy a ser capaz de tranquilizarme hasta que haya hablado con ella.

Me pongo de pie y decido darme una ducha rápida para quitarme de encima la suciedad del viaje. En ese instante, me suena el teléfono en la mano. Es Amber, que me devuelve la llamada. De los nervios, el corazón me late con fuerza al darle al botón de descolgar.

La pantalla me muestra su cara, su piel radiante, su pelo oscuro, brillante y lustroso, sus labios color ciruela oscuro, sus ojos, que miran directamente a los míos. Me coloco el pelo sin mucho éxito, y caigo en la cuenta de que tengo cara de susto –molida y cansada del viaje de ida y vuelta y de la impresión del allanamiento–. En los ojos de Amber se lee también la preocupación.

–Beth… –Esbozo una sonrisa a medias–. Beth, ¿va todo bien? Pareces nerviosa.

Está de pie en nuestro jardín, fuera de la casa.

Me invade una oleada de morriña al entrever la puerta de atrás y las luces y la calidez que desprende nuestra cocina a través de la ventana que hay detrás de Amber.

—Beth, me has llamado. Te estoy devolviendo la llamada…

—Perdón, sí. Te he llamado. Mmm… Es que tenía que contarte algo. Bueno, aún tengo… Necesito contarte algo. Quiero decir…

Me voy por las ramas como una idiota. A Amber se le descoloca una de sus perfectamente delineadas cejas.

Inhalo tratando de ordenar mis pensamientos y de expresarme con más claridad.

—Lo siento, pero es que han entrado en vuestra casa. No se han llevado nada ni han causado ningún daño que hayamos visto, pero…

—Tranquila, Beth. He hablado con la policía y la empresa de seguridad. Ya me han informado.

—¿Ah, sí? —Se me destensa la espalda al momento.

—Necesitaban confirmar que erais quienes decíais ser y que no erais vosotros los propios intrusos. —Se ríe y me sonríe a mí.

Gracias a Dios que no está enfadada. Me pregunto por qué no me llamó después de enterarse.

—Creo que la alarma los espantó. No da la impresión de que hayan tocado nada. Estoy casi segura de que cerramos todo bien, así que no sé muy bien cómo han entrado…

—La policía dice que os dejasteis una ventana del baño abierta.

Noto cómo se me suben los colores de lo culpable que me siento.

—Perdona, no sé cómo pudo pasársenos…

—Sinceramente, Beth, no te preocupes. Claro que ha sido una impresión enterarse de lo sucedido, pero mientras nadie haya resultado herido… Que es lo que importa, ¿no?

—Sí, sí, claro. —Me invade una sensación de alivio—. Espero que Renzo no esté preocupado. ¡Estamos cuidando lo mejor posible de la casa! Es tan bonita… Ojalá esto no os haya chafado mucho las vacaciones.

—En absoluto. Y soy yo la que debería estar preocupada por vosotros —dice llevándose una mano al pecho—. Nunca antes nos había pasado algo así. Debéis de estar todos bastante afectados.

—Estamos bien —miento. No tiene sentido contarle lo desazonador que me ha resultado todo esto—. La policía nos ha pedido que comprobásemos si habían robado algo. Niall y yo no hemos notado que falte nada, pero quizás debería hacerte un recorrido por la casa para que puedas comprobarlo.

—Buena idea —asiente, y echa un vistazo por encima del hombro en dirección a la casa. Cuando vuelve a girarse, me fijo en que tiene la punta de la nariz roja.

—Tienes cara de frío, Amber. Perdona que te lo pregunte, pero ¿por qué estás fuera, en el jardín, a estas horas?

—No quería que los niños se enterasen del allanamiento —responde.

—Ah, claro, te entiendo perfectamente. Vale, iré rápido para que puedas volver al calorcito.

Recorro cada habitación con el teléfono para que compruebe si falta algo. Me confirma que todo parece estar en orden.

—Creo que deberíais relajaros, chicos, y beberos esta noche unas botellas de vino —dice soltando una carcajada—. Os lo merecéis después de este tremendo susto.

—Así lo haremos. Y vosotros también. Ah, dijeron que deberíais cambiar las cerraduras lo antes posible —añado—. Podemos encargarnos nosotros desde aquí, si os resulta más sencillo.

Amber se lo piensa.

—Dudo mucho que consigamos dar con alguien que vaya el fin de semana. Intentaré llamar para que vayan el lunes, si no os supone una molestia.

—Ninguna. Pero ¿y si quienquiera que fuese vuelve mientras tanto?

—Tú simplemente asegúrate de que todas las ventanas están cerradas y de que la alarma está conectada cuando os vayáis —pronuncia esas palabras sin darles importancia, pero no puedo evitar pensar que es una pulla, que nos culpa por dejar abierta la ventana del baño. Estoy casi segura de que no lo hice. Pero, claro está, hay un margen de error.

Termino la conversación con Amber sintiéndome peor que antes de llamarla.

Todo este asunto me parece surrealista. Hoy hemos visitado uno de los sitios más bonitos del mundo y, al volver, nos encontramos con esta pesadilla. Aunque podía haber sido peor, supongo. Por lo menos, la casa de los Mason sigue intacta y nadie ha resultado herido. Sin embargo, empiezo a preguntarme si este intercambio vacacional no nos estará haciendo más mal que bien. Si todo esto no estará sometiendo nuestro matrimonio a una prueba de estrés en lugar de restañarlo.

Teníamos planeado salir a cenar otra vez esta noche. Íbamos a bajar por el paseo y a probar uno de los restaurantes que hay en primera línea de playa. Es sábado por la noche, así que es de suponer que habrá ambientillo por allá abajo. Pero son casi las nueve cuando la policía y los de la empresa de seguridad se marchan por fin. No nos hemos duchado ni hemos descansado desde que llegamos de Ravello, y ninguno está de humor para ponerse de tiros largos. Además, los chicos están hechos un trapo. Probablemente, lo mejor sea seguir la recomendación de Amber y estar tranquilos y tomarnos un vino.

Después de ducharse y cambiarse, Niall se sirve un vaso de *soave* y me pone otro a mí de la bodega de los Mason, que tiene la temperatura regulada. Amber nos dijo que nos sirviésemos de su cava, pero no lo hemos tocado hasta hoy. Improviso unos macarrones con salmón y una ensalada verde para los cuatro, que nos tomamos afuera, en la terraza. Estamos muertos de hambre, así que lo devoramos todo en menos que canta un gallo. Pero el ambiente de vacaciones y de relajación se ha esfumado. Nos quedamos callados, incluso los niños. Algo ha cambiado en la villa. La han mancillado. Es raro pensar que un extraño ha estado aquí y que puede que haya hurgado en nuestras cosas. Los policías dijeron que no le diésemos demasiada importancia. Que el hecho de que la alarma hubiese saltado lo disuadiría de volver. Sin embargo, creo que aún estoy empezando a procesar la impresión de lo sucedido.

Recojo los platos y mando a los niños arriba para que vayan preparándose para meterse en la cama. Probablemente, lo que todos necesitamos es un buen descanso. Mientras Niall carga el lavavajillas, yo cierro las puertas correderas y echo la llave mirando a la piscina, con ese azul que forma suaves ondas, y a la oscuridad del jardín más allá. Cualquiera podría estar ahí fuera en este momento, plantado entre las sombras y observando el interior. En este preciso instante, daría cualquier cosa por chascar los dedos y estar de nuevo en nuestra casita de campo, acurrucada en el sofá con las cortinas pasadas y la estufa de leña encendida.

En cuanto los chicos están acomodados en la cama, parece que Niall y yo no sabemos muy bien qué hacer. Solo son las diez y media, pero es como si fuese primera hora de la mañana.

–Quizás deberíamos irnos también a la cama –propongo.

–Tenemos que comprobar todas las puertas y las ventanas antes –dice Niall.

Tras al menos diez minutos tratando de asegurarnos de que la planta baja está protegida, subimos por las escaleras arrastrando los pies.

–Qué bonito Ravello. –Lanzo un suspiro nostálgico–. No puedo creer que hayamos estado allí esta misma tarde. Han pasado tantas cosas desde entonces…

–Demasiadas para un relajante día de excursión –gruñe Niall–. Si hubiésemos llevado el coche, puede que hubiésemos vuelto más temprano y que no hubiesen entrado en la casa.

–O, quizás, los habríamos cogido con las manos en la masa y estaríamos más traumatizados si cabe o incluso heridos.

–Puede.

Se me adelanta y entra en el dormitorio para ir al baño. Tengo la impresión de que está más conmocionado de lo que aparenta.

Compruebo la puerta del balcón por enésima vez. Está cerrada. Ojalá los Mason tuviesen cortinas o persianas. Es desconcertante mirar a la oscuridad de la noche sabiendo que, si hay alguien ahí fuera, puede vernos sin problema. Me pongo el camisón donde no hay ventanas.

Por fin, estamos los dos ya en la cama y con las luces apagadas. Niall se gira de lado y me da la espalda. La habitación se ha vuelto inmensa. El retrato de los Mason que hemos tapado sigue colgado frente a la cama; la seda blanca que lo cubre cobra la forma de un fantasma en la oscuridad. El corazón me late demasiado fuerte y me chorrea el sudor por la espalda a pesar del aire acondicionado. No sé muy bien cómo voy a hacer para dormir esta noche. Los oídos me martillean con cada sonido que se oye. El sentido común me dice que un ladrón no va a volver después de que lo espante una alarma. Probablemente, sepa que eso pone sobre aviso a la policía. Y hemos reforzado las medidas de seguridad. Estoy convencida de que ahora estamos más seguros que nunca. Pero mi cuerpo contradice lo que mi cabeza me cuenta.

Me quedo paralizada al sentir un ruido fuera de la habitación. Suena como una puerta abierta. De repente, se me ocurre la preocupante idea de que el intruso haya encontrado dentro de la casa un lugar en el que esconderse y que solo estuviese esperando a que nos fuésemos a la cama. ¿La policía ha mirado por todas partes de verdad? ¿Y debajo de las camas o en las alacenas? ¿Cómo hemos sido tan confiados? El cuerpo se me tensa como una cuerda.

—Niall —susurro, y le doy unos toquecitos en el hombro con el dedo índice.

—¿Qué? —responde demasiado fuerte.

—Shh. Creo que hay alguien al otro lado de la puerta.

El corazón me va a mil. Tengo miedo por los chicos, que están en la habitación al fondo del pasillo. Por favor, Dios, no permitas que les pase nada.

Me quedo sin aliento al sentir unas pisadas suaves.

—¿Has oído eso?

Niall se incorpora y enciende su lámpara de noche. Parece igual de tenso que yo.

—Mamá, ¿podemos dormir contigo y con papá esta noche?

Me derrumbo del alivio al ver a Connor plantado en la puerta con Liam de la mano. Liam tiene la cara marcada por regueros de lágrimas secas.

—¿Qué estáis haciendo los dos levantados? —protesto.

—No podemos dormir. ¿Y si vuelven los ladrones?

Les hago una seña a los chicos para que se acerquen y les pellizco los carrillos, aún calientes.

—Pues claro que no van a volver —dice Niall—. Estáis completamente a salvo. No pueden entrar aquí.

—Queremos irnos a ca-casa —gimotea Liam.

—¿Podemos dormir contigo, mamá?

Mi hijo mayor está al borde de las lágrimas.

—Por supuesto que sí. ¡Venid aquí!

—Nada de pegar patadas —dice Niall cuando los chicos trepan sobre mí para acurrucarse entre los dos.

Sé que no le hace gracia que se nos metan en la cama. Le gusta dormir a sus anchas.

Pero yo me siento extrañamente reconfortada por la presencia de nuestros hijos. Menos nerviosa. Menos sola. Somos una pequeña unidad. Todos juntos. A salvo.

Capítulo 26

Beth

Me despierto en una cama vacía y con el sol entrando sin piedad a través de las puertas del balcón. Un vistazo legañoso al móvil me dice que son casi las nueve de la mañana. Me paso la lengua por los dientes y me limpio los ojos. Esta noche, he dormido peor aún de lo habitual. Mientras los chicos no paraban de retorcerse y de moverse, yo estaba allí tumbada preguntándome si era posible que hubiese alguien todavía dentro de la villa. No tuve el valor de levantarme y comprobarlo, pero tampoco quería verbalizar mis temores ante Niall por si los niños estaban escuchando. Me habría tomado una pastilla para dormir, pero no lo hice pensando en que el intruso volviese y yo estuviese demasiado ida para oírlo.

En algún punto, debí de quedarme frita. Cuando volví a despertarme sobre las cuatro de la madrugada, Niall no estaba en la cama. Supuse que había ido al baño, pero, si ese era el caso, se lo estaba tomando con calma. Me planteé si sería conveniente que me levantase y fuese a ver si estaba bien. En lugar de eso, me dormí otra vez.

Los acontecimientos de la tarde de ayer me asaltan como en un perturbador montaje, con autobuses, taxis, policías y ventanas abiertas. Esta villa dista mucho de la glamurosa vivienda vacacional que un día fue. Muy al contrario, es fría, está llena de ecos y da un poco de miedo. Espero que esa sensación se me vaya pasando. Puede que solo esté cansada.

Pero no es solo cosa de la casa. Niall también se está comportando diferente aquí. Se muestra taciturno e irritable. En la cuerda floja. Sigo sin poder olvidarme de esa foto suya en el bolsillo de la chaqueta de Amber. Es como una canción machacona que no consigo sacarme de la cabeza. Entiendo que podría dejárselo caer a ella y ver qué dice, pero eso me obligaría a admitir que he estado fisgoneando y que me he probado su chaqueta. Respiro profundamente –lo cual me resulta liberador– y me incorporo estirando los brazos. Debería levantarme de la cama e ir a ver dónde se han metido Niall y los chicos.

Me ducho y me pongo unos pantalones cortos negros de lino y una camiseta a rayas color crema. La habitación de los chicos está vacía. Bajando por las escaleras, los oigo hablar en la cocina. Para mi sorpresa, Niall está cocinando con su ayuda.

–¡Hola, mamá! –vocea Liam con entusiasmo.

Está cortando champiñones con un cuchillo afilado y los dedos peligrosamente cerca del filo.

–Cuidado con eso.

Casi no me atrevo a mirar, pero no seré yo quien critique a Liam ni quien le agüe la fiesta a Niall.

–Buenos días, holgazana –dice Niall levantando la vista de un cuenco en el que, al parecer, está batiendo huevos.

–Buenos días. Estáis a pleno rendimiento, por lo que veo.

–Estamos preparando un desayuno inglés completo –dice Connor con orgullo.

–Ya, ya. ¡Muy bien! ¿Y por qué os ha dado por ahí? –pregunto.

–¿Aparte de una noche en vela y un hambre feroz? –responde Niall–. Si hubiésemos esperado a que bajases, estaríamos apañados.

–No es tan tarde. ¿Adónde fuiste por la noche? –Me dejo caer de golpe en una de las banquetas–. Me desperté y no estabas en la cama.

–No conseguía encontrar postura con Connor dándome patadas cada dos minutos, así que fui a acostarme a la habitación de al lado.

El teléfono empieza a vibrarme en la mano.

–Es Sal. Espero que vaya todo bien por casa.

–¿Y esa qué quiere? –Niall frunce el ceño.

Nunca ha sido muy partidario de ella. Cree que es una metomentodo. Pero no lo es. Es amable, nada más; y le gusta charlar. Pero esas libertades que se toma suelen causar rechazo en la gente.

Respondo al teléfono.

—Hola, Sal. ¿Va todo bien?

Niall pone los ojos en blanco. Voy saliendo de la cocina.

—El desayuno estará listo en nada —vocea Niall a mis espaldas—. Creí que tenías pensado ayudar.

Vuelvo a asomar la cabeza y le digo moviendo solo los labios que no tardaré mucho. Luego, subo arriba. No puedo charlar con Sal teniendo a Niall a la escucha.

—Beth, ¿estás ahí? —pregunta Sal.

—Sí, perdona, es que estaba buscando un sitio más tranquilo.

—¿Qué tal las vacaciones? Espero que estéis teniendo buen tiempo. —La voz de Sal es cariñosa y reconfortante.

Me entra un ataque de morriña. Una tontería, en realidad.

—Sí, hace bueno. Aunque cada día está siendo una aventura.

—¿Y eso?

Entro en la habitación y me encaramo a la cama por el lado de Niall, mirando hacia el balcón.

—¿Va todo bien por ahí?

—Sí, sin problema.

Sal no parece muy segura. Me pregunto si habrá vuelto a tener problemas con su ex. A estas alturas, apenas hablan, pero puede que haya sucedido algo.

—¿Sal? —intento sonsacarle.

—Puede que no sea nada… —dice.

—Eso no suena muy bien. Venga, ¿qué pasa?

—Es… No es nada preocupante… Es que… no me fío mucho de Amber.

—Ajá. —Siento una punzada de ansiedad en el estómago. Esto no me lo esperaba—. ¿En qué sentido?

—Bueno… Para empezar, no para de hacer todo tipo de preguntas sobre Niall y tú.

Siento un escalofrío.

—Anda, supongo que es natural. A fin de cuentas, estamos viviendo en su casa. Y ellos están viviendo en la nuestra.

—Ya lo sé, pero son preguntas realmente indiscretas sobre ti y tu forma de ser. Sé que a lo mejor no parece gran cosa, pero, si la oyeses, entenderías a qué me refiero.

Sus explicaciones van activando señales de alarma, aunque quiero creer que es que Sal se ha llevado una impresión equivocada.

–¿Estás segura de que no estás siendo sobreprotectora conmigo? –pregunto.

Hace una pequeña pausa y, luego, dice:

–No sé. Hay algo en ella que no me gusta, Beth. Es extraña. Quiero decir: es guapa y, de primeras, parece amable. Pero es que suelta unas cosas que son desagradables. Como si creyera que está por encima del resto. Y Renzo la mima como si fuese su princesita.

–Pues qué bien –respondo, celosa, y nos echamos a reír.

–Sé que suena a amargada –añade Sal–, pero no es eso. Bueno, un poco sí: Renzo es un bombón y una persona genial; pero no, hay algo en ella que no me gusta.

Las palabras de mi vecina me inquietan, aunque me obligo a no dejarme llevar por la paranoia. Sal no tiene muchos amigos y es superleal a los pocos que tiene, así que es probable que se esté mostrando excesivamente desconfiada por mi bien. Me pongo de pie y voy hasta las puertas del balcón.

–La cosa ha estado algo rara también por aquí, a decir verdad.

–¿Sí? –responde Sal–. ¿A qué te refieres?

Le cuento lo del allanamiento de ayer y se queda aterrorizada.

–¡Pobrecitos míos! ¿Están bien los chicos?

–Todos lo estamos. Pero ahora es como si todo se hubiese vuelto extraño.

–Y no me sorprende. A nadie le extrañaría si decidieseis acortar las vacaciones y volver antes a casa –deja caer.

–Lo he pensado, pero ya que estamos aquí… El tiempo es fantástico, la casa es preciosa… Veremos a ver cómo pasamos los próximos dos o tres días. Si sigo con el susto en el cuerpo, puede que se lo proponga a Niall.

–Bueno, si estás segura… Yo creo que voy a invitar a los Mason a cenar en casa para ficharlos mejor.

–¡No tienes por qué hacerlo, Sal!

Aprecio mucho a mi amiga, pero soy consciente de que puede resultar un tanto intensa a veces. No quiero que Amber y Renzo piensen que los está espiando.

—Seré discreta —responde con una risita en la voz.

—De verdad, Sal, no te preocupes.

—No me supone ninguna molestia.

No sé cómo decirle que deje estar las cosas sin ofenderla, así que cambio de tema con la esperanza de que se le olvide.

—¿Tú estás bien? —pregunto.

Sal suspira.

—Sí, nada nuevo bajo el sol. Echo un montón de menos nuestras charlas.

—Te llevaré un regalito.

—Si te queda sitio en la maleta, puedes traerme un italiano guapo de contrabando.

—¡Ja! Pues vas a tener que conformarte con una botella de lo que sea.

—¡Aguafiestas! Pero, bueno, supongo que esa es la segunda mejor opción. —Hace una pausa—. Perdona por preocuparte en relación con Amber. Puede que no sea nada, sobre todo sabiendo que Niall ya la conoce… Pero juraría que me dijiste que habíais organizado las vacaciones a través de una página de intercambio de casas.

Me quedo helada.

—¿Qué has dicho?

—He dicho que no había caído en la cuenta de que Niall ya conocía a Amber —repite Sal.

—No, no la conoce —digo, aunque ya estoy pensando en la foto que encontré en el bolsillo de Amber.

—¡Ups! —responde Sal, y se queda un rato en silencio.

El corazón se me va a salir del pecho.

—¿Por qué crees que se conocen? ¿Te ha dicho ella algo?

—No exactamente. —Sal parece avergonzada.

—¿Qué? —pregunto—. ¿Qué pasa? Escúpelo, Sal. Llevamos siendo amigas el tiempo suficiente como para que te andes con rodeos ahora.

Doy vueltas por la habitación.

—¡Beth! —Niall me llama desde las escaleras—. ¡El desayuno está listo!

Aparto el teléfono un segundo.

—¡Ya voy! —contesto con un grito.

—Es que ayer por la noche me puse a cotillear en sus redes sociales —admite Sal.

—Bueno, yo también lo hice antes de venir. Es más o menos lógico cuando estás planeando un intercambio de casas con alguien desconocido. No es amiga de Niall en Instagram, Twitter ni Facebook.

—No, pero la etiquetaron con él en una foto de Facebook —responde Sal—. No sale en su página si vas bajando, pero la encontré buscando su nombre. Trabaja como relaciones públicas, así que la etiquetan un montón. Ya te pasaré el enlace para que lo veas.

—¡Guau! —respondo un tanto sorprendida ante tanto esmero—. Estás hecha toda una cotilla, Sal.

—Ya lo sé —dice con sarcasmo—. Es lo que tiene el divorcio: horas y horas de noches regadas en ginebra haciéndole el seguimiento en Facebook a la nueva mujer de mi exmarido.

—Ay, claro. Lo siento.

Recuerdo lo hecha polvo que estaba Sal cuando la conocí. Yo estaba pasando por una depresión postparto tras el nacimiento de Liam, y ella acababa de divorciarse. No es que fuésemos la alegría de la huerta por aquel entonces, pero estoy convencida de que nos fuimos de ayuda mutuamente para mantener la cabeza en su sitio.

Doy un respingo cuando se abre de golpe la puerta de la habitación y aparece Liam.

—Dice papá que bajes ya porque el desayuno está listo.

Asiento y levanto un dedo.

—Un minuto.

—Dijo que tenías que bajar ahora mismo.

—Vale, voy. ¿Puedes cerrar la puerta?

Liam me lanza una mirada amenazadora que, en otras circunstancias, me habría hecho reír; sin embargo, en este momento, estoy demasiado preocupada por el descubrimiento de Sal. Echo a mi hijo de la habitación, cierro la puerta y vuelvo a la cama. A pesar de que soy perfectamente consciente de que Niall va a enfadarse porque no le he ayudado a hacer el desayuno y no he bajado cuando me ha llamado, no puedo hacer otra cosa. Sin perder de vista la puerta de la habitación, bajo la voz.

—He encontrado una foto de Niall en el bolsillo de una chaqueta de Amber —admito ante Sal.

—Uy, mala cosa —responde.

El tono que emplea me da ganas de salir en defensa de mi marido.

—Niall dijo que era una foto de promoción, así que puede que sea una seguidora suya. O que se hayan conocido en una de sus giras literarias. Como bien has dicho, ella trabaja como relaciones públicas.

—Vaaale. Bueno, igual es por eso. De todas formas, había otras dos personas en la foto —admite Sal, pero sigue sin sonar del todo convencida con mi explicación.

No obstante, disminuye un poco el pánico que siento.

—Tengo que dejarte. Los chicos me están esperando.

—Sí, claro. —Sal adopta un tono extrañamente formal e incómodo—. Espero que no te haya molestado mi llamada. Lo más seguro es que no sea nada. Solo quería…

—No, no, por supuesto. No hay problema —respondo.

Sin embargo, habría preferido que no me llamase para hacerme partícipe de sus dudas. Ya me sentía insegura respecto a todo, y esto ha conseguido agitarme. Estas vacaciones no están saliendo para nada como había imaginado. Ni mucho menos.

Capítulo 27

Beth

Niall se muestra huraño durante el desayuno. Ni siquiera me pregunta por la llamada de Sal, cosa que agradezco. En lugar de eso, habla dirigiéndose a los niños y excluyéndome a propósito de la conversación. Tengo el estómago hecho un mar de nervios y en la cabeza me da vueltas lo que me ha contado Sal. Llego a la conclusión de que puede que haya una explicación para la foto de Facebook de Niall y Amber, pero, sumando eso al resto de cosas, me resulta imposible no pensar que aquí hay gato encerrado. Y es algo que no quiero descubrir.

—¿Ahora podemos ir a nadar? —pregunta Connor mientras se mete en la boca el último trozo de tostada y huevo revuelto.

—Traga primero la comida —respondo—. Un desayuno muy rico, chicos. Buen trabajo.

—Subid a vuestra habitación media hora —dice Niall—. Ya nadaréis luego.

Liam está a punto de protestar, pero veo que Connor sacude la cabeza en dirección a su hermano. Ya sabe cuándo no hay que molestar a su padre.

—Acabaos antes lo que tenéis en el plato —añade Niall.

Connor y Liam hacen lo que les manda y luego se retiran. Me las apaño para guiñarles un ojo antes de que se marchen.

En la habitación, el silencio pesa. Le doy un sorbo a mi café.

—Estaba todo deliciosísimo. Gracias.

—Muy rico, ¿a que sí? —pregunta Niall.

—Creo que los chicos se han divertido mucho preparándolo contigo.

—¿Ah, sí? ¿Y tú cómo lo sabes? Porque no estabas aquí. Estabas arriba charlando con tu amiga. Parece que últimamente prefieres hablar con tus amigas a pasar tiempo con tu familia.

Trago saliva intentando pensar en la mejor manera de desactivar esta situación explosiva. Niall está enfadado porque le he cogido la llamada a Sal. Porque no le he alabado lo suficiente por hacer el desayuno. Porque no he bajado cuando me llamó. Sé que no se está comportando de un modo cabal, pero, al mismo tiempo, también sé que no me servirá de nada ponerme a discutir con él. Mi marido es capaz de estar enfurruñado durante días.

Pienso en todas esas comidas que he preparado y por las que no he recibido ni un mísero «gracias» suyo. O en cuando me ha dicho que no tenía hambre en ese momento o que estaba demasiado ocupado para comer. Nunca se lo he echado en cara, aunque quizás debería haberlo hecho. He pensado siempre que era mejor tener una vida fácil que plagada de discusiones. ¿O estaba cavándome con eso mi propia tumba?

—Lo siento —digo, y esbozo una sonrisa—. Fue Sal, no paraba de hablar. Intenté cortar varias veces, pero ya sabes cómo es.

Mentalmente, le pido disculpas a mi amiga. La única forma que se me ocurre de librarme del enfado de Niall es hablar mal de Sal.

—Sinceramente, no sé qué le ves a esa mujer —refunfuña Niall—. Es un parásito. Deberías marcarle las distancias o no podrás sacártela de encima.

—Es mejor estar a bien con los vecinos. —Me encojo de hombros—. No pasa nada, es inofensiva.

—¿Y qué quería, a ver? —pregunta Niall taladrándome con la mirada.

Abro la boca, pero no tengo ni idea de qué decirle. Me he quedado en blanco. No quiero contarle que Sal sospecha de Amber y ni por asomo voy a mencionarle la publicación de Facebook. Al menos, no hasta que la haya visto con mis propios ojos.

Suena el timbre y me salva de tener que responder a su pregunta. Por favor, que no sea Luciana. Por mucho que la aprecie, lo último que necesito es que otra amiga se pase por aquí para demostrar que Niall lleva razón.

—¿Quién puede ser? —pregunta—. Joder, es domingo.

—Ya voy yo.

Me giro y me dirijo hacia la puerta principal, agradecida por esa distracción. Al abrir la puerta, entra un rayo de sol que me obliga a entrecerrar los ojos y a ponerme la mano de visera. Plantados en ella, hay dos hombres fuertes y de pelo oscuro. Llevan traje y gafas de sol. Por un momento, pienso que son unos policías que vienen a traernos alguna noticia sobre el allanamiento de ayer, pero hay algo en ellos que no encaja en la etiqueta oficial. Sus trajes están demasiado bien cortados, su moreno es demasiado uniforme, sus dientes demasiado blancos.

—Hola —digo, titubeante.

Se miran el uno al otro.

—Usted es inglesa —dice el más joven de ellos.

Me fijo en que tiene varios tatuajes en el cuello.

—Sí.

Niall aparece a mis espaldas.

—¿Qué se les ofrece? —pregunta en un tono más grave de lo habitual.

—Ustedes no son los Mason —dice el hombre de los tatuajes.

El mayor le dice algo en italiano a su compañero y señala hacia nosotros. No creo que sepa inglés, pero tiene pinta de ser el que lleva la batuta. Puede que sean padre e hijo, aunque la diferencia de edad no me parece suficiente para eso. Hermanos, quizás.

—Nos gustaría hablar con los Mason —dice el hombre de los tatuajes.

—Están de vacaciones —responde Niall—. ¿Quieren dejarles algún mensaje?

—¿Quiénes son ustedes? —El hombre de los tatuajes se quita las gafas de sol y nos mira alternativamente—. ¿Son de la familia?

Abro la boca para responder, pero Niall se me adelanta.

—Estamos aquí de vacaciones.

—¿Y ellos cuándo vuelven?

—Faltan diez días aún. ¿Cómo han dicho que se llaman?

—¿De vacaciones dónde?

El hombre de los tatuajes entrecierra los ojos, y yo tomo conciencia de que es posible que estos hombres sean peligrosos. Me pregunto si son los que entraron en casa ayer. De repente, siento miedo. Me gustaría cerrarles la puerta en las narices, pero, por otra parte, me pone nerviosa hacer algo que pueda molestarles.

–No lo sabemos.

El hombre de los tatuajes consulta con su compañero un segundo. El mayor parece muy inquieto. No para de hacer gestos en dirección a la casa.

–Son familia de los Mason, ¿no? Digan ustedes adónde han ido.

–No somos familia –respondo–. Reservamos la casa a través de una agencia. No conocemos a sus propietarios. Esta es una casa de vacaciones.

Espero sonar convincente. Ni por asomo voy a darles a estos tipos nuestra dirección.

–Vamos a entrar –dice el hombre de los tatuajes–. Veremos si los Mason están en casa, ¿vale?

–Tenemos hijos pequeños –dice Niall–. Preferiría que no los molestasen.

–Bien –dice el hombre de los tatuajes–. Yo tengo hijos también.

–La cuestión es –digo– que ayer nos entraron en casa. A robar.

–¿Han entrado a robar aquí? ¿Anoche?

El hombre parece sorprendido, y se ponen a hablar los dos en italiano.

–Sí –confirmo.

Su sorpresa resulta creíble, así que, a lo mejor, no son los responsables del allanamiento. Me aclaro la garganta.

–Estamos esperando a que venga la policía de un momento a otro. Van a tomarnos declaración sobre el robo –confío en que mi mentira los haga marcharse.

Hay algo turbio en ellos. Me da la impresión de que no querrán quedarse por aquí creyendo que la policía está a punto de llegar.

–Vale –dice el hombre de los tatuajes, y se pone otra vez las gafas de sol–. Volvemos en otro momento.

–Pasados diez días –dice Niall con firmeza.

No le contestan. En lugar de eso, se dan la vuelta y bajan por el camino de acceso en dirección a un Range Rover negro que hay aparcado en la calle.

Niall me mete dentro y cierra la puerta.

—¿Quiénes eran? —susurra.

—Ni lo sé ni quiero saberlo. ¿Crees que estamos seguros aquí? Quizás deberíamos irnos a un hotel.

—No pasa nada. Estaremos bien —dice Niall sin mucho convencimiento—. Buena idea decir que la policía estaba de camino. Eso debería mantenerlos alejados.

—Me pregunto qué querrán de los Mason.

—A saber. —Niall enfila el pasillo.

—Debería llamar a Amber.

Lo sigo hasta la cocina.

—No —contesta Niall—. Dejémoslo correr. No tiene sentido implicarnos en un drama que no va con nosotros.

—Pero, al menos, deberíamos averiguar quién era esa gente.

—Mira, Beth, limitémonos a disfrutar las vacaciones. Los tipos esos se han marchado y dudo que vayan a volver habiéndoles hablado de la policía. Voy a darme un chapuzón. ¿Vienes?

—Dentro de un minuto.

—Bueno.

Sale a la terraza y se quita el polo, que deja tirado en una de las tumbonas, antes de zambullirse en la piscina.

Ni siquiera creo que los pantalones cortos que lleva sean de baño. Obviamente, Niall está tan inquieto como yo tras el encuentro que hemos tenido. Pero ¿por qué no quiere hablar de eso conmigo? ¿Está realmente conforme con quedarse en este sitio después de que nos entrasen en casa y de la visita de dos tipos así de sospechosos? ¿Está dispuesto a poner en peligro nuestra seguridad? ¿Por qué diablos no nos habremos limitado a quedarnos en casa y listo?

Me suena el teléfono. Es un mensaje de Sal. El enlace a la publicación de Facebook de la que me ha hablado. Me planteo si realmente es momento ahora de ponerme con esto.

Los chicos retumban por las escaleras.

—¡Papá está en la piscina! —grita Liam.

—¿Significa eso que tenemos permiso para meternos también nosotros? —pregunta Connor, esperanzado.

Me quedo mirando sus caras deseosas con esas naricitas respingonas y sus cuerpecillos ya morenos después de tantas horas de baño.

—Dadle a papá quince minutos más. Se está dando un chapuzón en silencio.

Echo un vistazo a la piscina, que mi marido está recorriendo febrilmente, nadando en series rápidas y agitadas.

—Pero papá dijo… —tantea Connor.

—Solo quince minutos más arriba, ¿vale? No es mucho esperar. Y no os olvidéis de poneros los dos crema solar.

—Vale.

Agachan los hombros y vuelven por donde han venido arrastrando los pies.

¡A la mierda! Pincho en el enlace de Sal y abro Facebook. Miro hacia afuera. Niall sigue haciendo largos; sus hombros, bronceados, aparecen y desaparecen en el agua. En la pantalla, se materializa la publicación. La foto fue sacada a las puertas de un restaurante o de un bar, por la noche. En ella, hay cuatro personas: tres hombres de traje —uno de los cuales es mi marido— y una mujer con un vestido entallado sin mangas en tono crema, a la que le cae sobre un hombro su resplandeciente cabellera morena. Es Amber. Ella y Niall están muy cerca, mucho más que los otros dos hombres. Tan cerca que sus brazos se tocan. Sonríen, relajados. Casi en actitud melosa.

Salgo de la habitación y me quedo parada en el vestíbulo con el corazón desbocado y una sensación de mareo revolviéndome el estómago. No quiere decir nada. Es solo una foto. A lo largo de los años, Niall habrá conocido a cientos de personas. A los lectores, los blogueros y los libreros les encanta etiquetarlo en las fotos. Pero, si es así, ¿por qué tengo este mal presentimiento?

Se me van los ojos a una elegante pulsera de oro en la muñeca de Amber. Toco en la foto y la agrando con los dedos. La pulsera tiene diamantes engarzados. Es exactamente igual a la que llevo yo siempre. La que me dio Niall cuando nació Connor.

Capítulo 28

Amber

–¡Hooola!

Renzo, los niños y yo nos demoramos un poco delante de la puerta antes de entrar en la casa de campo cuando oímos que alguien nos llama a nuestras espadas. Se me cae el alma a los pies al darme cuenta de que es ni más ni menos que la entrometida de Sal, la de enfrente. Si estuviese sola, fingiría no haberla oído, pero mi familia me traiciona y se da la vuelta para devolverle su caluroso saludo.

–Hola, Sal –dice Renzo–. ¿Qué tal está?

Viene por el camino toda inflada, con las mejillas coloradas por este viento gélido.

–Bien, gracias, Renzo. Espero que…

–¿Podemos entrar, mamá? –pregunta Frank–. Tengo las manos frías.

–Claro –respondo–. Renzo, tienes tú la llave. ¿Puedes abrir para que entren los niños?

Renzo chasquea la lengua.

–Ya vamos, Franco, no seas maleducado. Dile hola a Sal primero.

–Hola –dice él de mal humor.

Reprimo una sonrisa. Representa exactamente cómo me siento.

–Hola, Sal –dice Flora antes de que la regañen para que lo haga.

La mirada de Sal me evita mientras le sonríe a mi familia.

–Perdonen, no quiero entretenerlos. Hace demasiado frío para quedarse aquí mucho tiempo. Aunque, por lo menos, luce el sol. Espero que hayan tenido un buen día.

–En efecto, gracias –responde Renzo–. Nos hemos levantado tarde y luego hemos estado paseando sin rumbo fijo por el centro de Sherborne.

—Qué estupendo –dice ella–. Tenemos unas cuantas tiendecitas y cafeterías que están genial.

—La verdad es que sí. ¿Le apetece pasar? –propone Renzo.

—No, no, qué va. No quiero enredarlos. Los he visto pasar y se me ha ocurrido que a lo mejor les gustaría cenar en mi casa algún día de esta semana.

Se hace un silencio incómodo, durante el cual me da por pensar que es probable que haya estado montando guardia por la ventana a la espera de que volviésemos para venir a traernos la dichosa invitación.

—Obviamente, no pasa nada si tienen ya un montón de planes o si no les apetece…

Suelta una risita nerviosa.

—No, no. Genial –responde Renzo, y me pone una cara que significa que más me vale estar de acuerdo.

—Genial, la verdad –añado sin mucho entusiasmo.

Sigo sin entender por qué tenemos que perdernos una tranquila velada en casa para tener un gesto de amabilidad con una mujer a la que no vamos a volver a ver después de estas vacaciones.

—Maravilloso. –Sal sonríe de oreja a oreja.

Es curioso: aún no me ha mirado ni una sola vez. Todo su chachareo ha ido dirigido a mi marido y a los niños. Puede que tenga la piel más fina de lo que me pareció en un principio. O, a lo mejor, se ha dado cuenta por fin de que no le tengo mucha simpatía. Pero eso me lleva a preguntarme por qué iba entonces a querer invitarnos a su casa. Muy interesante. Me gustaría saber qué contestaría si le dijese que no tiene de qué preocuparse, que me quedaré en casa para que pueda fingir que mi familia es la suya. Me río solo de pensarlo. Sal debe de haber notado el cambio en mi expresión y me devuelve la sonrisa con otra marca de la casa, aunque me cuesta decir si es sincera o no.

—También venía a ver si estaban bien, después de lo que sucedió ayer –añade.

—¿Lo que sucedió? –pregunta Renzo.

Se me hiela la sangre al escucharla.

Renzo frunce el ceño y nos mira alternativamente a Sal y a mí.

–Sí –insiste Sal–. El allanamiento en su casa, en Italia. Es un alivio que no se hayan llevado nada, pero, de todas formas, habrá sido una conmoción para ustedes.

¿Cómo narices se ha enterado de eso? Debe de haber hablado con Beth.

Renzo se queda de piedra y se le va el color de la cara. Frank se pone visiblemente nervioso, y Flora se muestra simplemente desconcertada. Fulmino a Sal con la mirada, señalando con disimulo a los niños y sacudiendo la cabeza. Cae en la cuenta al instante de que ha metido la pata, consciente de que los niños no tienen ni idea de allanamientos. Pero lo que no sabe es que yo tampoco se lo había contado a mi marido.

–Lo siento –tartamudea–. Creo que me he pasado de frenada. No pretendía… obviamente… –Va apagándose, y las mejillas se le ponen de un carmesí exagerado–. Bueno, mándenme un mensaje para avisarme si tienen libre alguna noche de esta semana… para cenar.

Recula y tropieza con una loseta suelta. A punto está de salir volando, pero Renzo le agarra el brazo y la ayuda a recuperar el equilibrio.

–¿Está bien? –le pregunta.

–Sí, perfectamente. Perdón. Gracias por agarrarme.

Suelta una risita nerviosa que suena a ladrido y se marcha.

Mi marido se gira hacia mí con una expresión muy seria y articula con los labios:

–¿Allanamiento?

Sacudo la cabeza y articulo también con los labios:

–Luego.

Observo a Sal, que se va caminando torpemente, mientras Renzo se dirige a la puerta de entrada.

–¿A qué se refería? –me pregunta Frank.

–A nada –le corto en seco.

–Pero ha dicho que hubo un…

–He dicho que nada. –Mi tono no admite discusión.

Frank cierra el pico y se mete en casa siguiendo los pasos de su padre. Flora me coge de la mano y cruzamos la puerta juntas para internarnos en el calorcillo de la casa de campo. De todos modos, el ambiente está varios grados por debajo de la temperatura.

—Bueno, chicos. —Renzo da una palmada—. Podéis ir arriba, a la habitación, y descansar un rato.

A Frank no hace falta repetírselo. Cualquier excusa es buena para coger el teléfono. Flora se muestra más reticente, pero hace lo que le mandan y sube las escaleras detrás de su hermano, no sin antes lanzarnos por encima del hombro una mirada amenazadora.

Renzo va dando zancadas hasta la cocina y descorcha una botella de vino. Se sirve un vaso generoso y le da unos cuantos sorbos más bien largos.

—Renzo, ¿estás bien?

—¿Cómo? Sí, sí. Es un poco rara, ¿no? Sal, digo.

—A mí me lo vas a contar —respondo.

Es raro que Renzo no haya mencionado aún el allanamiento. Me pregunto si debería sacarlo yo a colación.

Vuelve a llenarse el vaso.

—Perdona. ¿Quieres un poco?

Se estira para coger otro vaso del mueble.

—Dale.

Me quito el abrigo y la bufanda y los dejo en la mesa.

—¿Tienes idea de a qué se refería Sal? —pregunta Renzo dándome la espalda mientras me sirve una copa.

—Sí. La tengo.

Y me retuerzo como esperando que eso suponga para él una conmoción y se enfade conmigo por no tenerlo al corriente de algo así de grave.

Se gira y me pasa el vaso. Está lívido.

—Renzo, ¿te encuentras bien?

—Mmm... —Traga y suelta una bocanada de aire—. Sí... ¿Qué pasó, entonces?

—Nada, no ha sido nada. Ayer, se produjo un allanamiento en nuestra casa.

—No puedo creer que lo supieses —dice en tono acusador.

—Pero no se llevaron nada y nadie resultó herido —añado rápidamente.

–¿Cómo te enteraste? ¿Te llamaron los Kildare?

–Recibí una llamada de la compañía de la alarma. Luego, llamó Beth.

–¿Ayer?

Asiento tímidamente.

–¿Y por qué narices no me lo contaste?

La voz de Renzo resuena por la cocina y me hace pegar un brinco. Inhalo, le lanzo una mirada penetrante y señalo la planta de arriba. Él sacude la cabeza y repite la pregunta bajando la voz.

–Dime qué pasó, Amber.

Cojo mi vino y me siento a la barra.

–Poca cosa. La alarma saltó mientras los Kildare estaban fuera, pero el intruso se largó sin llevarse nada. No causó ningún daño.

Renzo sigue sacudiendo la cabeza. La expresión de su cara es indescifrable.

Hace falta algo más para dejarme fuera de juego, pero no me gusta la reacción de mi marido. O se siente muy ofendido porque no se lo había contado o está realmente enfadado. O puede que ambas cosas. Dichosa Sal y su bocaza. Le doy un trago a mi bebida.

–Perdóname por no habértelo contado, pero no quería fastidiarnos las vacaciones con malas noticias. No se han llevado nada ni han causado ningún destrozo, así que me pareció que no tenía importancia.

Soy consciente de que mi explicación hace aguas.

–No soy un niño, Amber –dice Renzo apretando los dientes–. No necesito que me protejan de las malas noticias. Deberías habérmelo contado al momento.

–Ya lo sé. Tienes razón. Lo siento.

Agacho la cabeza y apoyo las manos en el regazo para disimular que me tiemblan los dedos. Renzo está furioso. Ya se le pasará. Los enfados no le duran nunca mucho. Pero, aun siendo así, ¿por qué tengo el corazón a mil? ¿Por qué me siento como si nos deslizásemos por una pendiente? ¿El allanamiento de ayer fue casualidad o un entrenamiento? Fuese lo que fuese, no creo que mis nervios puedan con mucho más.

–¿Y no se han llevado nada?

Quiere que se lo confirme. Levanto la mirada.

—Exacto. La policía dijo que la alarma debió de espantarlos.

—¿Cómo entraron? —Renzo vacía el vaso y se sirve otro.

—Al parecer, por la ventana del baño de abajo.

—¿La rompieron?

—La habían dejado abierta.

Renzo cierra el puño.

—Es que no me cabe en la cabeza que no me lo contases, Amber.

El dolor le enturbia la mirada a Renzo.

—Lo siento.

—Me voy arriba un rato.

—No estés furioso conmigo.

Me pongo de pie. Quiero rodearlo con mis brazos, pero está tan rígido que no creo que se prestase a un abrazo mío. Me obligo a quedarme en mi sitio mientras veo a mi marido salir de la cocina. Me muero de ganas de ir tras él para limar asperezas, pero quizás sea mejor darle unos minutos para que se calme. Tengo tantos sentimientos encontrados ahora mismo… Demasiados «¿y si?» rondándome por la cabeza. Es tarde ya para cambiar las cosas.

Intento dejar la mente en blanco. El sol del atardecer se cuela por las ventanas y proyecta estrías por la habitación. Sobre mi cabeza, los pasos de Renzo hacen crujir el piso. Estoy parada en medio de la cocina sin saber adónde dirigirme.

Esto es ridículo. ¿Qué estoy haciendo aquí rumiando lamentaciones? He trazado un plan y voy a ceñirme a él. Me acerco a la encimera, me echo otro vaso con lo que queda de la botella y subo arriba para hacer las paces con mi marido.

Paso por delante de la habitación de los niños. Están muy callados. Bien. Abro la puerta de nuestra habitación y siento un escalofrío. ¡Está congelada! Y vacía. Echo una ojeada por el cuarto y veo que las puertas del balcón están abiertas y dejan entrar un aire gélido. Las cortinas se agitan y ondean con la brisa.

—¿Renzo?

Doy un paso hacia el balcón. No hay respuesta. La luz exterior se vuelve cegadora al ir bajando el sol. Me soplo en las manos y doy un paso más.

—Renzo, ¿estás ahí fuera?

Corro las cortinas a un lado y, al abrir un poco más la puerta, veo a mi marido todo tieso y como catatónico mirando hacia el jardín bajo sus pies.

—Observa este atardecer —dice en voz baja.

Desafío al frío y me uno a él.

—¿Seguro que no es peligroso estar aquí fuera? Está un poco desvencijado.

Echo un vistazo a las baldosas mohosas y a las barandillas oxidadas que nos rodean.

—Está bien —responde atrayéndome hacia él—. ¿No son increíbles esos colores? Es como un cuadro.

Suelto el aire y me quedo mirando el despliegue de rojos y naranjas que hacen que parezca que el cielo sangra.

—Es como si el cielo estuviese ardiendo —murmuro—. Qué pena que haga un frío del demonio aquí afuera.

—Siento haberme puesto de morros —dice Renzo frotándome el brazo para que entre en calor—. Estaba conmocionado, simplemente.

—Yo también lo siento. —Lo acerco a mí—. Tienes razón: debería habértelo contado. —Levanto la mirada hacia él—. ¿Estamos bien ya?

—Nunca estamos mal, Amber.

Esas palabras suyas hacen que mis miedos vayan disipándose. Mientras tenga a Renzo, qué importa lo demás.

Capítulo 29

Beth

El aire de la tarde me acaricia la piel con su calor, pero mis manos siguen estando congeladas. Abro y cierro los puños a un lado y otro del cuerpo tratando de estimular la circulación en ellas. El paseo marítimo de Maiori, bordeado de árboles, bulle de gente que ha salido a dar su *passeggiata*, un paseo vespertino en el que los del pueblo van por ahí, se encuentran con amigos y se empapan del entorno y su belleza.

Yo no quería bajar a la playa. Preferiría haber ido a un barucho cerca de la villa, pero Niall insistió en que, ya que estamos solos los dos, deberíamos aprovechar. Ha reservado en un restaurante pijo en una torre normanda del siglo XIII encaramada en el acantilado. No se da cuenta de que esto no es una salida romántica. Es algo distinto. Es algo necesario.

Desde el preciso instante en que vi la foto de Niall y Amber en Facebook, no he podido pensar en otra cosa. He estado todo el día macerándolo, hasta que ya no he podido aguantar más y he terminado por aceptar que debo hacer algo. Tengo que sacarle la verdad a mi marido. Como si acabo descubriendo algo que no quisiera saber.

Mi mayor temor es que haya tenido un lío con Amber. Y que aún se sigan viendo. Que quizás este intercambio de casas sea algún tipo de juego perverso. Me entran sudores fríos del pánico de pensar que nuestra familia pueda romperse. ¿Qué sería de nosotros? ¿Y de los chicos? O de nuestra casa…

He valorado la posibilidad de llamar a Amber antes para oír su versión de los hechos, pero la he descartado al instante. Si estoy equivocada, creerá que soy una lunática paranoica y Niall se pondrá furioso por airear nuestros problemas personales. No.

Tengo que hablar primero con mi marido, hacer que me cuente la verdad. Estoy segura de que sabré decir si me está mintiendo o no.

Niall carga el brazo sobre mi hombro y respira hondo.

—¿Ves? A esto me refiero: una velada agradable por ahí, solos los dos, una noche para relajarnos por fin. —Tira de mí y me da un achuchón rápido—. Ha sido una idea genial dejar a los niños en casa de Luciana, Beth. Ahora veo por qué te has hecho su amiga: ¡niñera gratis!

Sonríe. Sé que espera que me ría con él, pero no consigo armar más que una débil sonrisa. Por la tarde, mientras Niall dormía la siesta, llamé a Luciana y le pregunté si los chicos podían quedarse con los suyos esta noche, porque Niall y yo teníamos que hablar de ciertas cosas. La cogió un poco por sorpresa, pero luego aceptó de buen grado y dijo que Marco y Gianni estarían encantados. Que podían comer *pizza* y hacer una competición de algún videojuego.

Era consciente de que jamás sería capaz de tener una conversación profunda con Niall estando pendiente de que los chicos no nos oyesen hablar. De esta manera, podré decirle lo que pienso sin interrupciones. Lo malo es que Niall parece convencido de que este es un intento mío de tener una velada romántica. Y eso que le puntualicé que no quería una salida a todo tren sino que nos tomásemos unas copas, pero no me escuchó.

Mientras caminamos tranquilamente por el paseo marítimo, la torre de piedra grisácea se cierne sobre nosotros en lo alto, plantada entre las rocas que dan al mar añil. La cálida luz naranja de las ventanas en forma de arco que trufan sus muros resplandece, en una visión tan dramática como inspiradora que a mí, sin embargo, me llena de temor. Nunca me han gustado los enfrentamientos.

Cuando salíamos de la villa, tenía muy claro lo que le diría a mi marido. Estaba dispuesta y me sentía segura de mí misma. Ahora que nos acercamos a nuestro destino, una parte de mí se pregunta si no estaré exagerando. Si esa publicación de Facebook no será simplemente lo que parece: una fotografía de unas personas en un evento literario. «Pero ¿y la pulsera? –pregunta una vocecita en mi interior–. ¿Eso cómo se explica?».

Me doy cuenta de que mis repentinas reticencias a interrogar a mi marido no son más que mis nervios entrando en escena. Intento armarme de la confianza que sentía antes, pero parece haberse evaporado en la tibia atmósfera nocturna. Me fuerzo a no pensar en ello antes de tiempo. A esperar hasta a que estemos sentados en el restaurante, a dejar que la conversación surja con naturalidad. Tengo la boca seca. Desesperada por beber algo, me paso la lengua por los labios. Ahora mismo, me entraría estupendamente bien un aperitivo.

Llegamos a la cima del promontorio y nos quedamos mirando las escaleras que guían hasta la torre. Hago un alto.

–Igual deberías haberte puesto unos zapatos algo más cómodos.

Niall dirige una mirada de reprobación a mis zapatos de tacón alto y puntera abierta asumiendo que el calzado es la causa de mi desgana.

–Voy bien –digo–. La verdad es que estos zapatos son bastante cómodos. –Una mentira descarada.

Después de caminar todo este trayecto, los noto como si fuesen instrumentos de tortura; pero, de alguna manera, negarlo me hace sentir mejor, más poderosa, como si tuviese las riendas de la situación.

–Me alegro por ti –dice Niall–. Hay un porrón de escaleras.

Por fin, llegamos al restaurante, donde nos sientan en una mesa junto a una ventana gótica arqueada que da al Mediterráneo y a las rocas que hay a nuestros pies. El local está lleno y resuenan conversaciones en voz baja y risas, así como el tintineo de la cubertería y de la vajilla. Por la ventana, entra una brisa fresca que me produce un escalofrío, aunque la agradezco. Niall pide un *spritz* Aperol para los dos y que le traigan la carta de vinos.

–Espero que tengas hambre –dice, y se echa hacia delante para mirar por la ventana–. Parece ser que la comida aquí es increíble.

No tengo ni pizca de hambre. Los pies me matan de dolor y tengo la cabeza hecha un lío. ¿Debería preguntarle ya por la foto? ¿Quitarme este asunto de encima? Pero, entonces, vienen los camareros y nos interrumpen para coger la comanda del vino y del menú. Me coloco el vestido, largo hasta los pies, para que no se me arrugue tanto. Llego a la conclusión de que quizás debería esperar a que nos sirvan la comida antes de decir algo. Una vez tomada esa decisión, me relajo un poco.

Niall me cuenta la historia de la torre, pero no le estoy prestando realmente atención. Me limito a dar las respuestas adecuadas y a adoptar distintas expresiones faciales que denotan interés mientras toqueteo mi pulsera y me revuelvo en la silla. La bebida me entra demasiado bien.

Niall pide una botella del tinto de la casa para los dos. Hemos decidido saltarnos los entrantes e ir directos al primer plato. En condiciones normales, me lo tomaría con calma y le haría preguntas al camarero sobre todos los platos, disfrutando de la charla sobre sus orígenes y elaboraciones. Pero hoy tengo la cabeza en otra parte. Elijo algo del menú, y un segundo después ya se me ha olvidado.

Niall está llevando el peso de la conversación; yo intento mantener la atención. Mi mente se debate sin cesar entre preguntarle por la foto o dejarla a un lado y centrarme en disfrutar de la noche. Tengo el teléfono encima de la mesa, y la publicación de Facebook está marcada para no perder el tiempo buscándola.

–Estás muy callada –dice Niall observándome.

–¿Ah, sí?

Siento que me arde la cara. Niall entrecierra los ojos. Vuelvo a coger el vaso de vino y me pongo a darle sorbitos.

–Sí. ¿Qué pasa? –suelta más brusco que preocupado.

Ahora es cuando debería preguntarle por la foto, ideal para destapar el pastel.

–Filete de ternera para usted, señor. –El camarero coloca el plato delante de Niall, que sonríe satisfecho–. Y el atún para usted.

La comida es buena, puede que hasta excelente. Pero apenas soy capaz de saborearla. En lugar de eso, me refugio en mi copa de vino. Vamos por la segunda botella de tinto de la casa y, cosa rara, soy yo la que se ha bebido la mayor parte. Al menos, la llegada del plato principal ha distraído a Niall de su interés por mi silencio. Después de tomarme unos cuantos bocados de atún, me doy por vencida y dejo a un lado el cuchillo y el tenedor para conformarme con otro vaso de vino.

–Quizás deberíamos comprarnos una caja para llevárnosla a casa –sugiere Niall mientras me lanza una mirada exasperada.

Asiento, fingiendo tomar su sarcasmo por una sugerencia real. De repente, siento un brote de indignación. ¿Y por qué no iba a beber unos cuantos vasos de vino? Estamos de vacaciones, ¿no? Cojo el teléfono y pincho en la aplicación de Facebook; he decidido que no hay nada malo en que le pregunte a mi marido por la foto. Siento curiosidad, nada más.

–¿Te acuerdas de la foto tuya que encontré en el bolsillo de la chaqueta de Amber? –pregunto.

Niall levanta la vista, con el tenedor cargado de comida planeándole delante de la boca.

–¿Eh?

–La foto. Tuya. En el bolsillo de Amber.

Arrastro las palabras. Creo que estoy un poco borracha, cosa que lamento. Aunque puede que me sea de ayuda. En caso contrario, quizás no hubiese tenido la valentía de hacerle la pregunta a Niall.

–¿Qué le pasa?

Se mete la comida en la boca y mastica. Por un momento, la irritación le enturbia la mirada; luego, se le pasa y adopta una expresión mucho más despreocupada.

–Dijiste que no la conocías.

Observo su cara atentamente.

–Y no la conozco.

–Entonces, ¿por qué hay una foto de los dos juntos?

–¿Qué?

Suelta el tenedor y el cuchillo y se queda mirándome, ruborizado.

–Mira.

Deslizo el móvil por la mesa y se lo planto delante de sus narices.

Me lo coge y mira fijamente la pantalla. Luego, sacude la cabeza y me lo devuelve.

–Probablemente, habrá cientos de fotos mías con gente desconocida. ¿Cómo voy a acordarme de todos?

—Lleva puesta mi pulsera.

—¿Que lleva tu pulsera…? —Estira el brazo para volver a coger el teléfono—. Déjame ver.

—La que me regalaste cuando nació Connor. —Señalo mi pulsera—. Lleva puesta una exactamente igual.

Entrecierra los ojos para mirar la foto.

—Parece que la foto fue tomada en una firma en Roma. Te compré la pulsera durante esa gira. Es probable que fuese un diseño común en esa zona.

Tira el teléfono sobre la mesa, entre nuestros platos. Aterriza con estrépito.

—¿De qué va todo esto? ¿Estás tratando de acusarme de algo, Beth? Porque, si es lo que estás haciendo, no tiene pizca de gracia.

—No te estoy acusando de nada —respondo al darme cuenta de que la conversación está subiendo de tono bastante rápido. Estamos al borde de enzarzarnos en una discusión realmente fuerte—. Simplemente, siento curiosidad. Me parece que ya es coincidencia que nos alojemos en casa de esta mujer y que tenga una foto tuya en su bolsillo y otra en sus redes sociales.

El corazón está a punto de salírseme del pecho. Van aflorando todas mis sospechas. No es así como había planeado hablar con mi marido, pero no puedo contenerme.

—Quizás solo sea una admiradora de mi escritura. ¿Has considerado esa posibilidad?

—Sí, pero Sal dijo que Amber le hace preguntas sobre nosotros. Preguntas personales.

Niall suelta una carcajada de incredulidad.

—Ah, claro. ¡Si Sal sospecha, entonces seguro que soy culpable!

Busca su vaso de vino, pero está casi vacío. Agarra en alto la botella, pero también está vacía. Con cara de asco, la golpea contra la mesa al dejarla.

—Creo que estás bebida, Beth, y eso te está haciendo imaginar cosas. Ya te avisé de que Sal es una metomentodo y una lianta que no tiene nada mejor que hacer que meter cizaña, así que no sé ni para qué la escuchas.

—No es una metomentodo. Es mi amiga. Y no estoy tan bebida.

De todas formas, ya tenía todo esto en mente antes de probar una gota de alcohol.

–¿Ese es el motivo de esta velada?

A Niall se le agria la expresión. Su furia se hace palpable y se extiende como una marejada hasta mi lado de la mesa.

–Y yo que pensaba que querías una noche romántica a solas los dos. Pero no. Lo armaste todo para poder lanzarme estas patéticas acusaciones. Pues muchas gracias, Beth. Estas vacaciones están saliendo genial, sí.

–Eso no es justo –respondo, herida–. Tú harías lo mismo si encontrases una foto mía en el bolsillo de la chaqueta de ese hombre.

–Sí, claro. Básicamente, porque tú no le das fotos de promoción al público general. –Baja un poco el tono–. Beth, este es mi trabajo. Mi tra-ba-jo. Probablemente haya cientos de fotos mías por ahí.

Me muerdo el labio, consciente de que lo que dice tiene sentido pero incapaz –por lo que sea– de confiar plenamente en él.

–Así que, si llamase a Amber y le preguntase directamente si la conoces, me contaría lo mismo.

–¡Por el amor de Dios, Beth! ¡Suenas como una celosa enfermiza! Ya he tenido suficiente.

Arrastra la silla hacia atrás y se pone de pie. Coge la cartera y saca un puñado de billetes, que suelta sobre la mesa.

–Si llamas a Amber para soltarle esta pila de chorradas, pensará que eres una pirada. Pero no te cortes, hazlo si no me crees.

–¿Qué estás haciendo? –pregunto.

–¿A ti qué te parece? –dice con desprecio–. Te dejo con tus fabulaciones de borracha. Vuelve a casa cuando estés lúcida para pensar. Nunca has sabido beber, Beth.

–¿Te marchas?

No puedo creer que Niall se esté escabullendo así de la conversación que estábamos teniendo. Me pregunto si es porque se siente realmente dolido o porque he dado en la tecla correcta.

Apoya la mano en el respaldo de su silla y se inclina sobre la mesa.

–No voy a quedarme aquí para que sigas acusándome de todas esas tonterías –me bufa.

Me quedo petrificada en la silla, demasiado confusa e impactada para decir nada mientras mi marido se da la vuelta y se marcha ofendido del restaurante.

Esto ha salido todo lo mal que podía salir.

Y tampoco es que esté más cerca de descubrir la verdad.

Capítulo 30

Amber

–¡Mira eso!

Renzo se pone otra vez de cuclillas para admirar la estufa de leña, en la que chisporrotea un fuego y escupe sus llamas contra la pantalla ahumada.

–Bravo. Está bien saber que el ser humano aún es capaz de hacer fuego –digo arrastrando las palabras desde mi sitio en el sofá, con Flora acurrucada a mi lado.

Levanta la cabeza y me sonríe.

–Ha sido más divertido que en casa, como más primitivo.

–¿Puedo encender yo el fuego mañana? –pregunta Frank.

–¡Y yo! –chilla Flora.

–Vale –responde Renzo–. Pero no solos. Mamá o yo estaremos con vosotros.

Estamos los cuatro en la sala de estar, a punto de ver *Paddington* con la cena en el regazo. Vamos a probar las albóndigas caseras con espagueti de Beth. No es que me muera por comer su comida, pero estamos todos demasiado hechos polvo para salir, los locales de comida a domicilio tardan muchísimo en hacer la entrega y a ninguno le apetecía ponerse a preparar algo esta noche.

Flora y yo nos quedamos sentadas mientras Renzo y Frank van a buscar la comida a la cocina. Hemos visto *Paddington* muchas veces ya, pero nos encanta y siempre volvemos a verla cuando no damos con una película para todos. Bien sabe Dios que necesito algo que me ayude a desconectar del percal en el que estoy metida.

Habrá gente que diga que me lo he buscado yo sola, pero creo que, simplemente, no he tenido suerte. Eso es todo. Al menos, hago algo en lugar de ponerme a lloriquear. Cierro los ojos, apoyo una mano en el esternón y respiro hondo.

–¿Estás meditando, mamá?

Puedo notar que Flora me está escrutando.

–Sí. Y tienes que estar callada cuando alguien medita.

Abro un ojo y la veo cambiar de posición, copiar mi pose y cerrar los ojos. Me está imitando. Respiramos juntas un rato, y eso hace que me invada una oleada de… no exactamente emoción. Diría más bien sentimentalismo. Es agradable.

–Vale, ¡ya estamos aquí!

Renzo y Frank entran en el salón y nos pasan a Flora y a mí nuestras respectivas bandejas con un cuenco de comida caliente, además de un vaso de vino para mí y uno de limonada para ella. Vuelven a la cocina para coger sus bandejas, y nos acomodamos todos para ver la película.

–Esto está buenísimo –dice Renzo con la boca llena–. Condenadamente bueno.

Frunzo el ceño. Tiene razón, pero me amargaría admitirlo en voz alta. Llevo tres bocados cuando me empieza a sonar el móvil. Le echo un vistazo a la pantalla y veo que se ilumina con el nombre de Beth.

–¿Quién es? –pregunta Renzo.

–Cosas del trabajo –respondo, y pongo el teléfono en silencio.

Renzo detiene la televisión, y los niños chillan, fastidiados.

–¡Es domingo! –dice–. ¿No saben que estás de vacaciones? ¿Es necesario que lo cojas?

–No, no pasa nada.

–Vale.

Vuelve a pulsar el botón de reproducir, y nos ponemos cómodos otra vez para ver la película y comer.

Treinta segundos más tarde, me empieza a vibrar el teléfono. Es Beth de nuevo. El corazón se me acelera mientras me pregunto por qué llama. Debería contestarle, no cabe duda, pero le estoy dando largas porque no quiero hacerlo aquí, delante de mi familia. No quiero enredarme con lo que les está pasando en Italia. Todavía no.

El teléfono deja de hacer ruido.

Suelto el aire y me meto en la boca el tenedor cargado de comida. Un minuto después, mi teléfono emite un zumbido para avisarme de que he recibido un mensaje de voz. Lo mejor que puedo hacer es apagar el puñetero aparato. Me doy cuenta de que hace rato que me he perdido en la película. Me obligo a centrar mi atención en la televisión. Los niños y Renzo se están riendo. Es la parte en la que Paddington se limpia las orejas con un cepillo de dientes. Intento sumarme al disfrute general, pero tengo la cabeza en otra parte.

–A decir verdad, Renzo…

–¿Eh?

Frunce el ceño y arrastra la vista de la pantalla de televisión hasta mí.

–Estoy pensando que igual debería devolverle la llamada a este cliente.

Coloco mi bandeja en la mesa baja, cojo el teléfono y me levanto.

–¿En serio? Pues qué pena.

Vuelve a poner la televisión en pausa.

–¡Papá! –chilla Frank–. ¡Pero si esta es la mejor parte!

–La paramos hasta que vuelvas –me dice Renzo.

–No. –Sacudo la cabeza–. Seguid viéndola. Vengo en un par de minutos.

–¿Estás segura? –pregunta–. Deberías acabar de comer primero.

–Es que no voy a poder disfrutarla si estoy pensando en el trabajo.

Asiente como dándome la razón.

–Vale, pero no tardes mucho.

Salgo de la habitación y cierro la puerta detrás de mí. Estoy nerviosa, aterrada y mareada. La llamada de Beth podría no ser nada, pero el hecho de que haya llamado dos veces implica que probablemente se trate de algo importante. Le doy al botón de reproducir del buzón de mensajes de voz y subo por las escaleras. Ojalá hubiese caído en traerme la copa de vino. Empieza el mensaje de Beth:

Amber… Siento molestarte un domingo por la tarde, pero necesito hacerte una pregunta. Habría preferido hablar contigo directamente, pero veo que no lo coges; supongo que estás ocupada o, quizás, te

**hayas ido pronto a la cama. No sé. A mí también
me gustaría poder irme a la cama temprano...**

Cháchara. De hecho, suena como si estuviese borracha. Qué
divertido. No parece muy contenta. Me meto en la habitación,
enciendo la lámpara de la mesilla de noche y me siento en el borde
de la cama para escuchar el resto.

**Bueno, mi pregunta es: ¿conoces a Niall, mi marido?
A ver, sé que lo conoces por el intercambio de casas,
pero ¿erais conocidos de antes? Porque me avergüenza
admitir que he encontrado una foto suya en el bolsillo de
tu chaqueta. No es que normalmente mire en los bolsillos
de nadie, pero estaba jugando al escondite con mis
niños y..., bueno..., encontré la foto. Así que, si pudieses
contestarme a eso, te lo agradecería. No he parado
de darle vueltas, por eso he decidido preguntártelo.**

Hace un alto.

¡Espero que no te importe!

Esto último lo dice en un tono realmente despreocupado, como
si eso sirviese para desmentir su diatriba alcohólica de antes.

Me columpio con las piernas y las subo a la cama, apoyo la espalda contra la almohada y sacudo la cabeza alegremente sin salir
de mi asombro. Guau, he conseguido poner de los nervios a Beth,
¿eh? Aunque no debería ser yo quien lo diga, fue todo un acierto
poner esa foto en el bolsillo. No estaba segura de si sería una de
esas cotillas, pero –para qué engañarnos– todos somos un poco así.
Si se nos ofrece la posibilidad de meter las narices en algo, no la
desperdiciamos. Así que doña perfecta, Beth Kildare, ha resultado
no serlo tanto.

El mensaje aún sigue, pero ahora no se oye más que ruido de
fondo. Está claro que se le ha olvidado cortar la llamada.

Amber...

Error, no ha terminado todavía.

Hay algo más... Supongo que no... ¿Tienes una pulsera de
oro con diamantes? Porque creo que se parece a una mía.
No te preocupes por la pulsera, en serio. Pero si puedes
contestarme a lo de Niall te lo agradezco. Gracias. Chao.

Fin del mensaje.

El mensaje de voz de Beth me ha aclarado las ideas y me ha
recordado justo a tiempo por qué me decidí a hacer esto en un
primer momento. No creo que le devuelva la llamada todavía, por
mucho que me tiente la idea. Aunque solo sea por ver qué más
preguntas patéticas quiere hacerme sobre su marido.

A través de las tablas del piso, me llega el sonido de la televisión.
Debería volver abajo y unirme a mi familia en el sofá, la verdad.
Pero antes quiero hacer una cosa.

Me levanto de la cama y, en unos cuantos pasos, me acerco a la
puerta, en la que cuelga de un gancho mi bolso de mano negro.
Abro la cremallera y rebusco en él hasta dar con un paquetito de
herramientas que compré en la ferretería del pueblo ayer. Conseguí escabullirme de mi familia un ratito fingiendo que estaba
reponiendo cosas para el baño en la parafarmacia. Luego, corrí
a la ferretería para recoger mi pedido.

Salgo al descansillo y me paro en seco para escuchar. Abajo, la
televisión está encendida. La risa de Flora se mezcla con la música
de la película. Me quedo mirando el paquete que tengo en la mano
y dejo caer en mi palma una herramienta minúscula para rastrillar
junto con la barra de tensión. Desde que llegamos, he estado viendo
a escondidas vídeos de YouTube sobre cómo forzar cerraduras, así
que confío en poder hacerlo. Claro que mi plan era probar cuando
no hubiese nadie en casa, pero... a saber cuándo será eso; y tampoco
tengo tiempo que perder.

Plantada en la puerta del estudio de Niall, que está cerrado con llave, siento cómo me sube la adrenalina. Me entusiasma hacer esto, aunque suene bobo. Deslizo el rastrillo en miniatura en la cerradura y voy moviéndolo para, a continuación, insertar la barra de tensión y tirar por ella hacia abajo. Nada. No pasa nada. Vuelvo a intentarlo, pero sigue sin funcionar. Me han empezado a sudar los dedos y eso hace que se me resbalen las herramientas. Me los seco en los vaqueros y pruebo otra vez. Sin suerte.

Tratando de no dejarme llevar por la frustración, sustituyo el rastrillo por otra cosa. Respiro hondo, lo introduzco en la cerradura y lo meneo arriba y abajo unas cuantas veces haciendo palanca e imaginándome que hago levantar los pernos de la cerradura. Encajo la herramienta de tensión en la base del mecanismo de apertura, empujo hacia abajo y me llevo una alegría cuando la cerradura cede con un clic. Giro la manilla de la puerta y el estudio se abre ante mí.

Meto el paquete de herramientas en el bolsillo de atrás de mis vaqueros y entro en el despacho sagrado de Niall Kildare.

Es decepcionantemente predecible: un escritorio clásico de caoba junto a la ventana con una alfombrilla de piel, estanterías hasta arriba de libros, copias impresas y enmarcadas de las cubiertas de sus libros, una alfombra raída. Huele a humedad con un toque de loción para después del afeitado. Dice a gritos: «Soy un escritor importante» y me parece una ofensa que lo tenga cerrado bajo llave. O no se fía de su familia o tiene algo que ocultar.

Aprovechando la luz del rellano, reviso las estanterías. Hay muchos ejemplares de sus propios libros, además de un buen número de otras colecciones de fantasía e historia, un montón de clásicos y un par de baldas de libros sobre el arte de escribir.

El escritorio está ordenado. No hay ni un ordenador ni un portátil. Supongo que se lo habrá llevado. Me pongo a abrir los cajones del escritorio. Están repletos de notas y de restos de material de oficina antiguo. Los tres cajones de la parte superior están cerrados con llave. El de la derecha se abre sin problema. Está lleno de cargadores de móvil, auriculares y otros cables. El cajón del centro también se abre sin más, pero resulta ser una simple bandeja que permite extender el escritorio. El cajón de la izquierda está, sin embargo, cerrado con llave.

No pierdo el tiempo buscando una llave. En lugar de eso, uso mi juego de herramientas para abrir cerraduras y accedo al cajón fácilmente. Está vacío, cosa que me decepciona. Frunzo los labios del chasco y suelto un suspiro. Ni siquiera sé qué esperaba encontrar en este cuarto. Puede que cerrase la puerta con llave porque no quería que nuestros niños revolviesen su espacio de trabajo, lo cual resulta razonable. Me estoy imaginando secretos donde no hay ninguno.

Me siento en la silla del escritorio un momento mientras observo mi reflejo en la ventana oscura y me pregunto qué pensaría Niall si me viese aquí, en su despacho privado y revisando sus cosas. No puedo evitar sonreír. Me quedo mirando el cajón abierto y meto la mano dentro, hasta el fondo. Aquí no hay nada. Giro la mano y recorro la parte superior del cajón con las yemas de los dedos. El revestimiento es como de papel y está un poco despegado.

Frunzo el ceño, y saco el cajón entero del escritorio para, a continuación, posarlo en el suelo. Me pongo de rodillas y alumbro con mi linterna el interior vacío. Pegado a la parte de arriba del hueco del cajón hay un fajo estrecho de papeles… ¿O son fotos? Se me acelera el corazón. Lo despego de su escondrijo con cuidado y le doy la vuelta. No me puedo creer que todavía las conserve. Luego, saco la baratija de teléfono que me traje a Inglaterra.

Es hora de hacer esto.

Todo encaja.

Es ahora o nunca.

Capítulo 31

Beth

Me derrumbo sobre un murete y me quito los zapatos de tacón alto para masajearme las almohadillas de mis pobres pies llenos de ampollas. Voy de camino a casa, a la altura de Corso Reginna, la calle principal que se sale de la carretera de la costa. Después de ir andando desde el restaurante, subir todas esas escaleras y recorrer el paseo marítimo, tengo los pies hinchados y siento un dolor punzante. Literalmente, no puedo dar ni un paso más. No hasta que me haya tomado un buen respiro.

Es increíble lo mal que he gestionado las cosas esta noche. Para empezar, he bebido demasiado y demasiado rápido y le he espetado todos mis reproches a Niall sin nada de tacto. En segundo lugar, he llamado a Amber y he hecho lo mismo con ella. La verdad es que me avergüenzo mucho de eso. Me horroriza lo incoherente y dispersa que debo de haber sonado. Pensará que soy una idiota. La velada que tanto había planeado se ha ido al garete. Mi marido está furioso conmigo y no tengo ni idea de qué tiene Amber en la cabeza, ya que no me ha devuelto la llamada. Estoy cansada y me siento humillada y ansiosa; sigo sin acabar de creerme la historia de Niall. En resumen: he avanzado en esto exactamente… nada.

Lanzo un suspiro al darme cuenta de que aún estoy bastante contenta. En este momento, daría lo que fuese por un vaso de agua. Lo malo es que he salido sin cartera esta noche. Sin enfocar del todo esos bonitos edificios de piedra que me rodean, con sus ventanas altas, sus postigos y sus balcones al estilo del de Julieta, miro la tenue silueta de las colinas que hay más allá del pueblo. Las casas de delante parecen un rosario de lucecitas brillantes que salpican la oscuridad. Qué lugar tan bonito. Demasiado bonito para lo triste y desesperada que me siento.

Vuelvo a fijarme en la calle. Todavía quedan unas cuantas tiendas abiertas, hay gente arremolinada en los restaurantes y los bares, por la plaza se extiende el sonido del charloteo alegre. Hay una cola que dibuja una especie de serpiente sobre los adoquines a la puerta de un local de comida rápida que está hasta la bandera. De repente, me entra hambre. Apenas he comido nada en el restaurante, así que, en este momento, una porción de *pizza* me iría de maravilla, la verdad. Y me ayudaría a procesar algo del alcohol que llevo dentro. Echo pestes por la boca por no tener dinero.

La última vez que estuve aquí era día de mercado. Hace solamente dos días. A decir verdad, disfruté mucho de esa mañana de compras con los chicos. Qué pena que Niall no se mostrase participativo, pero parece ser la tónica habitual últimamente. No entiendo cómo hemos pasado en nuestra relación de ser tan apasionados y absorbentes a encontrarnos en una posición en la que lo veo casi como un extraño. Soy consciente de que las cosas no deberían ser así. No debería ponerme tan nerviosa. No debería desconfiar de él hasta este punto. Es mi marido, por Dios, el padre de mis hijos.

De repente, se me viene a la cabeza cuando lo vi hablando el otro día con aquel tipo italiano e insistió en que era un vendedor de multipropiedades excesivamente entusiasta. Tampoco me lo creí. Los dos parecían muy colegas, como si se conociesen muy bien. Como dos viejos amigos que se reencuentran. Si así fuese, ¿por qué iba a mentirme Niall? No tiene sentido. A no ser que el tipo formase parte de un contexto en el que Niall y Amber se conociesen.

Siento que me estoy volviendo loca. No tengo ninguna prueba real de nada, excepto un par de fotos y lo que me dicta mi intuición. ¿Basta con eso para poner en riesgo mi matrimonio? ¿Debería haber mantenido la boca cerrada?

Empieza a sonarme el móvil, y la pantalla se ilumina con la cara de Niall. El estómago me da un vuelco del pavor que me provoca. Debería contestarle, pero no me veo capaz de enfrentarme a otra discusión en este momento. Necesito dejar bajar la borrachera un poco, decidir qué quiero hacer. Si debo seguir presionándolo para que me ofrezca alguna respuesta o si debo olvidarlo todo. Quizás, tendría incluso que disculparme con él para que volvamos a la normalidad. No sé qué hacer. Guardo el teléfono en el bolso y dejo que salte el buzón de voz.

Un poco más allá, en la calle, me llama la atención un movimiento que se produce y el grito que lo acompaña. Me giro y veo a un hombre mayor protestando ante dos hombres a la salida de una tienda de cerámica. Les chilla y les gesticula, y en esa escena hay algo que me resulta familiar. Parpadeo para enfocar la vista y me pongo de pie. Doy un par de pasos en su dirección, pero no me acerco mucho.

Al darme cuenta de que son los mismos dos hombres que han venido a la villa esta mañana preguntando por los Mason, me quedo de piedra. Rápidamente, vuelvo la cabeza temiendo que me vean y se acerquen. Me preocupa el hombre al que están intimidando, pero no soy lo suficientemente valiente o estúpida como para plantarles cara. De todas formas, ¿qué podría hacerles? Si ni siquiera hablo su idioma… ¿Debería llamar a la policía? ¿O eso no haría más que empeorar las cosas?

Hay unas cuantas personas mirando en su dirección, pero nadie se decide a intervenir. No puedo mezclarme en este asunto. No es cosa mía y, además, creo que ya tengo suficiente.

No estoy segura de qué hacer. Para volver a la villa, necesito pasar por su lado. A no ser que encuentre otro camino. Supongo que podría probar a deslizarme por detrás de ellos, pero ¿y si me reconocen? ¿Qué sentido tiene arriesgarse? No, tendré que dar la vuelta y buscarme un sitio donde hacer tiempo hasta que se vayan.

A pesar de lo torpes que tengo los dedos, consigo ponerme los zapatos. Me levanto y echo a andar. No demasiado rápido para no llamar la atención. Voy taconeando y el sonido se expande, pero no puedo evitarlo. Resisto la tentación de mirar hacia atrás y mantengo la vista fija en lo que tengo delante. Me sudan las palmas de las manos, respiro a trompicones. Lo último que esperaba esta noche era encontrarme con esos hombres. Me sorprende lo mucho que me ha afectado.

Vuelvo a preguntarme qué querrían de los Mason. Estoy segura de que nada bueno. Sigo teniendo un mal presentimiento sobre todo esto. Por mucho que me duela, creo que deberíamos irnos de la villa y buscarnos otro sitio en el que quedarnos. Un sitio en el que esos hombres no puedan encontrarnos. Es posible que no regresen, pero no quiero correr el riesgo. Es obvio que son una especie de mafiosos. Se me hunde todavía más la moral al pensar en irnos de nuestra bonita casa de vacaciones cuando ni siquiera las llevamos a la mitad.

Me recreo pensando por un segundo cómo sería si nos hospedásemos en Villa Cimbrone, en Ravello. Lo malo es que no resultaría tan adecuada para los niños como la zona de playa de Maiori. Lo más difícil de cambiar de alojamiento sería convencer a Niall. Sobre todo, con lo enfadado que está en este momento. Me viene a la cabeza de golpe la discusión de esta noche. No, ni Niall ni yo vamos a recuperar a corto plazo el espíritu vacacional. Si no estuviésemos metidos en este dichoso intercambio de casas, le sugeriría que cogiésemos un vuelo y volviésemos a casa. Pero no podemos echar fuera a los Mason sin más. ¿O sí? Después de todo, en el trato no entraba un allanamiento de morada o la visita de dos hombres espeluznantes. Estaríamos en nuestro derecho de forzar la cancelación del intercambio vacacional.

Pienso con nostalgia en nuestra bonita casa de campo, en tirarme en el sofá con los chicos para ver una película o para jugar a algún juego de mesa. En lugar de eso, aquí estoy con un marido que me odia y cojeando de noche por una calle italiana, sola y cruzando los dedos para que dos matones terroríficos no detecten mi presencia. No es que sean las vacaciones ideales que me había imaginado.

Quizás debería llamar a Luciana para comprobar que Connor y Liam están bien. Dijo que nos quedásemos por ahí hasta la hora que quisiésemos, que rara vez se acuesta antes de la una de la madrugada. Pero no quiero ser una aprovechada.

Un sonidito metálico procedente de mi teléfono me devuelve con un sobresalto al sitio en el que me encuentro. Será Niall. Rezo por que se haya tranquilizado. Ahora veremos. Estoy a punto de llegar al paseo marítimo y el teléfono vuelve a hacer ese sonidito. Cruzo a toda prisa y sin mirar la calle principal, obligando a un Fiat pequeño a reducir la velocidad. El conductor me grita algo por la ventanilla. No sé muy bien si ha sido desagradable o un piropo. En cualquier caso, estoy demasiado preocupada y demasiado borracha como para que me preocupe. Sigo caminando mientras mi teléfono emite un tercer pitido. «Muy bien, Niall, no pierdas los papeles».

De nuevo en el paseo, diviso un banco vacío un poco más adelante. Con suerte, si me quedo aquí media hora o así, esos dos hombres ya se habrán ido y podré regresar a la villa para intentar arreglar las cosas con mi marido. Pero no me resulta especialmente agradable pensar en volver andando hasta allí sola. A lo mejor, tendría que haberme quedado donde estaba y esperar a que los hombres se marchasen. Por lo menos, podría hacerme una idea de adónde se dirigen.

Me paro para quitarme otra vez los zapatos; luego miro bien por dónde ir para recorrer ese poco de paseo. Zigzagueo entre parejas que están dando una vuelta y familias, paso junto a paseadores de perros y niños en plena rabieta con la vista puesta en el banco y la esperanza de que nadie me lo mangue.

Por fin, alcanzo mi objetivo y me derrumbo, aliviada, en el asiento mientras trago saliva y me humedezco los labios. Tengo tanta sed… No debería tardar en irme a casa, aunque solo sea para meterme un buen trago de agua. Saco el teléfono del bolso y me mentalizo para un torrente de mensajes de mosqueo de mi marido.

Pero ninguno de los mensajes que he recibido es de Niall, sino de un número italiano desconocido. De una red de telefonía de la zona, supongo.

Pincho en el número y se abre el mensaje. No hay texto, solo fotos. Frunzo el ceño y parpadeo intentando encontrarles una lógica. Al atar cabos, me quedo muerta del miedo y de la incredulidad que siento. La sangre me bombea por las venas martilleándome en el pulso y haciendo que me piten los oídos. Se me nubla la vista momentáneamente y pestañeo para recuperar la visión; vuelvo a mirar las fotografías.

Esto tiene que ser algún tipo de broma macabra.

No es verdad, está claro.

No puede serlo.

Capítulo 32

No tenía claro que fuese a apoyarme en esto, pero ahora no me quedan dudas: podré hacerlo. Y con más determinación, si cabe. Con más claridad.

Puede que estos celos amargos que me corren por las venas vayan aplacándose ahora.

Puede que ahora encuentre algo de paz.

Capítulo 33

Beth

La sangre me zumba en los oídos mientras miro pasmada las imágenes.

Hay tres fotografías.

La primera es de Niall y Amber abrazados. Sonríen a la cámara. La sacaron hace tiempo, pues Niall lleva el pelo más largo y no tiene canas. Es evidente que son algo más que amigos. Mi marido y Amber deben de haber mantenido una relación en el pasado. Y, aunque eso era lo que sospechaba, verlos juntos así… Se me parte el corazón, se me hace añicos. No puedo creer que Niall me mintiese sobre esto y –lo que es peor– que sugiriese que viniésemos aquí de vacaciones. A su casa.

La segunda foto es de Niall y Amber besándose. Me llevo la mano a la boca. Es tan impactante verlos juntos así… Tienen los ojos cerrados. Ella le coge la cara a él.

Pero es que de la tercera foto… De la tercera foto no soy capaz de apartar la vista.

Muestra a Amber con las dos manos apoyadas en la barriga y, garabateadas sobre la foto con rotulador negro, las siguientes palabras: «Niall, este bebé también es tuyo. ¿Vas a reconocerlo?».

¿Es una broma? Los dedos me aprietan la garganta, las uñas me arañan la piel del cuello.

Está fechada hace doce años y medio. De ser cierto, ese niño habría sido concebido mientras yo estaba embarazada de Connor. Si he de darle crédito, el niño mayor de Amber es hijo de Niall.

Mientras trato de digerir la dimensión de esto, noto cómo mi matrimonio estalla en mil pedazos a mi alrededor, igual que un espejo que reflejase tantas mentiras y traiciones. Y todo el amor que le he dado. Y todos los sueños a los que he renunciado. Y las esperanzas que aún alimentaba… hasta hace un segundo. Todo eso se ha roto.

¿Quién me ha enviado esto? ¿Amber? El número no me resulta conocido, pero no quiere decir nada. Podría habérmelas enviado desde otro teléfono para jugar conmigo.

Doy un respingo al empezar a sonarme el móvil. Es Luciana. Debería contestarle, pero no puedo. No soy capaz. No creo que pueda hablar con nadie. Lo siento todo muy lejos y muy cerca al mismo tiempo. La oscuridad, la playa, la villa, nuestro hogar forman un batiburrillo ahora mismo en mi cabeza. Mi teléfono suena bajito y muy fuerte, lo reconozco y se me hace raro. No sé qué hacer, qué pensar, qué sentir. Supongo que es la conmoción. El estado medio difuso propio de la borrachera en el que estaba hace un momento ha dejado paso a un dolor agudo que me nace en las entrañas y se extiende hasta las cuencas de los ojos.

Niall tuvo una aventura con Amber cuando ya estábamos casados… Ella tuvo ese niño. Me ahogo solo de pensarlo. Se me cierra la garganta, me arden los ojos. ¿Todavía mantienen una relación? ¿De eso van estas vacaciones? ¿Es un asunto sin acabar? Me enferma pensarlo. No tiene ningún sentido. Ella está en Inglaterra, nosotros estamos aquí. Ella tiene su propia familia.

–¡Mira dónde estabas! –Me sobresalto al reconocer a mi espalda la voz de mi marido. Lo reconozco y, al mismo tiempo, ya no me resulta conocido–. ¿Por qué no cogías el teléfono? –grita –. He estado llamándote. ¡Estaba preocupadísimo por ti!

Me quedo donde estoy, en el banco, agarrada a mi teléfono. Ni siquiera me giro para saludarlo cuando viene a sentarse a mi lado.

–Pensé que te irías a casa detrás de mí, que me pillarías por el camino –dice como si no me hubiese puntualizado que ni se me ocurriese volver hasta que se me hubiese pasado la borrachera–. Volví a la villa, pero tú no llegabas. ¿Has estado aquí sentada todo el tiempo?

Noto que está tratando de hacer contacto visual conmigo, pero no me muevo. Como si me hubiese convertido en un bloque de hielo. Como si me hubiese fusionado con el banco. Si me quedo sentada y quieta, puede que se rinda y se marche. No quiero hablar de nada de esto. Es demasiado gordo. Sé que, en cuanto abra la boca, saldrá todo en tromba e iré despeñándome y desmoronándome. Este es justo el instante antes de que mi vida cambie irremediablemente.

—¡Beth! ¡Mírame!

Trago saliva. Tengo la garganta seca, hinchada. En mi cabeza, veo las tres fotos como en un proyector antiguo: Amber y Niall abrazados, Amber y Niall besándose, Amber y el bebé de Niall que aún no había nacido.

¿Cómo voy a sacarle este tema?

Relajo la mano junto al móvil y toco en la pantalla hasta que vuelven a aparecer las fotos.

—¿Qué estás haciendo, Beth? ¿Por qué no me miras? Sé que antes me pasé un poco con algunas cosas que dije, pero tú también. Tus acusaciones me hicieron realmente daño.

Le paso el teléfono sin levantar la mirada.

—¿Y esto qué es?

El corazón me late desbocado mientras espero a que las imágenes surtan efecto.

—¡Mierda! —dice como para sí. Casi puedo oír su cerebro yendo a toda velocidad y emitiendo zumbidos a mi lado. Finalmente, lanza un suspiro—. De acuerdo.

Me cuesta respirar. Es como si hubiesen extraído el oxígeno de la zona que me rodea. Al final, levanta la mirada y nos quedamos frente a frente. Entrecierra los ojos.

—¿Quién te las ha enviado?

No le contesto.

Niall sacude la cabeza y observa de nuevo las imágenes.

—Vale, admitiré entonces que Amber y yo tuvimos una aventura hace años. Pero eso fue antes incluso de que tú y yo nos conociésemos. Tengo derecho a tener un pasado, ¿no?

Sus palabras resultan patéticas. El único motivo por el que se ha resignado a admitirlo es porque le he plantado delante una prueba. Y omite el hecho de que me ha estado mintiendo sobre eso. Le pregunté varias veces si conocía a Amber y me dijo que no. ¿Cómo voy a fiarme de su palabra?

–¿Por eso te has quedado aquí, enfurruñada? ¿Por algo que pasó hace años? –Se remueve en el banco, agachándose para intentar volver a establecer contacto visual conmigo–. Qué quieres que te diga, me cuesta mantener esta conversación contigo sentada así, como una estatua. Al menos, podrías decir algo.

–¿Decir algo? –respondo en voz baja–. ¿Qué debería decir después de enterarme de que mi marido se acostaba con otra mujer mientras yo estaba embarazada de nuestro hijo y para colmo la dejó embarazada?

Le echo una mirada de desprecio. Ni el bronceado consigue disimular que a Niall se le demuda la cara.

–No me digas que te crees eso. –Se le va la vista otra vez a mi teléfono–. A ver, ¿quién te ha mandado estas fotos? ¿Ha sido Amber? Mira, no te he hablado de ella porque... le falta un tornillo. Estaba obsesionada conmigo y se inventó la mentira de que iba a tener un hijo mío. Por el amor de Dios, si ni siquiera coinciden las fechas. Estaba utilizando eso para conseguir que volviésemos, pero no se salió con la suya.

Dejo que sus palabras me calen y trato de ponderar si pueden ser o no verdad. Amber dijo que Frank tiene once años. Niall y yo nos conocimos unos tres años antes de que ese niño naciese, así que, si Niall no me está mintiendo, las fechas que da Amber se alejan tanto que sería absurdo que fingiese que el niño era de Niall. No tiene mucha lógica que le dijese que era el padre del bebé si no se habían acostado en tres años.

–No te creo –digo mirándolo directamente a los ojos.

Se pone pálido y traga saliva. Justo ahí me doy cuenta de que estoy en lo cierto. Y esa revelación es como si me golpeasen en el estómago con una marra.

–¿Por qué estamos aquí, Niall? ¿Por qué nos has arrastrado hasta aquí para quedarnos en casa de tu... amante? ¿O de tu ex? ¿De la madre de tu hijo? ¡Ni siquiera sé qué significa ella para ti!

Deja mi teléfono en el banco, se levanta y echa a andar de un lado a otro durante un breve instante.

–Esa estúpida zorra –murmura.

–Limítate. A. Contarme. La. Verdad. Es lo único que te pido.

Me siento sobre las manos para ver si así dejan de temblarme. Estoy demasiado bloqueada y conmocionada como para llorar. Me pesa el cuerpo de llevar todo esto a cuestas.

Sacude la cabeza y toma aliento, pero se muestra reacio a contestarme.

–¡Niall! ¡Dímela y punto!

Se pasa las manos por el pelo y se las mete en los bolsillos a toda prisa. Ahora mismo, parece tan vulnerable... Nada que ver con el hombre seguro de sí mismo que es mi marido. Me recuerda a un niño pequeño. Asiente.

–Vale, tienes razón –responde al borde del enfado. Luego, ya con más delicadeza, prosigue–: Tienes razón.

–¿Razón sobre qué? –respondo–. ¿Tengo razón sobre que deberías decirme la verdad o sobre Amber?

Levanta la vista hacia el cielo y vuelve a bajarla al suelo.

–Sobre las dos.

Se me estremece el corazón. Parpadeo esperando a que continúe. La sangre me pita en los oídos.

–Amber se puso en contacto conmigo tras años de silencio. Me dijo que necesitaba unas vacaciones improvisadas y me sugirió el intercambio de casas. Le dije que estaba fuera de lugar, pero ella me contestó que, si no lo aceptaba, te contaría que habíamos tenido una aventura.

–Así que tuvisteis una aventura.

Duda un instante antes de bajar los hombros, derrotado.

–Sí.

Mi cuerpo se queda sin aire.

–¿Por qué? –susurro.

Mi marido guarda silencio.

Intento dar con el tono adecuado.

–¿Por qué hiciste eso, Niall? Pensaba que éramos felices. Pensaba que el nuestro era un matrimonio ideal, que teníamos planeada una vida maravillosa. ¡Estaba embarazada de nuestro primer hijo! ¿Por qué ibas a ponerlo todo en jaque? ¿Por qué ibas a querer hacerlo?

–Yo... –Arrastra la palabra mirando al suelo–. Es que no lo

sé. Ojalá pudiese dar marcha atrás y deshacer lo hecho, pero es imposible.

–¿La querías?

–No lo sé. No. Era… –Levanta las manos–. No sé cómo explicarlo.

–¡Pues inténtalo! Me lo debes.

–Vale, fui un estúpido. Ya está. Me halagaba su interés en mí. Pero le paré los pies. Lo hice antes de que fuese a más, pero, entonces, me dijo lo del bebé…

Sacudo la cabeza al escucharlo.

–Y yo que creía que estaba paranoica, que era yo la que tenía un problema. Me has hecho sentir horrible desde que llegamos aquí. ¡Que me estaba imaginando cosas! Y, en realidad, no me equivocaba en nada.

–Lo siento, Beth. De verdad. Me preocupaba nuestro matrimonio. Esto quedaba tan lejos ya…. No quería que se interpusiese entre nosotros. ¡No quería poner en riesgo lo que hemos logrado!

Suelto una risa incrédula.

–¿Conque no querías poner en riesgo lo que hemos logrado? En ese caso, ¿por qué empezaste por acostarte con ella? ¿Ha sido la única? ¿O ha habido más mujeres?

–¡No, claro que no!

–Bueno, no lo sé. ¿Cómo voy a saberlo?

Me levanto temblando y voy caminando hasta el borde del paseo marítimo. Me quedo mirando la oscuridad del mar. Mis esperanzas se hunden en esa negrura de tinta. Niall viene tras de mí, pero no quiero que se me acerque. Me giro y vuelvo al banco. Cojo el teléfono y lo guardo en el bolso. Enfadada como estoy, solo quiero alejarme de mi marido. Me cuesta mirarlo. Lo malo es que no sé adónde ir. ¿Vuelvo a la villa de Amber? La idea me resulta vomitiva.

Niall me está siguiendo otra vez. Está ahí de pie sin saber qué hacer, tirándose de los dedos.

–¿Y qué hay de su hijo, de Frank? –escupo–. ¿Es tuyo? Dime la verdad.

Guarda silencio por un instante.

–No lo sé. Pero creo que sí.

–¡Que no lo sabes! ¿Cómo es posible que no lo sepas? ¿No pediste una prueba de paternidad?

Estoy prácticamente gritando, y la gente empieza a mirarnos, pero no me importa. Mi vida entera está implosionando.

–Supongo que creí en su palabra. Estoy bastante seguro de que en ese momento ella estaba enamorada de mí. No iba por ahí acostándose con otros.

Suelto el aire.

–¿Y qué? ¿Le pasas una manutención? ¿Lo visitas a escondidas?

Me doy cuenta de que todo lo que creía que sabía sobre mi vida es mentira. No ha sido más que una tremenda farsa. Puede que el hecho de que Niall le pase una manutención a Amber explique por qué siempre ha sido tan cauteloso con nuestras finanzas, por qué me ha mantenido al margen.

–No –vuelve a bajar la vista al suelo–. Nunca lo he conocido. Ni siquiera creo que sepa de mi existencia.

–¿Así que te limitaste a dejar que ella criase sola a su hijo? ¿No le ofreciste ninguna ayuda?

–¿Qué se supone que debería haber hecho? –grita–. ¿Dejarte e irme con ella? ¿Formar una familia? Era una puñetera pesadilla, Beth.

–Se me parte el corazón, Niall.

Pienso en Connor y en Liam, en que tienen un hermano del que no saben nada. ¿Qué implicaciones tiene eso?

–Deberías habérmelo contado en aquel momento. ¡Y ya podrías no haberlo hecho, para empezar!

–Lo sé, lo siento. Pero no podía contártelo. –Se le llenan los ojos de lágrimas–. Me habrías dejado.

–Puede que sí o puede que no. Pero, por lo menos, nuestro matrimonio no habría sido esta gigantesca mentira. Por lo menos, habríamos afrontado la paternidad con un mayor grado de sinceridad en lugar de representar esta… farsa.

Me remonto a la etapa de mi embarazo intentando recordar si hubo alguna señal que debería haberme alertado de la traición de mi marido. Sin embargo, lo único que me viene a la cabeza de ese periodo es lo felices que éramos, lo mucho que Niall me mimaba, haciendo escapadas al veinticuatro horas a la una de la mañana cada vez que tenía antojo de naranjas y de chocolate blanco, masajeándome los pies y los tobillos cuando me dolían… Era el marido perfecto. Me llevo un golpe de realidad al darme cuenta de que sus atenciones eran probablemente resultado de una mezcla de miedo a perdernos y de la culpa que pesaba en su conciencia.

–Beth… –Me mira–. De verdad que lo siento mucho. Yo…

–Un perdón no soluciona todo esto, Niall. Un perdón no vale para absolutamente nada, qué quieres que te diga.

–Ya lo sé. Estoy… –Pierde fuelle–. ¿Qué puedo hacer?

–Ahora mismo, dejarme sola.

–No quiero irme de tu lado.

Le resbala una lágrima por la mejilla.

–No me importa lo que tú quieras.

–¿Por qué no vuelves a la villa? Podemos hablar de esto con calma. Haré lo que quieras para compensarte. Sé que he sido un marido horrible estas últimas semanas. He estado de un humor de perros e irritable, he proyectado en ti todas mis preocupaciones, cuando es a ti a quien debería tratar bien. Soy una persona terrible. Quiero enmendarme.

–Vete, Niall.

Me derrumbo en el banco y miro más allá de él.

Se agacha e intenta cogerme las manos entre las suyas.

–Por favor, Beth, ¿no podrías…?

–¡No me toques!

Me sacudo sus manos de encima como si fuesen carbón ardiendo. Tartamudea una disculpa y se pone de pie otra vez.

–Beth, por favor…

–¡Te he dicho que te largues!

Asiente.

–Vale. Me marcho. Estaré esperándote, pero no te quedes sola aquí mucho tiempo. No quiero dejarte sola en este sitio.

–Ya te he dicho que no me importa lo que tú quieras. Necesito que te vayas.

Pestañea, se gira y se aleja andando. A pesar de todo lo que ha hecho, deja tras de sí un hueco enorme, frío e imposible de llenar. Ojalá pudiese pedirle que volviese y que me cogiese entre sus brazos, que me dijese que no ha sido más que un estúpido malentendido, que no hizo nada y que todo está bien ya. Pero sé que tendré que acostumbrarme a ese hueco enorme y frío. Ahora, forma parte de mi vida. Me cuesta procesar lo que está sucediendo. La cabeza me da vueltas, sigo con el corazón acelerado. Me aterra lo que está por venir. Pero, mezclada con el miedo, va surgiendo la furia que nace del hecho de que mi marido no valorase lo que teníamos, de que me ocultase la verdad, de que lo fastidiase todo. En este preciso momento, me gustaría no haber conocido nunca al dichoso Niall Kildare. Lo mataría por lo que me ha hecho. A mí y a nuestra familia.

Capítulo 34

Amber

Mientras voy bajando por las escaleras para reunirme con mi familia solo puedo pensar en la pulsera de oro por la que preguntaba Beth. Sí, Beth, tenía una pulsera de oro con diamantes. Recuerdo como si fuese hoy el día en que se la lancé a la cara a Niall cuando cortó conmigo. Me hace gracia saber que recicló esa pulsera y se la dio a su mujer. Me hace gracia y, al mismo tiempo, me pone furiosa.

Después de decirle a Niall que estaba embarazada, cortó conmigo y me dijo que no pensaba reconocer al niño. Que estaba felizmente casado con su mujer y que creía que a mí me había quedado claro. «Mmm… No, Niall, no es eso lo que tengo entendido. Para nada». Estaba histérica. Estaba tan segura de que se alegraría con la noticia, de que mi embarazo sería el empujón que él necesitaba para dejar a su mujer y estar conmigo… Al rechazarme, me partió el corazón. Al rechazarnos. Qué patético haber sido tan cándida. Haber malgastado tanta energía en un hombre que no la merecía.

De hecho, estaba convencida de que Niall estaba enamorado de mí, de que era mi alma gemela. Me había imaginado nuestro futuro juntos –el escritor taciturno e imaginativo con su brillante y hermosa publicista–. Habríamos formado un equipo estupendo. Pero, en lugar de eso, escogió quedarse con la aburrida de su esposa, una copia barata de mí sin carrera, sin pasión, sin personalidad. Una simple sombra de otra mujer. Él se lo perdió.

Afortunadamente, el dolor que sentí durante todos esos años ha pasado ya. Conocí a Renzo el mismo mes que Niall y yo rompimos. Nos enamoramos. Era un amor más tranquilo que el que había sentido por Niall, pero era justo lo que necesitaba entonces. Y lo más sencillo era dejar que Renzo pensase que Frank era su hijo. Menos dramático y menos doloroso para todo el mundo.

Puede que Renzo no sea un artista genial, pero es mejor hombre. Y para mí es el padre de Frank. Me acompañó durante buena parte del embarazo, fue él quien le cantó nanas y calmó su llanto. Le enseñó a golpear el balón y a cocinar. Al final, he salido ganando. Pero no puedo olvidar el daño que Niall me causó.

Regreso a la calidez del salón. Mi familia sigue en su posición original. Le echo un vistazo a la televisión: parece que van por la mitad de la película.

–¡Mira quién está aquí! –Renzo levanta la vista y me sonríe. Pone la película en pausa–. Siéntate. ¿Quieres que te caliente la comida?

–No, ya tomaré algo luego.

Ssacudo la cabeza y me acomodo junto a Flora, que se acurruca contra mí. Le acaricio el pelo mientras pienso en otras cosas.

–¿Estás segura? Apenas la has tocado.

–La verdad es que no tengo hambre.

–¿Va todo bien en el trabajo? –pregunta.

–Es una clienta pesada que quería que repasásemos todo juntas.

–Es pasarse un poco, es domingo.

Renzo pone los ojos en blanco.

–Dímelo a mí.

Mi teléfono tintinea al recibir otro mensaje. Le echo un vistazo a la pantalla y la adrenalina se me dispara por el cuerpo.

–Otra vez no –dice Renzo.

–No, no es nada –digo, y me choca el sonido de mi propia voz.

–¿Segura?

–Sí. Vamos a ver la película.

Asiente y pulsa el botón de reproducir. Me recuesto en el sofá. Me doy cuenta de que me tiemblan las manos, así que las meto entre los muslos. La televisión está alta, compitiendo en intensidad con mis pensamientos. Debería concentrarme en la película. Bloquear las dudas.

Demasiado tarde para eso.

Capítulo 35

Beth

Va refrescando y el paseo se queda vacío. Permanezco sentada en el banco. Paralizada. Debería moverme, hacer algo, ir a algún sitio. Lo que más temo ahora mismo es que vuelva Niall y se ponga a hablarme, que me saque de mi conmoción y me dé una sacudida que me haga sentir algo. Lo único que quiero es detener el tiempo. Pararlo todo. Sé que, en cuanto me ponga en marcha, tendré que enfrentarme a lo que venga.

Me estoy limitando a sentir cosas a nivel físico: sed, la ampolla en la planta del pie derecho, la piel de la cara tersa y seca, el picor y el cansancio en los ojos.

Me asalta un pensamiento: mis niños están con Luciana. Tengo que ir a recogerlos. Pero ¿cómo voy a lidiar con ellos y actuar con normalidad? A lo mejor, puedo pedirle que les deje quedarse a dormir esta noche. ¿Le importaría? Si tuviese mi cartera, reservaría una habitación de hotel en lugar de volver a la villa. Pero no la tengo, así que supongo que tendré que regresar. Me quedaría en este banco toda la noche si no me diese miedo estar aquí sola o que viniese a levantarme la policía. No. He de irme. Dormiré en una de las habitaciones libres. No tengo por qué hablar con Niall. No hasta que esté lista para hacerlo. Ahora mismo, no creo que pueda soportar ni mirarlo a la cara.

Cada vez que pienso en lo que hizo, se me viene encima una nueva oleada de dolor y de enfado. Todos esos años desperdiciados en un hombre que no merecía mi amor. Fue un traidor desde el principio. ¿Es por eso por lo que nuestro matrimonio me ha resultado tan endeble durante este tiempo? ¿Por su engaño? Si me ha ocultado esto, ¿qué más me esconde? Conociendo a Niall, pensará que saldrá de esta con su labia. Pero es imposible que le perdone. De ninguna manera. Tiene que entender que ha cruzado una línea roja y que le toca pagar por lo que ha hecho.

En medio de tanta confusión, se me pasa por la cabeza que debería llamar urgentemente a Luciana para hablar sobre los chicos. Cojo el teléfono y toco la pantalla, pero se ha quedado en negro. Vuelvo a intentarlo. Nada. No sirve de nada pulsar el botón de encendido. Caigo en la cuenta de que me he quedado sin batería. Me pregunto qué hora será. Espero que no demasiado tarde. Me pongo los zapatos y me levanto. Tengo el cuerpo frío y rígido y el vestido arrugado. Tengo que volver. Pienso de pasada en los dos hombres que vi antes en Corso Reginna. Se me ha pasado el miedo de encontrarme con ellos. Resulta que ya no me importan ni lo más mínimo. Ahora mismo, no creo que haya nada que pueda asustarme o intimidarme. Estoy muy por encima de todo eso.

Echo a andar. Apenas hay tráfico a esta hora, solo algún coche o alguna moto con poca prisa. Las tiendas están cerradas, los restaurantes están cerrando. Van apagando las luces y empiezan a cerrarse sus puertas. Mis pisadas resuenan en los adoquines grises. Voy a volver a la villa, a beberme un buen trago de agua, poner a cargar el móvil y mandarle un mensaje a Luciana. Le preguntaré si no le importa que se queden a dormir los chicos. Y luego… ¿qué? ¿Me iré a la cama? Lo dudo. Algo me dice que es mejor posponer el enfrentamiento hasta mañana, hasta que me haya calmado un poco. Pero no prometo nada.

A medida que me acerco a nuestra calle, se me agarrota el estómago y se me cierra la garganta. No corre brisa. Un perro ladra en la distancia y pasa pitando un coche que lleva una canción animada a todo volumen. Camino hacia la villa tratando de espantar un torrente de pensamientos contradictorios y de preocupaciones. ¿Esto supone la ruptura definitiva entre Niall y yo? ¿Debería enfrentarme a él ahora o dejarlo estar? ¿Debería llamar a Amber y que me explique su parte de la historia? No. La decisión que he tomado de esperar hasta mañana es la mejor, aunque me hierve la sangre de las ganas de ponerme a chillarle. De ir a por él.

Cuando llego a casa, me sorprende encontrarla sumida en la oscuridad. Cruzo el camino de acceso y me acerco a la puerta delantera, pero las luces de seguridad no se encienden. Me quedo quieta, invadida por una sensación momentánea de pánico. Pero en mi cuerpo no hay cabida para el miedo ahora mismo, no cuando mi vida está en la cuerda floja, así que me lo sacudo.

La puerta principal está ya abierta. El vestíbulo que tengo ante mí está oscuro. Ni siquiera está iluminada la sofisticada escalera. Enciendo las luces, me quito los zapatos y me dirijo directamente a la cocina. Allí, cojo una botella de agua de la nevera y me sirvo un vaso. Lo trago de una sentada y me sirvo otro. Siento bajar el frío por la garganta hacia la barriga. Al terminar, me agarro a la encimera y cierro los ojos un instante para tranquilizarme. No puedo creer que aún no haya derramado ni una lágrima. Seguro que es por la conmoción.

La casa está en silencio. Abro los ojos y pongo la oreja a ver si oigo a Niall. Estaba convencida de que me esperaría levantado y de que intentaría convencerme. Puede que se haya quedado dormido. En mi interior, se despliega una nueva capa de rabia. ¡Ni siquiera se ha dignado a esperarme despierto! De todas formas, lo habría ignorado por completo; pero me pone furiosísima comprobar que me tiene en tan poca consideración. Que sea capaz de irse a la cama sin tratar de apaciguarme después de un descubrimiento así de horrible. Que pueda siquiera dormir.

Un ruido sordo amortiguado me demuestra que todavía está levantado. Se me ha pasado la idea de dejar para mañana el enfrentamiento. No voy a poder dormir con unas emociones tan violentas recorriéndome las venas. Aprieto los dientes y salgo de la cocina. Al subir descalza las escaleras, siento como si me hubiesen desconectado de mi cuerpo. La cabeza me va a mil por hora, incendiada y tan llena de pensamientos que se me desbordan. Necesito soltar lastre, decirle a mi marido justo lo que pienso sobre su traición y sus mentiras. Paso por el descansillo sin detenerme y respiro hondo antes de abrir la puerta del dormitorio y meterme dentro.

Está oscuro. Las puertas correderas del balcón están abiertas. No enciendo las luces porque no quiero atraer bichos. Sacudo la cabeza. ¿Por qué narices me preocupo? La costumbre, supongo. Raro. La habitación está vacía, nuestra cama está sin deshacer.

Paso por el vestidor al baño infundiéndome ánimos para enfrentarme a mi marido, para soltarlo todo. Pero ambos cuartos están a oscuras y vacíos. El balcón. Lo más probable es que esté ahí, rumiando en la oscuridad. Es su estilo.

Vuelvo al dormitorio y lo atravieso a zancadas, preparadísima para dejarle clarito lo que pienso. Llevo los puños cerrados, la adrenalina me recorre las venas. Salgo al balcón.

Está vacío.

Caigo en la cuenta de que todavía no hemos dado uso a estas dos tumbonas. El día que llegamos, recuerdo que pensé lo genial que sería tomarnos el café de la mañana aquí, mirando a la piscina. Juntos. Bueno, eso ya no va a pasar. Me río amargamente para mis adentros. ¿A qué viene que me torture con este tipo de pensamientos?

Me agarro a la barandilla y me quedo mirando un segundo a la oscuridad del jardín y escuchando el siseo de los aspersores en el césped, impotente. Un sonido proveniente del interior del dormitorio me hace sobresaltarme. Debe de ser mi marido. Estoy a punto de girarme y espetarle todo lo que pienso de él, pero, en el preciso instante en que formulo ese pensamiento, se me va la vista a algo que hay bajo el balcón. Una silueta oscura en el patio de abajo.

No es una silueta.

Sino un hombre tumbado boca arriba.

Suelto un pequeño alarido. No puedo creer lo que estoy viendo. Está ahí tirado, completamente inmóvil, y hay una mancha tremenda alrededor de su cabeza. Parece que está muerto...

Es mi marido. Es Niall.

Capítulo 36

Beth

Mientras desde el balcón observo hipnotizada a mi marido, que yace en la terraza a mis pies, se me revuelve el estómago de la impresión. Su rostro permanece inmóvil. Su cuerpo está retorcido en un ángulo nada natural.

–Niall –lo llamo en un susurro.

Se me entrecorta la respiración. Tengo que ir abajo, tengo que llamar a una ambulancia. Busco a tientas el teléfono en mi bolso y me viene a la cabeza que estoy sin batería. Entro a toda prisa en el dormitorio. Me arremango el vestido y bajo las escaleras volando, cruzo la cocina y voy hacia las puertas correderas. Están cerradas con llave y me tiemblan los dedos cuando la inserto. Tiro para abrirlas y me paro un momento al ver el cuerpo desencajado de mi marido en la terraza con un charco de sangre oscura alrededor de la cabeza.

–¡Niall! –grito una vez más.

¿Cabe la posibilidad de que todavía esté con vida? Doy un paso hacia él, aterrorizada al verlo tan rígido, con la mandíbula desencajada, las piernas dobladas de esa manera y toda la sangre que hay en el patio. Me agacho y le toco la mejilla sin atreverme demasiado. Aún está caliente, pero ya parece diferente. Tiene la piel pálida, como de cera. No puedo creerme que esta figura inmóvil sea mi marido. ¿Cómo es posible? No puedo evitar pensar en la calidez de la piel de Niall, en el sonido de su voz, en su envergadura. ¡Ni siquiera después de averiguar esta noche que me ha sido infiel y de haberle deseado la muerte querría que le pasase algo así! Empiezo a convulsionar.

¿Esto está sucediendo de verdad? Porque necesito llamar a una ambulancia… o a la policía. Tengo que ir dentro y enchufar el teléfono, pero es como si no pudiese moverme. No me parece adecuado dejarlo aquí afuera.

¿Se ha caído? Miro hacia la barandilla de cristal del balcón, que me da casi por el pecho. Es imposible que se cayese por accidente por encima de ella, ni estando borracho.

Ni por asomo ha sido cosa suya. Sé que hemos tenido una discusión fea, pero no concibo que haya podido hacer algo tan radical. No. No me imagino a Niall haciendo esto.

Así que la única alternativa es que…

Me quedo paralizada del terror al sentir tras de mí a un hombre que me llama en voz baja. Es alguien con acento italiano. Me flojean las piernas, el corazón se me acelera.

–Amber –dice–, aquí estás.

¿Quién es? Estoy tan aterrada que ni puedo abrir la boca. Me giro lentamente y retrocedo alejándome de mi marido y del intruso.

¿Este hombre me ha llamado «Amber»? ¿O son imaginaciones mías? ¿Se trata de uno de los hombres que buscaban a los Mason? ¿Tiene intención de hacerme algo malo? Si pudiese, pondría más distancia entre nosotros, pero tengo justo a mis espaldas el borde de la piscina. No hay escapatoria. Me aterra que venga a por mí. ¿Ha sido este hombre quien ha tirado a Niall por el balcón? Un sudor frío me perla la piel.

¿Y si es por mi culpa? Si hubiese vuelto a casa con Niall, quizás no habría sucedido esto.

O puede que yaciésemos los dos muertos en la terraza.

El hombre está de pie en la penumbra. No es más que una línea oscura con volumen, como una escultura tallada en hielo negro. Hasta que da un paso hacia la zona iluminada por la luz de la cocina. Suelto un chillido agudo. Ahora ya puedo intuir sus facciones: pelo oscuro y tremendamente guapo, con unos pantalones de traje negros y una camisa blanca con el pecho abierto. Le brillan los ojos de una manera extraña. En mi vida he visto a este hombre. Tampoco es uno de los matones que nos visitaron por la mañana. A lo mejor trabaja para ellos. Me tiembla el cuerpo entero. ¿Tiene pensado matarme a mí también? Mi cerebro trabaja a toda velocidad. ¿Acaba de llamarme «Amber» o me lo he imaginado?

–¿Quién eres? –pregunto débilmente–. ¿Has sido tú quien ha matado a mi marido?

Me mira confuso. Enfadado. Ignora mis preguntas y me plantea las suyas:

–¿Quién eres tú? ¿Qué estás haciendo aquí?

–Mi nombre es Beth. Estamos de vacaciones.

Me sale una voz chillona y temblorosa. Sueno patética. Como si estuviese destinada a ser la siguiente víctima.

Su colonia –un aroma cálido con una nota de almizcle– me llega arrastrada por la brisa. Me entra en la garganta y a punto estoy de vomitar. Trago saliva e intento respirar con normalidad, pero mi mente y mi cuerpo están hechos un lío.

–¡Hola! –llama una voz femenina desde más allá de la cocina, y oigo sus pasos en las baldosas–. ¿Beth? ¿Estás ahí?

Es Luciana. ¡Menos mal! Rezo para que no haya traído a los chicos con ella.

El hombre abre los ojos como platos y echa un vistazo a sus espaldas.

–¡Ve a buscar ayuda! –trato de gritarle a Luciana, pero me sale solo un grito ahogado.

Tengo la garganta cerrada. Doy unos cuantos pasos laterales por el borde de la piscina barajando la posibilidad de echarme a correr sin que el hombre me dé alcance.

Al moverme, él avanza en mi dirección. Lanzo un chillido y sigo de lado. Levanto con esfuerzo una de las jardineras que hay en la esquina de la piscina y se la tiro. Va a dar en las baldosas y se parte en mil pedazos quedándose algo corta, pero cumple con la función de detenerlo. Se da la vuelta y huye hacia el interior de la casa. Suelto el aire. El corazón se me va a salir del pecho, me flaquean las rodillas.

De repente, recupero el valor y la voz para ir tras él.

–¡Cuidado, Luciana! –grito– ¡Hay un intruso! ¡Va hacia ti!

–¡Mamá!

Oh, no, ¡es Connor! Se me revuelve el estómago al oír su voz. Por favor, Dios, no permitas que este hombre haga daño a los niños. No dejes que ellos vean a su padre tirado en la terraza.

—¡Connor! ¡Liam! ¡Marchaos! ¡Corred y escondeos! —chillo, y a punto estoy de caer despatarrada en las baldosas con las prisas por llegar hasta ellos.

Cruzo la cocina corriendo y veo al hombre abriéndose paso por delante de Luciana y de los chicos, a los que ella trata de proteger con su cuerpo.

La puerta delantera está abierta de par en par, y me fijo en que hay otra silueta allí plantada. Otro hombre. ¿Será su cómplice?

—¡Detrás de ti! —me dirijo a ella señalando al segundo hombre.

—¡Matteo! —llama Luciana.

Grita algo en italiano, y siento una sacudida de alivio al entender que la otra persona es el hermano de Luciana.

Cuando llego al pie de las escaleras y abrazo a los niños contra el pecho, veo que Matteo placa al intruso contra el suelo con un golpe seco y un chasquido.

Luciana sigue gritándoles. Ahora que ya he tomado el relevo al cuidado de los niños, se echa a correr hacia la puerta principal, donde Matteo y el intruso están forcejeando en el suelo. Parece que Matteo trata de reducirlo, pero van dando tumbos, lanzándose patadas y puñetazos. Da la impresión de que a Luciana le gustaría ayudar a su hermano, pero forman una maraña de brazos y piernas rodando por el piso.

—¡Ten cuidado, Luciana! —grito— ¡Llama a la policía!

—¡Yo me encargo! —responde.

Ojalá hubiese puesto a cargar el teléfono en cuanto llegué a casa.

—¿Estáis bien, chicos? —jadeo.

Connor asiente. Intento que le den la espalda a la escena que está teniendo lugar. Liam ha hundido la cara en mi pecho, pero Connor trata una y otra vez de echar un vistazo en dirección a la puerta, ojiplático de la sorpresa.

—¿Es el ladrón de ayer? —pregunta.

Liam se ha echado a llorar.

—Mami, quiero irme a casa.

Un aullido de dolor, no sé si de Matteo o del ladrón, nos hace sobresaltar. Luciana está hablando por teléfono y gesticula mucho. Le corren las lágrimas por la cara.

El intruso se está escabullendo de Matteo, que lo tenía prisionero bajo su cuerpo. Se pone de pie. Escondo a los niños a mis espaldas por si acaso vuelve a entrar en la casa. No me atrevo a mandarles que vayan a esconderse por si ven sin querer a su padre afuera. Al pensar en Niall tirado allí, se me doblan las rodillas y tengo que hacer un esfuerzo para no caerme al suelo.

Espero que Luciana haya conseguido contactar con la policía. Por favor, que vengan rápido. A Matteo se le escapa un alarido de dolor y llama a Luciana. Ella se acerca a él y se arrodilla a su lado. Él habla en voz baja y muy rápido. Ella suelta un grito y vuelve a coger el teléfono.

Me debato entre tener a los niños bien pegados a mí e ir a comprobar que el intruso se ha ido de verdad. Me giro hacia Connor.

—Sentaos aquí al pie de las escaleras. No os mováis. Voy junto a Luciana, ¿vale?

Afortunadamente, no protesta. Agarra de la mano a Liam y se sienta. En cuanto veo que están acomodados, me apresuro a acercarme hasta la puerta delantera. Matteo se está incorporando, pálido y respirando con dificultad. Tengo que contarle a Luciana lo de Niall y pedirle que llame a una ambulancia, pero no quiero que los chicos me escuchen.

—¡Ese hombre tenía un cuchillo! —vocea Luciana agarrándome del brazo—. ¡Ha apuñalado a mi hermano!

Vuelvo a mirar hacia Matteo y me quedo paralizada al ver un cuchillito clavado en su hombro. La sangre carmesí le salpica su chaquetilla de chef. No es mucha, pero sí bastante para darme cuenta de que necesita asistencia médica urgentemente.

Luciana está hablando con la policía y haciendo gestos en dirección a su hermano.

—¿Se encuentra bien? —voceo.

—Estoy bien —responde él jadeando.

Pero la verdad es que no lo parece.

Luciana me mira con ojos de pánico.

—¿Tú también estás herida? —pregunta.

Sacudo la cabeza.

—No, yo no —pienso en Niall, y me entra un mareo.

Todo esto parece sacado de una película de terror.

–¿Tu marido? –grita Luciana–. ¿Dónde está? ¿Arriba?

–¡Shh!

Me llevo un dedo a los labios y echo un vistazo desde la puerta para asegurarme de que los niños no pueden oírme. Están acurrucados uno junto al otro con la cabeza gacha, hablando.

–¿Niall está herido? –pregunta bajando la voz.

Sacudo la cabeza y aprieto los labios. No soy capaz de pronunciar esas palabras en voz alta.

–¿Cómo? –Frunce el ceño.

–Niall… está… –Sacudo otra vez la cabeza.

–¿Qué?

Se le salen los ojos de las cuencas cuando cae en la cuenta de lo que estoy intentando decirle.

Asiento.

–Está… fuera, en la terraza.

Me coge la mano y me la aprieta.

–La policía y la ambulancia vienen de camino ya.

Se me cierra la garganta.

–Es demasiado tarde para una ambulancia. Debería encargarme de él, pero tengo que cuidar de mis chicos y no quiero que lo vean… –Se me quiebra la voz.

Sé que Niall ya no está, pero mi mente se niega a aceptarlo.

–Pues claro que tienes que estar con tus chicos –responde Luciana–. Tú quédate aquí. Por favor, no pierdas de vista a Matteo. Yo me encargo de tu marido.

–¿Estás segura?

Asiente y se dirige en italiano a su hermano antes de perderse en la cocina y salir a la terraza. Espero abrazada a los chicos. Matteo está sentado en el suelo del vestíbulo, apoyado en la pared.

–¿Cómo se encuentra? –pregunto absurdamente.

–Saldré de esta –responde, pero se ha puesto pálido y es evidente que tiene dolor–. He tratado de detener al hombre, pero tenía un cuchillo y no he… –Sacude la cabeza y hace un gesto de dolor.

–Me parece increíble que lo haya placado –respondo–. Gracias por intentarlo. Siento que lo haya herido, de verdad que lo siento.

Matteo cierra los ojos. Espero que no tarde mucho en llegar la ambulancia.

Luciana vuelve con un vaso de agua, que aproxima a los labios de su hermano. Mira hacia mí y sacude la cabeza de manera casi imperceptible con los ojos llenos de tristeza.

Trago saliva y trato de asumir la confirmación que acaba de darme. Niall está muerto. Es surrealista.

–¿Dónde está papá? –pregunta Connor.

Se me paraliza el corazón.

–Vuestro padre no está ahora mismo –responde Luciana.

Reprimo un sollozo. No puedo llorar. Todavía no. Debo ser fuerte. Por mis hijos. Por la noticia que tendré que darles. ¿Cómo voy a contarles que su padre está muerto?

Capítulo 37

Beth

La policía y las ambulancias llegan por fin y todo se vuelve una mancha difusa de gente, luces y conversaciones por la emisora. Primero hablan con Matteo y Luciana; no entiendo nada de lo que dicen. Están esperando a que venga un agente que habla inglés fluido para que me interrogue. Después de un ratito, Luciana se acerca a donde estoy sentada con los niños, junto a la pared de la entrada.

—¿Cómo te encuentras? —pregunta, y me pone la mano en el hombro.

Me encojo de hombros y sacudo la cabeza, incapaz de hablar.

—Dicen los agentes que, si te parece bien, Connor y Liam pueden volver conmigo y quedarse a dormir en mi casa mientras tú lidias con la policía aquí.

Me recorre un escalofrío de la cabeza a los pies. Lo primero que pienso es que quiero que los chicos se queden conmigo, pero sé que lo mejor para ellos es que no estén delante cuando me interroguen. Le hago una señal afirmativa a mi amiga tratando de transmitir adecuadamente lo agradecida que me siento, y es lo máximo que puedo lograr en mi intento de formar una frase.

—Genial. Gracias.

Con un gesto, le pido que me siga adonde los chicos no puedan escucharnos.

—Mmm… —Trago saliva. Tengo la boca seca y la mente atontada. Con todo, tengo que asegurarme de que mis chicos estén bien—. Connor y Liam aún no saben lo de Niall. No se lo digas.

—Claro, claro. No les diré nada. Le conté a la policía lo de tu marido. Están esperando a que llegue el equipo de especialistas. El que hace las comprobaciones en el lugar del crimen.

—La brigada de investigación criminal.

—Debe de ser eso –asiente.

Respiro profundamente.

—Siento lo de Matteo. ¿Están bien Marco y Gianni? ¿Has tenido que dejarlos solos en casa?

—Mi vecina está con ellos. No les pasará nada. Tampoco a Matteo. El de la ambulancia dice que no es demasiado grave, pero van a llevárselo al hospital para que lo miren.

—Es un alivio que no sea nada grave –respondo mientras me abrazo el cuerpo–. Os estoy tan agradecida por aparecer justo en ese momento…

—Bueno, te llamé antes para ver si querías que los chicos se quedasen a dormir con Marco y Gianni, pero no paraba de saltarme el contestador. Te mandé mensajes, pero tampoco me contestabas.

—Lo siento, me quedé sin batería.

No le cuento nada sobre la confesión de Niall en relación con Amber o la discusión que vino después. Ya tengo demasiadas cosas para procesar como para ponerme a verbalizarlas.

—Vale. –Luciana me da unas palmaditas en la mano–. Bueno, me preocupé y pensé que quizás pasase algo malo. Así que decidí traer a los niños y ver si iba todo bien. Matteo dijo que me acompañaba porque no le gusta que andemos solos por la noche. Y, entonces, llegamos aquí y…

Levanta las manos y hace el sonido de una bomba al explotar.

—Pensé que el hombre iba a matarme. –Me abrazo más fuerte y me muerdo el labio para no echarme a llorar–. Creo que… creo que, si no hubieseis aparecido cuando lo hicisteis, a estas alturas ya estaría muerta.

Luciana sacude la cabeza y dice algo más para sí en italiano. Me coge la mano y me da un apretón, pero apenas noto su contacto por culpa del cosquilleo que siento en los dedos.

—Siento mucho lo de… –duda un instante– lo de Niall. Debes de estar conmocionada. Tú no te quedas aquí esta noche. Después de hablar con la policía, vienes y te quedas conmigo, ¿vale? Que te acerque uno de los agentes al restaurante.

—Gracias. –Mi voz suena lejana por encima del pitido que tengo en los oídos–. No creo que quiera volver a poner un pie en este sitio nunca más.

–No, y es normal. Lo que ha pasado es horrible. Lo siento tanto por ti. Fue un intento de robo, ¿no?

Me encojo de hombros.

–No lo sé. El hombre… –Trago saliva–. Quien apuñaló a Matteo creyó que yo era Amber. Debía de conocerla.

A Luciana se le ponen los ojos como platos al oír tal cosa. Y eso que no sabe ni la mitad, pero aún no me siento con fuerzas para contárselo. Todavía no estoy muy segura de hasta dónde debería contarle a la policía. ¿Tiene algo que ver mi discusión con Niall con lo que ha sucedido? La verdad es que no mucho. Aparte de ser la razón por la cual Niall volvió solo a casa. Niall. Me cuesta creer que no volveré a verlo.

–Bueno, ¿me llevo entonces ya a los chicos conmigo? –pregunta Luciana.

–Gracias –respondo aterrada ante la idea de que me dejen aquí, pero consciente de que Connor y Liam tienen que irse lo antes posible por si acaban oliéndose lo que ha sucedido.

Justo cuando otro coche enfila el camino de acceso, Luciana me hace un gesto decidido con la cabeza.

–Me los llevo, entonces.

–Gracias. Iré a tu casa en cuanto pueda.

–Deberías poner el teléfono a cargar –sugiere–. Por si lo necesitas.

–Lo haré.

Pero pensar en entrar en la casa hace que me eche a temblar de nuevo.

Luciana se acerca a mis hijos. Me gustaría tenerlos a mi lado, pero sé que lo mejor para ellos es esto. Necesitan estar tranquilos y tratar de dormir algo. Mañana ya habrá tiempo más que suficiente para partirles el corazón.

Le doy un beso y un abrazo a cada uno. Tienen la mirada perdida del cansancio extremo y de la conmoción. Cada célula de mi cuerpo pugna por irse con ellos, pero he de quedarme a hablar con la policía. Tengo que averiguar qué ha pasado aquí.

–Os marcháis con Luciana otra vez, ¿vale? –les explico.

–¿Y papá cuándo viene? –pregunta Connor.

–Yo quiero quedarme contigo.

Liam se me tira encima y hunde la cabeza en mi barriga.

–¿Por qué hay tantos policías? –pregunta Connor.

Sus preguntas me están asustando. ¿Debería contarles la verdad? Me basta una ojeada a la cara manchada de lágrimas de Liam para saber que sería demasiado para ellos en este momento. Ya se la contaré a ambos mañana.

–Chicos –intento imprimirle a mi voz algo de luz–, hemos tenido una noche agotadora, así que necesito que vayáis con Luciana y le hagáis compañía, ¿vale? ¿Me hacéis ese favor?

Me miran ansiosos. Connor abre la boca para decir algo, pero Luciana lo corta con una palmada y les dice que tienen que marcharse porque Gianni y Marco se estarán preguntando dónde se han metido. La miro agradecida mientras los guía hacia la salida.

Cuando Luciana se va con los chicos, se bajan del coche que hay en la calle y suben por el camino tres hombres vestidos de calle y con vaqueros. Uno de ellos habla un momento con mi amiga. Ella señala en mi dirección y él la deja irse.

Uno de los hombres –más o menos joven y con una buena melena– me hace una seña, pero sigue caminando hacia el resto de agentes. Los otros dos vienen hacia mí. Ambos tienen el pelo y los ojos oscuros.

–¿Señora Kildare? –dice uno de ellos.

Lleva unos vaqueros azul marino y una camisa azul cielo con las mangas remangadas. Si tuviese que apostar, diría que anda por los cuarenta y pocos. Su compañero parece unos diez años más joven.

–Sí, soy Beth Kildare –respondo. Me tiembla la voz.

–Mi nombre es Stefano Motta –dice en un inglés casi perfecto– y este es Aldo Di Napoli. Somos agentes de investigación. Tengo entendido que ha entrado un intruso en su casa esta noche. Siento mucho lo que me cuentan de su marido.

–Gracias.

Apenas puedo articular las palabras. Todo esto parece tan surrealista…

–Podemos hablar aquí o puede venir usted a la comisaría.

–Aquí, por favor. Pero no en la casa.

–Está bien. ¿Le importa esperar un minuto? Tenemos que hablar con los compañeros que están dentro. En nada volvemos.

–Vale.

Soy consciente de que esa demora es para mí un alivio.

Se dirigen los dos al interior de la villa. Me siento rara aquí, de pie en medio del camino, sola, así que me acerco a la pared y me siento contra ella. La imagen de mi marido tirado en la terraza me asalta constantemente. No creo que consiga dejar de pensar en eso. ¿Cómo se puede borrar algo así? Estoy tiritando otra vez. Se me agita el cuerpo entero como si estuviese poseída.

Una agente uniformada se me acerca. Trae una manta de lana gris, que me pasa por los hombros con una sonrisa amable. Asiento a modo de agradecimiento, pero no soy capaz de mover la boca para devolverle la sonrisa. Se va andando hacia la casa. Me quedo esperando a que vuelvan los dos investigadores y me pregunto cuánto tiempo tardarán, cuánto les llevará interrogarme. Ojalá pudiese hacerme un ovillo y no tuviese que pensar o hablar sobre esto. Aprieto más la manta contra la piel.

Después de un rato, la agente vuelve con una taza blanca de café, que me coloca en la mano. El calor de la taza me ayuda a controlar los escalofríos. Le doy sorbos al líquido sin que me importe que me queme la lengua y el paladar. Está amargo y dulce a la vez. Normalmente, no tomo azúcar. La agente ha desaparecido, y caigo en la cuenta de que no le he dado nunca las gracias. No he dado muestra de agradecer su amabilidad.

Debo de haber desconectado, porque, cuando levanto la cabeza, los investigadores están de vuelta. Están de pie ante mí, y se me hace raro estar sentada con ellos mirándome desde arriba, pero ahora mismo no creo que sea capaz de levantarme.

–¿Cómo se encuentra, señora Kildare? –pregunta el mayor, Stefano. Creo que me dijo que se llamaba así. Sacudo la cabeza.

–Llámeme Beth.

–Vale, Beth. Vamos a grabar este interrogatorio. Mi compañero, Aldo, va a utilizar su móvil, ¿de acuerdo?

Asiento. Aldo enuncia nuestros nombres, la hora y el lugar. También habla inglés, pero tiene un acento más fuerte. Stefano cruza los brazos.

—Ya sabemos que ayer sufrieron un allanamiento de morada. ¿Puede confirmarnos que esta no es su residencia y que es una ciudadana del Reino Unido que se encuentra de vacaciones?

—Sí —respondo—. Hicimos un intercambio de casas con los Mason, que son los que viven aquí.

—Por lo tanto, ellos están de vacaciones en su casa del Reino Unido. ¿Es correcto?

—Sí.

—¿Podría decirnos qué ha sucedido esta noche? —pregunta.

Le doy un último sorbo al café antes de posar la taza a mi lado. Empiezo titubeante y establezco el principio de mi relato en el momento en que volví a la casa. Los dos investigadores me interrumpen de cuando en cuando para pedirme que describa con más detalle. Hago lo que puedo para intentar recordar todo lo que sucedió. Termino mi declaración con la entrada de los agentes en la casa.

—¿Creen que darán con él? —pregunto—. Con el hombre que… Con el intruso.

—Tenemos agentes centrados en su búsqueda —Stefano responde con gesto serio—. Gracias a sus amigos, tenemos una descripción detallada. Mis compañeros tienen perros de rastreo siguiéndolo, y estamos yendo puerta a puerta peinando el barrio para ver si alguien ha visto algo sospechoso.

Trago saliva y me miro los pies, descalzos, pero siento los ojos de Stefano fijos en mí.

—¿Está totalmente segura de que oyó al hombre decir «Amber»? —pregunta—. ¿Es posible que se haya confundido?

Pestañeo a toda velocidad intentado hacer memoria.

—Sucedió todo tan rápido…

—En una escala del uno al diez, ¿cuánta seguridad tiene en que le oyó decir ese nombre?

—Mmm… ¿Un seis, quizás? Parecía enfadado de verme, como si estuviese esperando a alguien distinto.

—¿O puede que estuviese enfadado porque usted y su marido lo interrumpieron cuando trataba de cometer un atraco en la casa?

—Eso no lo sé. –Levanto la mirada hacia los dos hombres–. ¿De verdad creen que fue un atraco que salió mal?

—Es lo que parece, pero no descartamos nada por ahora. –A Stefano se le suaviza la mirada–. ¿Tiene dónde quedarse esta noche? ¿Con algún amigo, quizás? Creo que los agentes de la brigada criminal van a estar un rato más por aquí.

—Me quedo con mi amiga Luciana, gracias.

Asiente.

—Aún no se lo he comunicado a los Mason. No sé si podré llamarles esta noche. Se me hace demasiado.

Se me quiebra la voz.

—Claro. –Stefano ladea la cabeza–. Ya les llamaremos nosotros. Les informaremos de lo ocurrido.

Me piden los datos de contacto, y Aldo me ofrece acercarme hasta la casa de Luciana. Está a la vuelta de la esquina, pero acepto su propuesta y lo sigo hasta el coche.

Cuando arranca y deja atrás la villa, pienso en mi pobre marido, que aún sigue fuera, en la terraza, rodeado de agentes de policía. De extraños. Eso le habría dado mucha rabia.

Puede que Niall y yo nos hubiésemos peleado y que estuviésemos a punto de romper, pero noto tanto su ausencia como si me faltase un pulmón. Ha formado parte de mi vida durante quince años. Es el padre de mis hijos, el hombre al que quería. No puedo creer que esto me esté sucediendo. Éramos una pareja normal, una familia corriente. ¿O no? Estas cosas no pasan. Al menos, no a nosotros.

Dejo a un lado la idea de que es posible que tenga otro hijo y que este se encuentre ahora mismo en nuestra casa. Me asalta entonces un pensamiento en el que no había caído. Puede que la razón por la que Niall se empeñaba tanto en no querer dormir con el retrato de la familia Mason a los pies de la cama fuese que lo enfrentaba a la imagen de ese hijo no reconocido.

Intento dejar todo eso a un lado. Ya desentrañaré la maraña de secretos que me ha dejado la muerte de mi marido. Me repantigo en el asiento del copiloto y cierro los ojos. Huele a humo de cigarrillo y a ambientador.

–¿Se encuentra bien? –pregunta Aldo al llegar al final de la carretera.

Para el coche y se gira para mirarme.

Sacudo la cabeza y le dedico una media sonrisa.

–No.

–Intente dormir algo esta noche –dice, y da la vuelta en la carretera, vacía–. Coma y duerma.

Qué fácil parece.

Pero sé que nada volverá a ser fácil. No después de esta noche.

Capítulo 38

Amber

–¿Ya están en la cama? –pregunto levantando la vista desde mi esquina del sofá.

Después de la película, los niños no paraban de bostezar, así que decidimos que era hora de que fuesen a acostarse. Frank protestó, pero me mostré inflexible.

–Flora se quedó dormida en cuanto apoyó la cabeza en la almohada –dice Renzo riéndose con cariño–. Y Franco no tardará mucho en seguir su ejemplo. Hoy están los dos cansados.

Se sienta a mi lado y me acerca a él para besarme. Le doy un beso rápido. A regañadientes, me separo de él.

Aparta la cabeza hacia atrás y me mira.

–¿Qué sucede?

Normalmente, se me da bien disimular mis preocupaciones ante él, pero no le ha pasado desapercibido mi estado nervioso. Tardo un poco en contestarle.

–¿Amber? –Ladea la cabeza.

–Ha pasado algo –digo–. En casa.

Renzo palidece. Se incorpora en su sitio y se desplaza ligeramente para poder verme bien.

–¿Qué ha sido?

–Acabo de recibir una llamada de un agente, Stefano Motta.

–¿Es por el allanamiento de ayer?

–Más o menos.

Me retuerzo los dedos sobre el regazo, respiro profundamente. No sé qué me pasa. Normalmente, no soy tan emocional. Tengo que contenerme.

–Amber, cuéntame. –Entrecierra los ojos–. ¿Es algo relacionado con el allanamiento?

Me obligo a espabilarme.

–Sí, lo siento. Ha habido otro.

–¿Cómo? ¿Otro allanamiento?

Lanza un juramento para sí y se pone de pie, frotándose la coronilla.

–Y hay algo peor –digo.

Renzo deja la mano en el aire.

–¿Peor? ¿En qué sentido?

–Parece ser que Niall Kildare cogió al tipo con las manos en la masa y… –Mi voz va apagándose.

–¿Y?

–El investigador, Motta, dijo que daba la impresión de que el intruso había tirado a Niall por el balcón del dormitorio.

–¡No! –Renzo se queda con la boca abierta.

–Fue a parar a la terraza y…

Me encojo de hombros y hago un gesto de dolor.

–¿Y qué? ¿Está herido?

Sacudo la cabeza.

–¿Qué? ¿Está muerto?

–Por lo que se ve, sí.

Renzo se pone a pasear por el salón.

–No puedo creerlo, no puedo creerlo.

Me deslizo del sofá y apoyo una mano en su brazo.

–Esto no está bien –murmura–. Esto no está nada bien.

–Lo sé, pero nosotros no podríamos haber hecho nada –digo tratando de calmarlo.

–¿Han cogido al menos al responsable? –pregunta, y se queda quieto mientras espera a que le responda.

–No –sacudo la cabeza–. Consiguió escapar.

Al escuchar eso, Renzo se derrumba.

–Por lo que parece, Luciana y su hermano estaban en la casa.

–¿Quién? –Frunce el ceño.

–Ya sabes, los del restaurante Terrazza Luciana –puntualizo.

–¿Y qué estaban haciendo ellos allí?

–Es una larga historia, pero el intruso apuñaló al hermano de Luciana en el hombro antes de escabullirse.

–¡No!

–Está bien. Mejor dicho: se recuperará.

–Bueno, es una buena noticia. Supongo. Pero todo esto es una pesadilla.

Renzo se pasa los dedos por el pelo.

–Lo sé. Es terrible, pero nosotros no tenemos la culpa. Si te paras a pensarlo, hemos tenido mucha suerte. ¿Te imaginas que hubiésemos estado en casa en ese momento? Podría haberle pasado lo mismo a cualquiera de nosotros. Solo puedo dar las gracias por que no haya sido a ti.

Intento abrazar a mi marido, pero se pone rígido.

Se libera de mí con una mirada angustiada.

–¡Es que no lo entiendes! –grita.

Le resbala por la cara una lágrima y se echa a temblar. Miro fijamente a mi marido. La noticia que le he dado es impactante y terrible, pero no justifica una reacción de este tipo. Mi marido es dado a mostrar sus sentimientos en cuestiones que tocan a la familia, pero es que esta gente no es ni conocida nuestra.

–¿Qué pasa, Renzo? Sé que esto que ha sucedido es estremecedor y horrible, pero estamos a salvo. Estamos bien. Podría haber sido mucho peor si estuviésemos en casa. Ni siquiera merece la pena pensar en ello.

Suelta un resoplido.

–Ay, Amber, lo siento. Hay algo que no te he contado. –Traga saliva–. Algo malo.

El corazón se me acelera. ¿Renzo ha estado ocultándome algo? No le pega. Soy yo la que tiene secretos, no él. Mi marido es un libro abierto, siempre lo ha sido. Por eso lo quiero tanto. Necesito su franqueza, su honestidad. Sin eso, nuestra familia iría a la deriva.

Va hasta la ventana y descorre las cortinas. Mira hacia la oscuridad exterior, a la calle tranquila, con los neblinosos círculos de luz que proyectan las farolas.

–¿A qué te refieres, Renzo?

Avanzo hacia él sin acercarme demasiado. Tiene pinta de necesitar un poco de espacio para él.

Se lleva las manos a la nuca.

—Los allanamientos, la muerte de Niall Kildare... no son casualidad.

Sigue dándome la espalda mientras mira por la ventana, así que no puedo adivinar su expresión.

—¿En qué te basas para decir que no son casualidad?

Trago saliva y noto un escalofrío del miedo.

—Tenemos problemas, Amber.

Se me encoge el estómago. ¿De qué habla?

—Problemas económicos —aclara, y baja los brazos.

¿Qué? No tiene sentido. Siempre hemos gozado de una situación más que acomodada. Entre sus joyerías de lujo y mis clientes de relaciones públicas, nos ha ido lo suficientemente bien como para no pasar nunca apuros económicos.

Mientras trato de procesar lo que me dice, él va girándose lentamente hasta ponerse frente a mí. Por un segundo, nuestras miradas se cruzan; luego, la fija en un punto del suelo.

—¿Recuerdas hace un par de años, cuando el negocio no iba demasiado bien?

—Vagamente —respondo—. Pensaba que lo habías encauzado.

Suelta una risotada amarga.

—Y lo hice, pero acabé empeorando las cosas. —Mira a su alrededor—. Necesito una copa.

—Abriré otra botella —digo.

Salgo del salón y voy a la cocina. En la encimera, hay una botella de vino tinto. La abro, cojo dos vasos limpios y se los llevo a mi marido, que se ha apoyado en el borde del sofá con la cabeza entre las manos. Nos sirvo un vaso a cada uno y le paso el suyo. No puedo creer que me haya ocultado esto. He estado tan inmersa en mis propias historias que no le he prestado atención a Renzo. Debería haberme dado cuenta de que algo le sucedía. ¿Cómo ha podido pasarme desapercibido algo así?

Levanta la vista, asiente en señal de agradecimiento y le da un buen trago.

—Amber, no quería verme obligado a contarte nada de esto.

—Creía que podías contarme cualquier cosa —respondo acercando una de las butacas.

Me siento frente a él y espero a que continúe.

–Pedí un préstamo para salir del paso. Dio resultado. Lo estaba pagando en plazo y forma. El negocio se recuperó y, por fin, generaba lo suficiente para saldar la deuda. –Se aclara la garganta–. Lo malo es que la gente a la que le pedí el préstamo…

–Espera un momento –interrumpo–. ¿No se lo pediste a un banco?

–No. A un amigo de un amigo. Me ofrecía un tipo de interés más bajo y parecía más sencillo.

–¿Qué amigo?

Esto está empezando a olerme muy mal.

–No es que sea un amigo. Sabes quién es Tony, ¿no? Su padre tiene una tienda de cerámica a la vuelta de la esquina junto a la joyería.

Sacudo la cabeza.

–Sé qué tienda dices, pero no conozco a Tony.

Aprieto los dientes. Ya le he cogido manía al tal Tony.

–Bueno, pues nos pusimos a hablar una noche y él me dejó caer que conocía a una gente a la que se le daban bien esas cosas. –Renzo le da otro buen tiento al vino–. Lástima que no fuesen tan buena gente. –Se masajea la frente con los dedos y baja la voz como si temiese que alguien lo escuchase–. No aceptaron mi último pago. Me dijeron que el trato había cambiado y que ahora querían que les blanquease dinero a través de mi negocio.

Se me ponen los pelos de punta al oír eso.

–Estás de broma, ¿verdad?

–Ya me gustaría, Amber.

Me quedo sin palabras, con la boca abierta.

Él prosigue.

–Cuando me hablaste del intercambio de casas que tenías en mente, pensé que era una buena oportunidad para poner tierra de por medio. Para pensar por dónde tirar. Ya les he dicho que no pienso hacerlo, pero no parecían muy satisfechos. Supongo que estaban convencidos de que no podría hacer frente al préstamo y eso les permitiría obligarme a blanquearles el dinero. Pero, al presentarme con el último pago, les arruiné el plan. Y ahora quieren que lo haga sí o sí. No aceptan el último pago. Todavía no tengo claro qué voy a hacer.

—¿Así que piensas que el hecho de que nos hayan entrado en casa tiene algo que ver con eso?

—Tiene toda la pinta, ¿no? Sabía que podían intentar intimidarme, pero ¿un asesinato? ¿Y si han matado a ese Niall creyendo que era yo?

—No. —Sacudo la cabeza con fuerza—. No me lo parece. No has hecho nada malo. Les has pagado. Bueno, casi todo; y les has ofrecido lo que falta. No van a matar a alguien por que les hayas devuelto el dinero. El policía dijo que pensaba que se trataba de un simple robo frustrado. No te preocupes, Renzo. No va a pasar nada.

Estoy conmocionada por su confesión, pero por lo menos me lo ha contado. Podemos solucionarlo entre los dos.

A Renzo se le empañan los ojos de lágrimas. Se tapa la cara.

—He metido la pata, Amber. Lo siento muchísimo. ¿Podrás perdonarme?

—No hay nada que perdonar.

—Debería habértelo contado. Sé que debería haberlo hecho.

Me acerco al sofá y lo estrecho en mis brazos. Le limpio las lágrimas con un beso.

—Han sido ellos. —Solloza—. Sé que han sido ellos los que han matado a Niall. En caso contrario, sería mucha coincidencia. Si te digo la verdad, se me revuelve el cuerpo…

Intento calmar a mi marido con palabras de aliento y caricias, besándole las mejillas saladas y abrazándolo contra mí mientras él va liberando sus miedos.

—No va a pasar nada, Renzo. Estás a salvo, te lo prometo.

—No, Amber. —Se aparta de mí con brusquedad—. Esto no es algo pasajero; ya ha muerto un inocente. Por mi culpa. Por tomar una decisión estúpida.

—Escúchame. —Le cojo la cabeza en mis manos y lo obligo a mirarme a la cara—. No es tu culpa, ¿vale?

Renzo me retira las manos y da con la cabeza.

—Sí es mi culpa. —Se limpia las lágrimas con el reverso de la mano—. Pero voy a solucionarlo.

No me gusta cómo suena eso.

–¿A qué te refieres?

Respira hondo y se saca el teléfono del bolsillo.

–Voy a llamar a la policía y a contarles lo que ha pasado.

Levanta la vista hacia mí, y en su mirada veo que está decidido a hacerlo.

Pienso a toda velocidad.

–No, Renzo, es una malísima idea. Si le hablas a la policía de esa gente, podrías ponernos en peligro realmente. A ti mismo, a mí, a los niños…

–¡Pero si ya estamos en peligro! –lamenta–. ¡Han matado a alguien creyendo que era yo! Si se lo cuento a la policía, al menos podrían ofrecernos algún tipo de ayuda. Es mejor que intentar solucionarlo por nuestra cuenta.

–Renzo, no puedes llamar a la policía.

Intento cogerle el teléfono de la mano, pero me sacude de encima.

–Lo siento, Amber, pero…

Lo interrumpo.

–No puedes llamar a la policía porque hay algo que tampoco te he contado.

Se le ensombrece el rostro con un gesto de desconcierto. Da un paso atrás y me mira con curiosidad.

Me muerdo el labio y retuerzo los dedos mientras le doy vueltas a la manera de contarle la verdad a mi marido.

No puedo permitir que llame a la policía.

Es que no ha sido esa gente la que ha matado a Niall.

Yo sé muy bien quién lo ha matado.

Capítulo 39

Beth

Está oscuro. El sofá, de color beis, es mullido y está hundido en el centro. La habitación está saturada de un vago aroma a comida pasada y a desodorantes y perfumes ajenos. Estoy acostada en el salón del piso de Luciana, encima del restaurante, en el que vive con sus niños. Han dividido en dos la planta, y en una parte vive su hermano y en la otra ella con sus hijos. Es pequeño pero acogedor y aún conserva los muebles de sus padres y sus adornos a modo de decoración.

Cuando llegué hace un rato, fui a echarles un vistazo a Connor y a Liam, que comparten cama en la habitación de Gianni y Marco. Los cuatro estaban dormidos como lirones. Me daban ganas de entrar y darles un abrazo fuerte, pero les dejé dormir. Ya habrá tiempo mañana para abrazos.

Hace ya unas horas que Luciana se fue a la cama. Nos quedamos hablando un poco después de que Aldo me trajese, pero era evidente que ella también estaba muerta de cansancio, así que le dije que se fuese a dormir, que ya hablaríamos por la mañana. Matteo pasará la noche en el hospital. Se recuperará, pero han querido tenerlo en observación por si acaso.

No creo que sea capaz de dormir nada esta noche. No consigo sacarme de la cabeza la imagen del cuerpo de Niall. Su cara. La sangre. Estoy viviendo una pesadilla. Y no quiero ni acordarme de las fotografías que me enviaron. Creo que lo peor de todo es que nunca sabré si Niall y yo habríamos sido capaces de sobreponernos a sus mentiras. Se fue antes de que pudiésemos tener la oportunidad de hablar con calma sobre lo sucedido. Antes de que le pusiésemos de alguna forma el punto final a lo nuestro.

Ahora mismo, lo que deseo por encima de todo es volver a

Dorset. Quiero que Amber y su familia se vayan de nuestra casa de campo. La policía italiana ha dicho que tengo que permanecer en este país hasta que termine la investigación del caso. Y sabe Dios cuánto les llevará. Parecen muy seguros de que fue un robo frustrado, pero yo no lo estoy tanto. Intento repasar la secuencia de acontecimientos y, sobre todo, las palabras del intruso. ¿Pronunció el nombre de Amber? Siento un escalofrío que me baja serpenteando por la espalda. ¿Y si ella tuviese alguna relación con lo ocurrido esta noche?

Me incorporo. Llevo puestos unos pantalones de pijama de algodón de Luciana. Huelen a un detergente que no conozco. Necesito recuperar mi ropa. Me quito el pijama a toda prisa y me pongo otra vez el vestido. Está hecho un trapo arrugado, pero no me importa. Dejé los zapatos en la villa, así que voy hasta el recibidor muy despacio y echo un vistazo. Hay una puerta entreabierta. Tiro de ella y –vaya suerte la mía– me encuentro un armario para los abrigos con un zapatero en la parte baja –ocupado casi en su totalidad por tenis infantiles–. Saco unos que parecen de mi número y me los pongo. Me van un poco estrechos, pero es mejor eso que ir descalza.

Sobre la mesita de la entrada, hay un taco amarillo de notas adhesivas. Garabateo una a toda prisa y la pego en la puerta de la entrada. Luego, abro y salgo sigilosamente cerrando tras de mí sin dar un portazo. Bajo lentamente las escaleras y salgo a la calle.

Aún está oscuro, no ha roto el día todavía. Hace fresco y no hay humedad. Me entra un escalofrío, y me pregunto si estoy siendo una idiota al volver a estas horas a la villa. Puede que la policía esté allí aún. Quizás ni me dejen entrar. El sentido común me dice que me quede, pero en mi cabeza hay una voz que va por libre y me anima a ir. Tengo que intentarlo. Tengo que ver si soy capaz de encontrarle un sentido a lo que ha sucedido. Como mínimo, volver allí me estimulará la memoria. Me ayudará a recordar con más claridad.

Me muevo como un fantasma por las calles vacías. Mis pies, enfundados en los tenis que le he cogido prestados a Marco, apenas resuenan sobre el pavimento. En apenas unos minutos, estoy de vuelta en la calle de los Mason, de camino a su casa. Debería estar nerviosa, ansiosa, traumatizada... Lo que sea, pero tengo las emociones fuera de servicio, anestesiadas. Es como si mi cerebro hubiese sufrido una sobrecarga y se hubiese apagado. Me viene bien que todo esté tan silencioso y en penumbra; a mi alrededor, no hay más que aire, más fresco y más limpio que durante el día.

Me paro a las puertas de la villa. Está oscuro. Parece que la policía y toda su flota se han retirado por el momento. El precinto policial bloquea en forma de cruz el acceso al camino. Es la escena de un crimen. No debería entrar. Pero qué más da: mis huellas ya están por toda la casa. Procuraré no tocar nada y, si alguien me pregunta, diré que he venido a buscar algo de ropa para llevarme a casa de Luciana. Cosa que no estaría mal, en realidad.

Mientras me cuelo por debajo de la cinta, me pregunto si podremos quedarnos un par de días más con Luciana. No me gustaría pedírselo, porque no quiero ser una molestia. Su piso es pequeño, y puede que no sea justo que sus chicos se vean obligados a compartir cama. Quizás debería reservar algo para una semana. Prefiero hacer eso a quedarme aquí, en la villa.

Ojalá la policía no necesitase tenerme localizable en Italia. Con solo pensarlo, me siento atrapada. Me gustaría llevarme a casa a los chicos. Después de que les cuente lo que le ha pasado a Niall, van a necesitar algo de normalidad para enfrentarse al duelo. Y yo. Ni siquiera sé qué contarles de lo sucedido. Quizás estaría bien decirles que fue valiente, que placó a un intruso para proteger a su familia. Por mucho que se equivocase Niall con las cosas que me hizo, seguía siendo su padre. Quiero que tengan un buen recuerdo de él.

Abro la puerta delantera, paso por debajo de otra cinta policial y me incorporo ya en el recibidor. Permanezco a la escucha por si acaso hay un policía solitario dentro de la casa. Pero está todo oscuro, así que lo dudo. Ahora que estoy dentro, el corazón me late más fuerte. Me asalta el recuerdo del forcejeo entre Matteo y el intruso. Estiro un brazo para apoyarme en la pared y calmarme. ¿Qué estoy haciendo aquí? Hay que estar loca para volver sola. Creo que no estoy en mis cabales. Sigo conmocionada.

No tardo en darme cuenta de que lo único que voy a sacar de estar aquí es ahondar en el trauma. Así que voy a coger un par de mudas para mí y para los chicos y a salir pitando de este sitio.

Ni me atrevo a encender la luz. Me valgo de la linterna del teléfono para iluminar mi camino escaleras arriba. Cargué la batería en casa de Luciana antes. La casa tiene algo de mausoleo, con sus techos altos y las superficies relucientes. Primero, voy a la habitación de los chicos y meto unas cuantas cosas en su maleta. Les cojo los cepillos de dientes del baño. Cierro la maleta y la conduzco por el descansillo en dirección al dormitorio principal tratando de no pensar en la última vez que estuve aquí arriba.

Empujo la puerta y entro. La habitación está silenciosa y fría, con el aire acondicionado todavía conectado. Las puertas del balcón están cerradas. Me planteo salir a él y mirar hacia abajo, a la terraza, pero no me atrevo. Aunque estoy segura de que se han llevado a Niall, no podría soportar ver los restos de lo sucedido. La sangre, la maceta destrozada... Siento la bilis subiéndome por la garganta. Dejo la maleta y me apresuro a entrar al cuarto de baño a través del vestidor. Allí, suelto el teléfono en el suelo y vomito en el váter. No tengo casi nada en el estómago. Son más bien arcadas. No duran mucho. Tiro de la cadena y me siento en el suelo del baño temblando y sudando.

Después de un momento, cojo el teléfono, me incorporo temblequeando y me enjuago la boca en el lavabo. Me pregunto otra vez qué diablos estaba pensando al venir aquí. No hay nada que rascar. No voy a sacar nada de revivir el trauma. Cogeré unas cuantas prendas que me sean de utilidad y volveré a casa de Luciana.

Al regresar al dormitorio para recuperar la maleta, veo que el chal que cubría el retrato de los Mason se ha escurrido hasta el suelo, dejando a la vista sus cuatro caras felices. No puedo evitar quedarme mirando a Frank, tratando de dilucidar si guarda algún parecido con Niall o, lo que es lo mismo, con Liam y Connor. Pero lo único que me encuentro es a un chico sonriente.

Me obligo a espabilarme; agarro la maleta y la conduzco hasta el armario. Un sonido amortiguado a mis espaldas me deja de piedra. Aguanto la respiración. ¿He cerrado la puerta de delante al entrar? Se me eriza el vello del cuello, me hormiguean los brazos. Mientras reúno el valor necesario para girarme, una mano grande y cálida me tapa la boca y oigo a un hombre susurrarme al oído:

–No digas ni mu o te mato.

Capítulo 40

Amber

–¿A qué te refieres? –Renzo sacude la cabeza, confuso–. Esto no tiene nada que ver contigo. No tienes que cargar con la responsabilidad por mí, Amber. Te lo agradezco, pero este lío es mío y seré yo quien nos libre de él, ¿vale?

Si por algo quiero a mi marido es por lo noble que es. Por cómo se lo echa todo a la espalda, pero no puedo permitírselo. Y, más exactamente, no puedo permitir que llame a la policía.

–No estoy cargando con ninguna culpa por ti. No me refiero a eso. Tengo que contarte algo.

Se me seca la boca y las tripas se me revolucionan al barajar la posibilidad de serle sincera. Cruzo el salón y me siento lejos de mi marido, en el borde de uno de los sillones, con las manos juntas frente a mí como queriendo protegerme de lo que está por venir.

¿Ha llegado la hora de la verdad? ¿O debería callarme la boca? En cuanto la abra, no habrá vuelta atrás, aunque tampoco creo que tenga alternativa. Ahora que ya le he enviado las fotos, Beth sabe que Niall es el padre biológico de Frank; supongo que no tardará en dejar de ser un secreto. Tenía mis razones para mandárselas hoy: averiguar lo mío con Niall le daba un motivo evidente para matar a su marido. Si todo se reduce a eso, me quitará un peso de encima a mí y se lo echará a ella. El único pero es que Renzo va a descubrir lo que hice en su momento. Y es un pero enorme.

He de reconocer que también he querido ponerles la puntilla. Niall prefirió a Beth antes que a mí. Y esa elección siempre me ha escocido. Si le he enviado esas fotos ha sido porque quería hacerle daño y también que Beth pusiese a Niall frente a frente con la decisión que un día tomó. Quería introducir un factor de estrés en su matrimonio. He pasado doce años y medio deseándolo y, ahora que ya está hecho, solamente siento miedo, terror de estar a punto de perderlo todo.

–Amber, me estás asustando.

Renzo da unos pasos hacia mí y se detiene.

–Hay unas cuantas cosas que tengo que contarte, Renzo. No eres el único que ha tenido preocupaciones. Últimamente, mi cabeza está llena de ellas… –Trago saliva–. Puede que no haya sabido gestionarlas tan bien como debería.

–No va a ser peor que lo que acabo de contarte, seguro.

Suelto una risa amarga a modo de respuesta.

–Siéntate, Renzo, haz el favor.

Se me queda mirando un instante antes de hacer lo que le pido. Se hunde en el sofá de enfrente.

Me clavo las uñas en las palmas de las manos. Las tengo sudorosas, el corazón me late a toda velocidad del temor que siento.

–Esto que voy a contarte suena peor de lo que en realidad es porque me veo obligada a contártelo todo junto. Por favor, ten en mente que viene de algo que sucedió hace años, antes de que nos conociésemos, y que es la única cosa de la que no soy responsable. De lo que sí soy culpable es de no decirte la verdad en aquel momento. Y te va a doler, Renzo.

Adopta un gesto sombrío y permanece muy tieso, a la espera.

No sé por qué secreto empezar. ¿Hay un orden correcto a la hora de hacer esto? ¿Cómo he podido pensar que era una buena idea contarle a mi marido lo horrible que soy? A lo mejor, porque sé que está a punto de destaparse todo. O porque soy una persona destructiva y me gusta destrozar cosas antes de que ellas me destrocen a mí.

Ni siquiera soy capaz de mirarlo. En lugar de eso, mantengo la vista fija en mis manos apoyadas en el regazo mientras empiezo a hablar, en voz baja pero nítida.

–El hombre que ha matado a Niall Kildare se llama Luca Silvestre. No es que me enorgullezca de ello, pero el año pasado, en Nápoles, tuve una aventura con él. Nunca antes te había sido infiel y no volveré a serlo. Fue un error tremendo. Lo siento muchísimo.

Levanto la mirada hacia Renzo. Su rostro es la viva imagen de la desolación. Se le tensa la mandíbula.

Me masajeo el cuello con la cabeza vuelta hacia un lado y me obligo a continuar.

—Le conté a Luca que había cometido un error y que no quería volver a verlo más. Pensé que lo aceptaría y que ahí terminaría todo. Pero… fue horrible: se obsesionó conmigo. No paraba de llamarme y de mandarme mensajes. Empezó a dejarse ver por Maiori. Sus mensajes fueron volviéndose más intimidantes, así que me planteé acudir a la policía. Pero sabía que, si hacía eso, se sabría la verdad y tenía demasiado miedo de contártelo.

Renzo sigue sin decir nada. Su cara no refleja emoción alguna. No lo he visto nunca de esta manera. Me gustaría que me contestase, que me dijese algo. Lo que sea. Ojalá pudiese rebobinar lo que hice, pero ya es tarde para eso. Estoy en el ojo del huracán y no me queda otra que avanzar.

—Luca dijo que, si no te dejaba, él mismo se encargaría de liquidarte. Temí seriamente por tu vida, de ahí que trazase un plan para salir del país.

Me revuelvo en mi asiento y tiro del cuello de mi jersey.

—Hace mucho calor aquí. —Se me forman perlas de sudor sobre el labio superior, me pican las axilas—. ¿No tienes calor?

Miro a mi marido y mis palabras se vierten en un pozo de silencio.

—Luca me dijo que iba a matarte. Pensé que, si los Kildare estaban allí cuando él tratase de llevar a cabo su plan, lo haría y no sabría nunca que la persona a la que había matado no eras tú. Pensé que la policía lo detendría.

—¡No, Amber!

Renzo se pone de pie. Me mira fijamente, horrorizado, al tomar conciencia de lo que he planeado.

—Renzo, sabes que no soy una sentimental. No soy bondadosa ni sensible. Siempre lo has sabido y siempre has aceptado esa faceta mía.

Tiene la mandíbula desencajada y no para de sacudir la cabeza sin levantar la vista.

—¡Porque pensaba que eras reservada, vulnerable! Pensaba que estabas demasiado asustada como para abrir tu corazón. Por eso te mimé: ¡porque a mí sí me lo mostrabas! –Tose, le falta el aliento–. Pero hacer esto… ¡No sabría decir qué parte es la peor!

–Tú me conoces, Renzo. Soy la que he sido siempre. Cometí un error con Luca. Un único error… Como tú con el negocio.

–¡No tiene ni punto de comparación, Amber, y lo sabes! –Renzo ha vuelto a adoptar una actitud más severa. Me mira como si me odiase–. Tú… tú te acostaste con otro. Señalaste a Niall para que muriese en mi lugar. ¡Dejaste que tu amante matase a un hombre inocente!

–¡Eso no es así! –respondo y, sin poder refrenarme, digo a continuación–: ¡Niall no era tan inocente!

Renzo frunce el ceño y sacude la cabeza.

–¿Y tú qué sabes? ¿Quién eres, Amber? ¿Está por ahí mi mujer? Porque parece que no te conozco de nada.

Solo voy por la mitad de mi historia y ya lo he perdido. No sé en qué estaba pensando al creer que sabría encajar esto. En nada, a decir verdad. Quizás debería simplemente dejarlo estar, hacer las maletas y marcharme.

–¿Y bien? –dice Renzo proyectando las manos hacia delante–. ¿No vas a terminar de contarme todas esas cosas que han sucedido y que no son culpa tuya?

El sarcasmo de esta última parte me atraviesa el corazón.

–Renzo…

Me levanto e intento cogerle las manos, pero me sacude de encima como si tuviese la peste. Dejo las manos colgando en los costados y trato de armarme de valor frente a su reacción. Me digo que no es más que la impresión lo que le hace hablarme así. Y aún me queda por contarle la peor parte…

No creo que sea capaz. No puedo decirle que Frank no es su hijo. Acabaría con él y también con nuestra relación. Me toca cruzar los dedos para que Beth no diga nada, para que el secreto quede entre nosotras. Le diré que le mentí para hacerles daño a ella y a Niall. Lo negaré todo. A ella le aliviará que sea mentira. Aunque puede que no le importe ya. No ahora que sabe que su marido le fue infiel. No ahora que él está muerto.

—No hay nada más, Renzo. Eso es todo.

Entrecierra los ojos.

—No te creo, pero he tenido suficiente por el momento. Mañana regreso a Maiori con los niños.

—Iremos a casa y lo afrontaremos juntos —digo a la desesperada—. Podemos arreglar lo de esos tipos y el préstamo...

—¡No! —Su voz retumba en la habitación, y yo doy un paso atrás. Toma aliento y prosigue en un tono más pausado—. Vuelvo a Italia con los niños. Tú no vienes con nosotros.

Me mira con tal asco que me fulmina. Luego, sale de la habitación y cierra la puerta tras él.

Siento el cuerpo frío y caliente a la vez, me late el pulso en los oídos; es como si estuviese a punto de derrumbarme en el suelo para no levantarme más. No puede estar sucediendo esto. Renzo es mi persona favorita. La única. Si no lo tengo a él, no tengo nada.

Capítulo 41

Beth

Me flaquean las rodillas, siento que estoy a punto de desmayarme. Es el intruso…, el asesino. Ha vuelto. Pero ¿qué está haciendo aquí? ¿Qué es lo que quiere? Se me desboca el corazón y me cuesta respirar con normalidad.

–Tengo un cuchillo –dice sin levantar la voz.

Noto la punta de la hoja presionándome la espalda como para dejarme claro que no va de farol.

–Voy a retirar la mano de tu boca. Si gritas o haces algún ruido, te apuñalo. Si intentas escapar, te atraparé y te mataré. ¿Entendido?

En los márgenes de mi campo visual, aparecen unos puntitos negros. Ya está, voy a morir. Emito un sonido patético que él interpreta como una señal afirmativa.

Me retira la mano de la boca y me pongo a jadear mientras me controlo para no gritar o derrumbarme en el suelo. Ojalá tuviese el valor de quitarle el cuchillo y huir, pero apenas consigo mantenerme en pie. Tengo que protegerme por el bien de los niños. Ya han perdido a uno de sus progenitores.

–¿Qué quieres? –pregunto con voz temblorosa mientras me giro lentamente con las manos en alto frente al pecho.

Con la mano libre, se me acerca y me quita el teléfono. No opongo resistencia. No hay duda de que es un hombre muy atractivo, casi parece una estrella de cine. Pero hay algo raro en él. Tiene la piel del color de la cera y le brillan demasiado los ojos, abiertos como platos. Me pregunto si estará colocado.

–Vamos a hablar –dice blandiendo en mi dirección un cuchillo de cocina con el mango negro y haciéndome un gesto para que vaya delante–. Muévete. Al baño.

Me ilumina el camino con la luz de la cámara del teléfono. Yo hago lo que me ordena y paso a trompicones por el vestidor hasta llegar al baño.

—Métete en la ducha —dice.

No me muevo, aterrorizada por lo que pueda hacerme. Sé que es capaz de eso y más. Ya ha matado a mi marido.

—Entra —repite.

Me resisto, clavada en el sitio.

—¿Por qué quieres que me meta ahí?

Miro hacia el enorme cubículo, con la foto de Amber desnuda. ¿Me va a matar en la ducha? Mantiene bloqueada la única salida de la habitación, así que no puedo salir corriendo. Medirá un metro ochenta y está musculado. No podría darle esquinazo y salir indemne.

Murmura para sí algo en italiano con rabia. Me fulmina con la mirada y levanta el cuchillo en señal de amenaza. A regañadientes, voy hacia la ducha. Él asiente como animándome y, aunque cada célula de mi cuerpo se revela contra lo que estoy a punto de hacer, entro en la caja de cristal y me encojo contra la pared. Me alivia ver que no me sigue. En lugar de eso, corre la puerta y la cierra a mis espaldas; se queda al otro lado. Ahora que estoy dentro, noto que se destensa un poco. Vale, puede que solo quiera tenerme controlada. Si su intención fuese matarme, a estas alturas ya lo habría hecho. Decido aferrarme a esa frágil esperanza.

—¿Quién eres tú? —pregunta, y la puerta cerrada de la ducha amortigua su voz—. ¿Dónde está Amber?

—Mi nombre es Beth —respondo con voz débil. Me aclaro la garganta e intento no sonar tan aterrorizada—. Mi familia y yo hemos venido aquí a pasar las vacaciones.

Mis palabras resuenan en el cubículo.

—¿Sois amigos de Amber? ¿Y ella dónde está?

—No, hicimos un intercambio de casas con los Mason. Hemos venido a Italia de vacaciones. Ellos se han ido a nuestra casa, en Inglaterra.

El hombre palidece. Relaja los brazos y los deja caer a ambos lados de su cuerpo. Aún conserva el cuchillo y mi teléfono, pero da la impresión de que se ha quedado inerte.

–¿Por qué has matado a mi marido? –pregunto envalentonada por dicho cambio en su actitud–. ¿Quién eres?

–¿He matado a tu marido? –pregunta, incrédulo, en voz baja.

Me pregunto si le está dando algo. Es imposible que lo haya olvidado.

–Sí. ¿Lo empujaste por el balcón? ¿Por qué lo hiciste?

Se pasa una mano por la frente y se frota la piel como si estuviese intentando limpiarse una mancha.

–¡Eh! –reclamo su atención–. ¡Contéstame!

Frunce el ceño y levanta la cabeza.

–¡No! ¡Estás mintiendo! Era el marido de Amber. Empujé al marido de Amber, a Renzo.

–¿Y por qué iba a mentirte? –chillo, sin importarme de repente que eso pueda hacerle enfadar–. Ni siquiera sé quién eres. Solo sé que has matado a Niall. Lo has asesinado.

–No, no, no –murmura.

Se le caen de la mano mi teléfono y el cuchillo, que tintinean sobre las baldosas. Para mi sorpresa, él va detrás. Se deja caer en el suelo, se tapa la cara y se echa a llorar.

Lentamente y con cuidado, abro sin más la puerta de la ducha y me agacho para recuperar mi teléfono. Me encojo preventivamente al lanzarme a por él, aterrada ante la posibilidad de que el hombre me agarre la mano y me lo impida. Pero no se mueve. Sigue hecho un gurruño en el suelo del cuarto de baño. Paso a su lado de puntillas y salgo de la habitación. Me alejo lo más rápido que puedo y voy marcando el número de emergencias que Aldo me dio antes.

Espero mientras suena.

Rezando para que lo cojan.

Rezando para que vengan cuanto antes.

Rezando para salir viva de esta.

Capítulo 42

Beth

Un año más tarde

Por el momento, todo va según lo previsto; he preparado lo que he podido con antelación. Me siento en la encimera un minuto para tomarme un respiro. Tengo que dejar de preocuparme. Vuelvo a meter la bandeja de patatas asadas al romero en el horno –están cogiendo un dorado ideal–; luego, reviso la crema de calabaza picante y nuez blanca. Huele a gloria. Antes era una gran chef. Solo necesito confiar en que no he perdido mi toque.

Esta noche, tengo mi primer evento de *catering* pagado. Es el cuarenta cumpleaños de una clienta rica y divorciada de la peluquería de Sal. La mujer ha organizado una cena de celebración para ella y siete colegas. Ya llevan cuatro botellas de *sauvignon blanc*. Lo genial sería que estuviesen lo suficientemente sobrias como para valorar la comida y que pudiesen recomendarme a sus amigos y familiares.

Este último año ha sido el más difícil de mi vida. Nunca me habría imaginado que nuestras vacaciones en familia ideales fuesen a convertirse en tamaña pesadilla. Los chicos se han llevado la peor parte. Sobre todo, Connor. Pobrecito mío. Estaba convencido de que, si no hubiese estado esa noche en casa de Luciana, habría podido salvarle la vida a su padre. He tenido que llevarlo a terapia para ayudarle a gestionar el duelo, la conmoción y su sentimiento de culpa. Creo que el psicólogo le está yendo bien, pero es un proceso lento. Liam se ha recuperado más rápido, pero tuvo pesadillas durante meses después de aquello y, casi todas las mañanas, me encontraba con su cuerpecito apretado contra mí. Nos consolábamos mutuamente.

—¿Va todo bien por aquí? —pregunta mi clienta alegremente mientras se acerca a la nevera del vino y saca dos botellas más. Las zarandea ante mí con una sonrisa.

—Sí. El primer plato sale en cinco minutos. Mientras tanto, ¿les sirvo más pan o aperitivos? —pregunto.

—No, está bien así. Gracias. ¡Huele delicioso!

Se marcha contoneándose, y yo meto los cuencos de la crema en el horno para calentarlos.

Poco a poco, voy desenmarañando el lío de emociones que me dejó la muerte de Niall, como el hecho de no haber sido capaz de mostrarle cuánto me había dolido su infidelidad. El psicólogo me sugirió que le escribiese cartas, que me desahogase por escrito para liberarme de esa carga. Me parecía una bobada, teniendo en cuenta que él ya no estaba aquí para leerlas. Pero —sorprendentemente— me ha ayudado a suavizar algunos de mis sentimientos más enconados. No me gustaría que ninguno de los chicos se encontrase con tal despliegue de emociones en carne viva —volqué mi dolor y mi ira en cada carta—, así que las he quemado todas después de escribirlas.

Barajé la idea de vender la casa de campo. Al fin y al cabo, está repleta de recuerdos de Niall y de nuestro matrimonio y en ella han estado Amber y su familia. Pero me decanté por quedarnos. Lo último que necesitaban los chicos en aquel momento eran más trastornos. Lo que hicimos fue redecorarla y, justo antes de Navidad, vaciamos el despacho de Niall. Nos costó, pero es la habitación más amplia de las tres disponibles y pensé que a Connor le vendría bien y le ayudaría a sentirse más cerca de su padre. Le dije que podía acomodarla a su manera, decorarla como prefiriese. La ha dejado sencilla, no ha querido cambiar muchas cosas. Le gusta estar allí, con el escritorio de su padre y un par de estanterías.

Liam ha ido acostumbrándose a tener una habitación para él solo, pero aún no le hace demasiada gracia y se sirve de cualquier excusa para intentar colarse en la de su hermano mayor. Los dos se han vuelto más cómplices si cabe a raíz de lo que sucedió. Ese ha sido el único rayo de luz de este año pasado: llorar mucho juntos al principio y hablar y reír cada vez más.

He pensado largo y tendido en las fotos que Amber me envió
–estoy bastante segura de que fue ella– y he decidido guardarme
el descubrimiento que hice sobre su hijo.

Muy poco después de la muerte de Niall, vino a visitarme Renzo Mason. Me llamó y me dijo que estaba en Sherborne y que si
podíamos quedar. Me ponía nerviosa verlo, en gran medida por
no saber hasta qué punto era conocedor de la verdad.

Nos dimos cita en un restaurante de la zona para almorzar. Nada
más llegar, me hizo sentir cómoda y conecté de inmediato con
él. Ambos hemos sido engañados. Aunque Renzo no sabía de las
mentiras de mi marido en relación con lo suyo con Amber, por
lo que estaba convencido de que Niall era tan inocente como yo.

Se disculpó por la manera de actuar de su mujer y me dijo que
iban a divorciarse y que ella tendría que comparecer ante el juez
por su turbio papel en el asesinato de mi marido. Lamentaba de
corazón todo lo ocurrido. Me dio la impresión de que, a pesar
de todo, le costaba hablar mal de su mujer, de que, en calidad de
madre de sus hijos, todavía sentía que le debía una cierta lealtad.

Supe también que callarme la paternidad de Frank había sido lo
más acertado. Por la forma en que Renzo hablaba de sus hijos, se
veía que estaba loco por ellos y que en ellos encontraba un motivo para seguir adelante. No estaba segura de si Amber le había
contado la verdad o no, pero, en todo caso, omitió el tema. Igual
que yo. ¿A quién habría beneficiado que le contase que Niall era
el padre de Frank? A nadie. Niall no quería a Frank como hijo.
Renzo lo adora. Pues eso: no seré yo quien les arruine su felicidad.

Amber no se ha puesto nunca en contacto conmigo ni ha tratado
de amenazarme para que no le cuente nada a Renzo. Pensé que
sería lo primero que haría. Pero puede que crea que lo mejor es
no agitar el avispero. Lo que tengo claro es que no quiero ver ni
tener contacto nunca más con esa mujer. Ojalá nunca hubiese
oído hablar de Amber Mason.

A pesar de todo lo que ha sucedido, aún estoy viviendo el duelo
por Niall. Por nuestro matrimonio. Por la familia que me gustaría
que hubiésemos sido. Pero soy consciente de que nunca fue quien
yo creí. Su infidelidad y sus secretos convirtieron nuestra relación

en una pantomima y pusieron en peligro a mi familia. Me siento furiosa conmigo misma por no fiarme de mi intuición hace años ya. Por intentar allanar el terreno sobre las grietas en lugar de excavarlas y repararlas a conciencia.

El temporizador del horno emite un pitido. Apago la placa, me pongo los guantes de cocina y me agacho para sacar los cuencos del horno. Los coloco en uno de los carritos grandes que he traído, lacados en dorado. Por turnos, voy sirviendo la crema en los cuencos, la rocío con nata y le espolvoreo unos piñones tostados y unas uvas pasas.

El primer plato está listo.

Respiro y me pongo firme. Allá vamos... Hago esto por los chicos. Por nuestra pequeña familia. Y por mí también. Para recuperar algo que había perdido, para tomar las riendas de mi vida como debía haber hecho desde el principio. El pasado se ha convertido en un espacio aterrador y de frustración, pero el futuro promete y, aunque aún no hay nada seguro, me doy cuenta de que por fin he perdido el miedo.

Capítulo 43

Amber

Mi error fue pensar que podía hacerlo sin mancharme. Que podía concebir una idea y ejecutarla exactamente igual a como la había imaginado. Siempre se me ha dado genial planificar. Puede que algunos prefieran llamarlo «tramar» o «maquinar», pero todo se reduce a lo mismo.

La mayor parte de mis planes han gozado de un éxito arrollador. Ser guapa e inteligente suele ser de gran ayuda, claro. Pero solo hasta cierto punto. Siempre he sido de la idea de que, si quieres salirte con la tuya, has de planear hasta el más ínfimo detalle.

Creé mi propio negocio, interesante y próspero. Conseguí un marido guapo, exitoso y bueno. Y la bondad en ese terreno es tan importante como el resto de cualidades. La bondad es imprescindible. Fue ahí donde me equivoqué la primera vez, con Niall. Él no era un hombre bueno. Era demasiado egoísta para brindarme el amor que me merecía. Tuve dos hijos maravillosos, uno con cada uno de esos hombres. Mi hogar era perfecto, situado en uno de los lugares más bonitos del mundo. Sí, definitivamente mis planes fueron un éxito rotundo.

Pero, al final, forcé un poco más de lo debido y todo se vino abajo.

No sé qué es peor, si mis pensamientos recurrentes o el deprimente panorama que me ofrece la ventana llena de manchas de este piso. Me agarro al alféizar y frunzo el ceño mientras mi mirada vaga entre postes de teléfono y torres de alta tensión, bloques de edificios grises intercalados con zonas de maleza y suciedad y una jauría de perros tirados a la sombra de un ultramarinos ahí abajo. Ni el cielo azul ni el sol radiante son capaces de embellecer estas vistas. Miro sin mirar y me dejo arrastrar por los recuerdos.

Luca no era quien yo creía. El tipo fingía ser un pudiente cliente potencial. Se empeñó en seducirme, y pensé que aquel fin de semana de diversión nuestro no le haría daño a nadie. Pero era un fraude. Un atractivo, encantador y volátil fraude. Y acabé pagando caro el fin de semana.

Le había dicho que no había nada entre nosotros, que lo pasado pasado estaba y ya había terminado, que yo tenía marido. Familia. Pero no quiso escucharme. Sus amenazas se volvieron más desquiciadas hasta que, hace un par de meses, me escribió un mensaje para decirme que sabía dónde vivía y que iba a matar a mi marido para que pudiésemos estar juntos. No soy de esas personas que se asustan por cualquier cosa, pero ese mensaje me aterrorizó.

Acepté encontrarme con él en Nápoles para intentar disuadirlo. Craso error. Al presentarme a la cita, no hice sino darle alas. Le envié las señales equivocadas. Más me habría valido ignorarlo.

Ese encuentro me hizo plantearme qué había visto en él en su momento. Debía de estar loca para poner en riesgo mi matrimonio de esa manera. La cuestión es que siempre me he considerado intocable. Tenía la suerte y las narices para sacar adelante cualquier cosa. En nuestra última cita, quedó ya patente que Luca no estaba en sus cabales. No sé si es que había conseguido ocultármelo cuando nos conocimos o si su mente había ido deteriorándose progresivamente. Lo único que me quedó claro después de ese encuentro fue que era un tipo peligroso, capaz de llevar a cabo aquello que decía.

Siguió mandándome mensajes periódicamente anunciándome sus terroríficos planes. Al principio, le contestaba pidiéndole que no cometiese ninguna estupidez. Pasado un tiempo, dejé de responder.

Barajé la idea de acudir a la policía, pero me habría puesto en evidencia. Renzo habría descubierto que le había sido infiel y nunca me lo habría perdonado. A toro pasado, me doy cuenta de que debería haberlo denunciado. El tipo tenía tales delirios que puede que me hubiese salido con la mía haciéndole pasar por mentiroso y sosteniendo que yo nunca había tenido un escarceo con él. Pero es demasiado tarde para fantasear.

Estaba asustada y creí que iba en serio con lo de atacar a Renzo, así que lo organicé todo para salir del país de «vacaciones» gratis recuperando el contacto con Niall después de años sin saber uno del otro y chantajeándolo. Le dije que, si no aceptaba el trato, le contaría a su mujer lo de nuestro hijo. Un hijo que había sido concebido mientras ella estaba embarazada. Yo no tenía la más mínima intención de hacerlo, claro está, pero me vino bien tener a Niall en un puño para conseguir mi objetivo y que aceptase el intercambio de casas.

Subí la información de nuestra casa a una de esas páginas de intercambio vacacional y le dije que hiciese lo mismo.

La otra parte de mi plan consistía en rezar por que el tipo confundiese a Niall con Renzo. Sabía que se daban un aire, y también ayudaba que Beth fuese de mi altura y tuviese el pelo del mismo color oscuro que yo, además de unas buenas curvas. Con un poco de suerte, Luca no se daría cuenta. Soy consciente de que esta parte suponía jugársela mucho, pero Luca estaba tan decidido a cometer el crimen que raro sería que se parase a comprobar ningún dato. Luca no había visto nunca a Renzo, Niall estaba viviendo en mi casa: ¿quién iba a ser sino mi marido? Y no es que Luca estuviese muy lúcido, cosa que también ayudaría.

Sentí ciertos remordimientos por que Niall acabase viéndose envuelto en la locura de plan de Luca, aunque también lo vi como una forma de venganza contra él por abandonarme a mí y a su hijo tantos años atrás.

Así mataba dos pájaros de un tiro. Me vengaba de Niall y, al mismo tiempo, conseguía que mi acosador matase al tipo equivocado, lo arrestasen y desapareciese de mi vida de una vez por todas.

En caso de que no cogiesen a Luca, mi plan B era hacer recaer las sospechas sobre Beth. Al fin y al cabo, no dejaba de ser la esposa celosa que acababa de descubrir que su marido la había engañado y había tenido un hijo con otra. Lo cual le daba un motivo para hacerlo.

Creía que lo tenía todo planeado al milímetro. Que había cubierto todos los flancos sin excepción. No contaba con que el dichoso Luca se mostrase arrepentido de matar a la persona equivocada. Con que lo admitiese todo ante la policía.

El muy estúpido se derrumbó. En mi cuarto de baño, para más inri. Cuando descubrió que había matado por equivocación al marido de Beth, se entregó a la policía y se lo contó todo.

En su confesión, hasta le enseñó a la policía los mensajes que nos habíamos enviado. Menos mal que no había puesto en ellos nada que me incriminase –no soy tan estúpida–. Pero los investigadores policiales sospechaban que yo había sacado a mi familia de en medio para que no le hiciesen daño y colocado a una familia inocente en el punto de mira. Les resultaba sospechoso que no hubiese informado a la policía sobre Luca. Obviamente, negué sus acusaciones con todas mis fuerzas y les dije que estaba demasiado asustada como para acudir a la policía por si eso enfurecía más a Luca –cosa que era en parte cierta–.

Hubo un juicio, pero no pudieron probar que yo hubiese hecho nada malo. No planeé ningún asesinato. Me limité a irme de vacaciones con mi familia. Me abatí y sollocé y le conté al jurado popular que, en realidad, nunca había considerado que aquel hombre pudiese hacer algo así de drástico. Y me creyeron. Renzo no dijo nada que me implicase. No sé por qué. Podría haberles hablado de la confesión que le hice. A lo mejor, no quería que la madre de sus hijos fuese a la cárcel. O puede que le preocupase que saliese a la luz todo el negocio de blanqueamiento de dinero. En cualquier caso, eso no es lo importante.

Afortunadamente, conseguí que el tipo de seguridad que tengo de mano entrase en la villa después de que se marchase la policía. Quitó todas las cámaras que había escondidas y retocó el enyesado donde hizo falta. Las había colocado tan bien que no me sorprende que les pasasen desapercibidas. Me ponía nerviosa que la policía las detectase, pero ya tenía una explicación lista. Les habría contado que las cámaras formaban parte de nuestro sistema de seguridad casero, pero que las habíamos desconectado para el intercambio de casas. Menos mal que no necesité una tapadera. Las desinstalé todas y ni siquiera el propio Renzo se dio cuenta de nada.

A Luca lo mandaron a la cárcel. Gracias a Dios, tardará una buena temporada en poner un pie fuera. Todo el asunto apare-

241

ció –cómo no– en los periódicos y en las noticias, así que me ha fastidiado por completo el negocio y la reputación. Por mucho que no me hayan declarado culpable de ningún crimen, los medios se han recreado en especulaciones y me han hecho la vida imposible.

Renzo consiguió solucionar su problema con el préstamo. Al menos, eso fue lo que me dijo cuando le pregunté por ese tema. En este momento, apenas me habla. Ha cogido a los niños y se han mudado a la casa de su familia, tan bonita. Siguen en Maiori, así que la escolarización y las amistades de los niños no se han visto afectadas. El padre de Renzo lleva viviendo solo desde que su mujer murió. No tengo ni idea de cómo se siente teniendo la casa llena de nuevo.

A mí no me ha ido tan bien. He perdido mi casa, sobre la que pesaba una gran hipoteca; he perdido mi sustento a causa de la mala prensa, y, por supuesto, he perdido a mi querida familia. Ahora vivo aquí, en este piso de alquiler barato lejos de la costa. Lo odio. Es estrecho y anticuado, los vecinos son ruidosos y no es que me sienta segura yendo sola por el barrio.

Echo de menos mi bonita casa y mi trabajo. Echo de menos a Renzo. Me pasa una pequeña pensión. Algo es algo, supongo. Ah, y veo a Frank y a Flora una semana de vez en cuando. Pero no es lo mismo. No se me dan bien los niños estando yo sola con ellos, sin Renzo encargándose del trabajo pesado. Me agota su verborrea infantil. Los quiero, claro que sí, pero preferiría que estuviésemos todos juntos, como una familia. Sin mi marido, la cosa no funciona. Sin él, nada funciona.

Lo he perdido todo y no sé cómo demonios voy a recuperarlo. Todavía albergo la esperanza de que Renzo cambie de opinión. Es tan buen hombre… Espero que no conozca a otra mujer y que apueste por ver lo bueno que hay en mí.

Aunque ni yo misma sea capaz de hacerlo.

Le daré tiempo. No voy a desistir. No puedo. Conozco demasiado bien a Renzo. Sé lo que le hace feliz, lo que le enfada, lo que le toca la fibra sensible… Y puedo usar todo eso en mi favor. Es increíble que, teniéndolo todo, lo echase a perder. Sin embargo, no soy el tipo de persona que se resigna a eso, que se rinde y se repliega regodeándose en su dolor. No. Me mueve el ardiente deseo de recuperar a mi familia, de que me respeten, me admiren y me adoren de nuevo. Llegado el momento, jugaré mi baza y los reconquistaré.

Primero, tendré que asegurarme de que Beth no le cuenta jamás a Renzo lo que sabe. La condenada doña perfecta de Beth, a la que le está yendo bastante bien ahora —de nada, eh—, con su bonita casa de campo y los suculentos cheques por los *royalties* de su marido que le entran cada trimestre.

He de admitir que me sorprende que haya guardado silencio durante todo este tiempo sobre la verdadera paternidad de Frank. Al menos, eso espero. Estoy segura de que me habría enterado si se lo hubiese contado a Renzo, ya que él habría venido directo a mí hecho una furia y angustiado. Es un drama que prefiero ahorrarme. Ojalá no me hubiese visto obligada a contárselo a Beth. Aunque me sentí maravillosamente bien mandándole esas imágenes.

A lo mejor, está esperando el momento de atacar manteniéndome en tensión y haciendo pender sobre mí la amenaza. Es lo que yo habría hecho si fuese ella: guardarme la información en el bolsillo de atrás, por si acaso. A fin de cuentas, los secretos son una fuente de poder. Pero no pienso consentir que nadie tenga ese tipo de poder sobre mí. De eso nada. No puedo arriesgarme a que se vaya de la lengua.

Aparto la mirada de las deprimentes vistas y me pongo a recorrer la minúscula sala de estar. Tendré que hacer algo con Beth. Y más pronto que tarde. Puede que conocer a Luca fuese una bendición indirecta para librarme de los cabos sueltos que había en mi vida, de esos incordios que me han perseguido durante años. A lo mejor, puedo terminar yo lo que Luca comenzó. Pero eso implicaría un nuevo viaje a Inglaterra, cosa que resultaría sospechosa —sobre todo, si fuese sola—.

Me pregunto si sería posible convencer a Renzo de que me deje a los niños una semana, al menos una. Otro viaje juntitos para que conecten con sus raíces británicas, ya que el último terminó de una forma tan abrupta. Hasta podría intentar convencerlo de que venga él también. Se me pone el corazón contento con solo pensarlo.

Sí. Creo que es el momento perfecto para organizar otras vacaciones en familia…

Epílogo

Un año antes

Luciana observa horrorizada la sangre que empapa la camisa de su hermano. Se gira hacia Beth y le agarra el brazo.

—¡Ese hombre tenía un cuchillo! ¡Ha apuñalado a mi hermano!

El corazón de Luciana late desbocado. Todo ha sucedido tan rápido... Han llegado a la villa con los niños de Beth y, de repente, se han visto envueltos en una situación infernal.

Luciana intenta pensar fríamente. Saca el teléfono del bolso y llama a los servicios de emergencia. Gracias a Dios, le contestan de inmediato y ella va dándoles sus datos personales mientras trata de no irse por las ramas y se obliga a mantener la calma. Las venas le bullen con una histeria brutal. La última vez que sintió algo así fue cuando su exmarido le pegó. Esa ultimísima vez, a partir de la cual sacó fuerzas de donde pudo para dejarlo. Gracias a Dios, él ya no está en su vida, pero la violencia de esta noche ha resucitado aquel otro miedo. El sudor le baña la piel, tiene la garganta seca.

—¿Se encuentra bien? —vocea Beth sin quitarle el ojo de encima, horrorizada, al hermano de Luciana.

—Estoy bien —responde Matteo jadeando mientras la mujer al otro lado de la línea le asegura a Luciana que pronto les llegará un equipo medicalizado junto con los *carabinieri*.

Luciana cae en la cuenta de que ha estado tan inmersa en su preocupación por Matteo que ni siquiera le ha preguntado a Beth cómo está. Se gira y repasa el rostro de su amiga en busca de algún rastro de sangre o de angustia. Beth está blanca como una sábana de la conmoción. No parece que esté herida, pero puede que, de algún modo, haya quedado traumatizada.

–¿Tú también estás herida?

Beth sacude la cabeza.

–No, yo no.

Su rostro palidece aún más, y da la impresión de que está a punto de desmayarse.

–¿Tu marido? –pregunta Luciana al percatarse de que no se ve a Niall por ninguna parte–. ¿Dónde está? ¿Arriba?

–¡Shh!

Beth se lleva un dedo a los labios y echa un vistazo a sus espaldas desde la puerta de entrada para comprobar que los chicos no pueden oírla. Están los dos pegados, con la cabeza gacha, hablando entre sí.

–¿Niall está herido? –pregunta Luciana bajando la voz.

Beth sacude la cabeza y aprieta los labios.

–¿Cómo?

Luciana se da cuenta de que es posible que el marido de Beth también necesite ayuda. Se gira para comprobar el estado de Matteo, que la tranquiliza afirmando con la cabeza.

–Niall… está…

Beth sacude otra vez la cabeza y se tapa la boca.

–¿Qué?

¿Beth intenta decirle que Niall está muerto? El corazón le late otra vez desbocado.

–Está… fuera, en la terraza –susurra Beth.

Luciana le agarra la mano y se la aprieta en un intento de consolar a su amiga.

–La policía y la ambulancia vienen de camino ya.

Beth abre los ojos de par en par y se queda mirándola.

–Es demasiado tarde para una ambulancia. Debería encargarme de él, pero tengo que cuidar de mis chicos y no quiero que lo vean…

A Beth se le quiebra la voz, y Luciana no puede evitar ponerse en su piel.

–Pues claro que tienes que estar con tus chicos –responde Luciana–. Tú quédate aquí. Por favor, no pierdas de vista a Matteo. Yo me encargo de tu marido.

–¿Estás segura?

Luciana asiente. Antes de atravesar la enorme cocina y dirigirse a la terraza, le dice a su hermano que no tardará en volver. Moviéndose como si estuviera en un sueño, va sacudiendo la cabeza ante el drama en el que se ha convertido la velada. Se pregunta qué pensarán Amber y Renzo de todo esto cuando se enteren. Siempre dan la impresión de ser una pareja intocable, como si todo les saliese a la perfección vayan donde vayan. No son gente corriente, con problemas comunes y preocupaciones. Si esto es realmente un robo frustrado, qué suerte han tenido los Mason de estar de vacaciones. Fuera de peligro. No así los Kildare.

Al llegar a la altura de la puerta del patio, que está abierta, Luciana se detiene en seco al localizar a Niall tirado en la terraza horriblemente retorcido y con un charco de sangre oscura alrededor de la cabeza. Siente un escalofrío. Es bastante evidente desde su posición que el hombre está muerto. Quizás debería limitarse a volver adentro y decirle a Beth que lo siente, que su marido ha fallecido.

Luciana está deseando volver junto a su hermano, sentarse a su lado mientras esperan a que lleguen los de la ambulancia. Tampoco le apetece acercarse más al desmadejado cuerpo de Niall. Pero le ha prometido a Beth que le echaría un vistazo, así que no le queda otra que ser valiente y acercarse a mirar.

Se le encoge el estómago de la aprensión. Respira hondo tratando de relajarse mientras deja tras de sí la protección luminosa de la cocina. Temblándole las piernas, Luciana cruza la terraza en dirección al cuerpo.

Al aproximarse, ve que la cara de Niall ha adquirido un color ceniciento. Tiene los ojos cerrados, la mandíbula desencajada, el cuerpo inmóvil. Se agacha y le aproxima los dedos índice y corazón a la tráquea para comprobar si tiene pulso. No siente nada. Está casi segura de que ha muerto.

A lo mejor, no hay mal que por bien no venga. El tipo era un abusón y un arrogante, y Luciana no puede negar que –a pesar de que conozca a la pareja desde hace poco– le preocupaba que

Beth estuviese casada con él y ese miedo tan evidente que le tenía, su actitud sumisa. A Luciana, Niall le recordaba muchísimo a su exmarido. Ese tono autoritario y de fría condescendencia, su rechazo a todo aquello que no le conviniese a él… Unos rasgos que ha podido detectar en el hombre que yace ante ella. No sabría decir si Niall era un maltratador físico, pero, de no serlo, habría sido cuestión de tiempo que llegara a eso.

Bueno, ahora está muerto; quizás Beth tenga una nueva oportunidad para ser feliz en la vida. Una vida en la que se labre su propia carrera y sea económicamente independiente, en la que no tenga que ir siempre de puntillas, en la que no esté a merced de los caprichos de un abusón.

Luciana se incorpora y a punto está de ponerse de pie cuando sucede algo que le hiela la sangre: Niall abre los ojos.

La está mirando a la cara.

A Luciana le empiezan a sudar las manos, pero es incapaz de moverse. No puede dejar de mirar al hombre que creía que estaba muerto.

–Ayúdame –grazna Niall.

Luciana se queda paralizada al ver su mirada. Su alma. Debería ir corriendo adentro y traer a Beth. Los de la ambulancia llegarán en nada. Lo salvarán y los cirujanos lo recompondrán como sea. Beth se sentirá tremendamente aliviada.

Pero, así, estará atrapada de nuevo en esa relación tóxica que tanto daño le hace.

Luciana cierra los puños mientras la asaltan los recuerdos. Los puñetazos en las costillas, las faltas de respeto, las burlas, el temor a un hueso roto, el pánico a que su marido la matase y a que sus chicos se quedasen a cargo únicamente de él… Se siente paralizada por un torrente de emociones en carne viva que creía que había superado.

Y, de repente, el corazón de Luciana va más lento, se le despeja la mente y su cuerpo deja de temblar. Sigue mirando a los ojos a Niall mientras coge su cabeza entre las manos. Sobran las palabras.

Le levanta la cabeza unos centímetros del suelo y se la estampa contra la baldosa de porcelana. Una vez, otra vez. A él se le extravía la mirada; con cuidado, ella vuelve a apoyarle la cabeza en el suelo y se levanta. Regresa adentro para confirmarle a Beth la terrible noticia de que, tal como ella sospechaba, su marido está definitivamente muerto.

Una carta de Shalini

Estimado lector:

Gracias por elegir *Una escapada en familia* como lectura. Espero de verdad que la hayas disfrutado. La costa amalfitana es uno de mis lugares favoritos en el mundo. Pete y yo fuimos allí de luna de miel hace veinticinco años y pasamos unos días inolvidables. La gente, el paisaje, el tiempo, la comida…: todo es fantástico. Luego, volvimos veinte años más tarde de vacaciones con la familia. Afortunadamente, sin asesinatos y sin Amber.

Si quieres estar al tanto de mis últimos lanzamientos, puedes inscribirte en este boletín:

www.bookouture.com/shalini-boland

Me encanta recibir comentarios sobre mis libros, así que, si tienes un momento, te agradecería muchísimo que me hicieses el favor de publicar una reseña en internet o que hablases a tus amigos de este. ¡Una buena reseña me alegra el día, claro que sí!

Cuando no esté escribiendo, leyendo, paseando o pasando el rato con mi familia, puedes contactar conmigo a través de mi página de Facebook, por X (antes Twitter), por Goodreads, en mi página web o suscribiéndote a mi *newsletter* aquí:

http://eepurl.com/b4vb45

Muchas gracias y un beso,

Shalini Boland

Agradecimientos

Siempre es un gran placer y una alegría trabajar con mi sensacional y talentosa editora, Natasha Harding. Gracias por trabajar tan duro en este libro en una época así de difícil. Te lo agradezco de corazón.

Gracias también al maravilloso equipo de Bookouture. A Jenny Geras, a Ruth Tross, a Peta Nightingale, a Richard King, a Sarah Hardy, a Kim Nash, a Noelle Holton, a Alexandra Holmes, a Emily Boyce, a Saidah Graham, a Aimée Walsh, a Natalie Butlin, a Alex Crow, a Melanie Price, a Hannah Deuce, a Occy Carr, a Mark Alder y a todos los demás que han contribuido a darle forma a este libro.

Gracias a mi estupenda editora de mesa, Maddy Newquist.

Gracias también a Lauren Finger por su excelente ojo a la hora de corregir.

Gracias a la diseñadora Lisa Horton por una nueva cubierta llamativa y sugerente.

Gracias a Katie Villa, que ha puesto voz a todos mis libros en Bookouture, producidos con brillantez por Arran Dutton en Audio Factory, y a la fenomenal responsable de audiolibros de Bookouture, Alba Proko. Siempre hacéis un trabajo increíble a la hora de darle vida a mis personajes.

Me siento muy afortunada de contar con unos lectores beta tan leales y concienzudos. Gracias, Terry Harden y Julie Carey. ¡Sois una pasada!

Gracias a todos esos queridos lectores que dedicáis tiempo a leer, reseñar o recomendar mis novelas. Significa mucho, muchísimo para mí.

Gracias también a todos esos fabulosos blogueros de libros y reseñadores que me servís de altavoz en los medios digitales. ¡Sois lo mejor de lo mejor!

Por último, quiero darle las gracias a mi pequeña familia por su apoyo incondicional, su acompañamiento, las bromas cursis, los abrazos fuertes, el desorden, las risas. Por todo.

Índice